Schärfer als Wasabi

Verena Rank

Cover: M. Hanke
Motive:
Körper: muthmedia – fotolia.com
Hintergrund: DiAmOnDaGgEr – fotolia.com
Drache: Pachanga – fotolia.com
Giraffe: Stephi – fotolia.com

1. Auflage
ISBN 978-3-934442-73-3

Für meine lieben Freunde auf der Insel, besonders für Shaynie, die schon so ungeduldig auf die Jungs gewartet hat!

Eins

Er stand wieder auf dieser großen Wiese. Kein Baum oder Strauch weit und breit, kein Haus. Nur dieses scheinbar grenzenlose Grün. Eine leichte Brise streichelte sein Gesicht und spielte in seinem Haar. Der Himmel war so strahlend blau, dass seine Augen brannten, als er hinaufblickte.

„Nick, komm her mein Schatz!" Die Stimme seiner Mutter ließ ihn zusammenzucken, ruckartig wandte er sich um. Sie lächelte und streckte die Arme nach ihm aus, doch ihre Gestalt wirkte irgendwie verschwommen. Er kannte diese Situation, hatte sie schon so oft durchlebt, doch nichts davon war echt. In Wirklichkeit hatte ihm seine Mutter nie solche Wärme und Zuneigung entgegengebracht, oder ihn gar ‚Schatz' genannt. Er musste weg hier, bevor sein Vater wieder auftauchte. Sein Vater, den er nie kennengelernt hatte. Er würde ihm erneut Vorwürfe machen. Klar, es war ja auch alles seine Schuld. Nick war zwar noch ein Baby gewesen, aber wegen ihm war er gegangen.

Sein Vater tauchte stets aus dem Nichts auf, die Arme vor der Brust verschränkt. Er rief ihn mit einer tiefen Stimme, die hart und bedrohlich klang. Nick konnte sein Gesicht nicht erkennen, es war verwaschen, als trübe ein Tränenschleier seinen Blick.

„Du bist im Weg, Kleiner. Ich hab es dir schon so oft gesagt." Der sich

wiederholende Vorwurf lastete schwer auf Nicks Seele. Er schluckte den schmerzhaften Knoten hinunter, der sich in seiner Kehle bildete, und wandte sich an seine Mutter. Obwohl er sie nicht genau erkennen konnte, wusste er, dass ihr Lachen zu Eis gefroren war. Nick ertrug ihre Ablehnung keine Sekunde länger. Er öffnete den Mund, um zu schreien, als er ein durchdringendes Klopfen hörte.

„Nick, steh auf, du bist wieder viel zu spät dran!"
Zurück in der Realität fand sich Nick in seinem Bett wieder, zwischen zerwühlten Laken und Kissen. Er setzte sich ruckartig auf und atmete schwer. Beinahe jede Nacht verfolgte ihn immer wieder derselbe Traum!
Vanessa, seine Mitbewohnerin, hämmerte mit der Faust gegen seine Zimmertür. „In einer halben Stunde muss ich in der Klinik sein! Wenn du mitfahren willst, solltest du dich beeilen!"
Nick rieb sich mit den Handflächen über das Gesicht und stöhnte auf.
„Ja, ja. Ich bin wach!" Noch etwas benommen schlüpfte er aus dem Bett und stellte seine Füße auf den kühlen Parkettboden. „Ich komme gleich."

Zwei Minuten später betrat Nick die Wohnküche, wo es bereits nach Kaffee duftete. Der Traum lag ihm noch schwer im Magen, dennoch ließ er sich nichts anmerken und gab sich cool wie immer. Vanessa stand bereits fertig angezogen an der Arbeitsplatte und goss Milch in ihre Cornflakes. Das kastanienbraune, glatte Haar hatte sie zu einem Pferdeschwanz gebunden, der den Stoff ihrer weißen Bluse streifte. Ein Blick auf ihren hübschen Hintern, der in einer engen Jeans verpackt war, verbesserte Nicks Laune schlagartig. Das Einzige, das störte, waren ihre rosa Plüschschlappen in Schweinchenform. Immer steckten ihre Füße in diesen grässlichen Dingern, wenn sie zuhause war. Er grinste bei dem Gedanken, sie würde vergessen, die Hausschuhe auszuziehen und damit zur Arbeit fahren. Aus dem Radio schmetterte irgendeine Schnulze, die sie leise mitsummte, zur Begleitung gluckerte die Kaffeemaschine.
Nick strich sich das zerzauste Haar aus dem Gesicht, doch sofort

fielen ihm die widerspenstigen Strähnen wieder in die Augen.
„Morgen, Süße."
„Guten Morgen, Nick." Vanessa warf ihm einen Blick über die Schulter zu. Ihre braunen Rehaugen blieben zwei, drei Sekunden an seinem nackten Oberkörper hängen und wanderten dann hinunter zu seinen hellblau karierten Boxershorts.
Er lachte leise. „Warum begießt du denn die Arbeitsplatte mit Milch? Bringt dich mein Anblick so durcheinander?", fragte er mit einem überheblichen Grinsen im Gesicht.
Vanessa fluchte, setzte die Milchtüte ab und schnappte sich einen Lappen von der Spüle, um die Sauerei zu beseitigen. Ihre Wangen hatten einen leichten Rotton angenommen.
„Verdammt noch mal, Nick! Kannst du dir morgens nicht ein Mal etwas anziehen?" Sie schüttelte den Kopf, sodass ihr Pferdeschwanz wild hin und her schwang, und schaltete die Kaffeemaschine aus. Nick zuckte unschuldig mit den Schultern, tappte barfuß zum Tisch und setzte sich.
„Warum? Dir gefällt doch, was du siehst, oder?" Er gähnte herzhaft und lachte in sich hinein. Er fand es süß, dass er Vanessa nach all der Zeit immer noch nervös machen konnte. War sie doch sonst in allem was sie tat unglaublich beherrscht und diszipliniert. Manchmal wirkte sie beinahe zu ernst und erwachsen mit ihren vierundzwanzig Jahren.
Vanessa verdrehte die Augen, nahm ein paar leere Tassen aus dem Oberschrank und stellte sie zusammen mit der Kaffeekanne auf den Tisch. Dann ließ sie sich ihm gegenüber nieder, schenkte ihm eine Tasse voll und schob sie über die Tischplatte.
„Du bist ein unverbesserlicher, arroganter Schnösel!", erwiderte sie streng, dann wurde ihr Gesichtsausdruck etwas weicher, fast liebevoll. „Sei froh, dass ich dich so gern hab. Aber wann wirst du endlich mal erwachsen?"
„Tja, wie wäre es denn mit einem heißen Date, bei dem Sie mir demonstrieren, was genau für Sie *erwachsen sein* heißt, Frau Doktor?", fragte Nick, wobei er das Wort „Doktor" absichtlich betonte und dabei mit den Augenbrauen wackelte. „Das könnte sehr lehrreich werden."
Vanessa war Krankenschwester, er neckte sie manchmal, indem er sie zur Frau Doktor machte. In ihrer weißen Kleidung sah sie

echt scharf aus. Sie lachte auf, neigte sich vor und strich Nick eine Haarsträhne aus dem Gesicht.
„Da kannst du warten, bis du schwarz wirst, Don Juan. Ich bin mir sicher, es finden sich genügend kleine Mädchen, die mit dir um die Häuser ziehen und Doktor spielen wollen. Ich bin zu alt für so etwas."
Vanessa ließ ihn regelmäßig abblitzen. Vielleicht kannten sie sich einfach schon zu gut, im Laufe der Zeit war sie wie eine große Schwester für ihn geworden. Dennoch nagte es an seinem Ego, dass sie ihm nicht einmal eine klitzekleine Chance gab. Nick schüttelte lachend den Kopf, schnappte sich den Zucker und ließ ihn langsam in den Kaffee rieseln.
„Du bist nur vier Jahre älter als ich, Süße. Außerdem stehe ich auf reifere Frauen", antwortete er und blickte ihr absichtlich tiefer in die Augen als nötig war. Insgeheim fuhr sie doch auf ihn ab – sie wusste es nur noch nicht. Vanessa wollte gerade etwas erwidern, als Robert in lila Shorts in die Küche marschierte. Nick starrte ungläubig auf Spongebob, der auf der Vorderseite abgebildet war, stöhnte theatralisch auf und hielt sich eine Hand vor die Augen. Vanessa seufzte resigniert und beugte sich so tief über ihren Kaffee, dass Nick befürchtete, sie wolle sich darin ertränken.
„Wenn Mike jetzt auch noch in Unterhosen hereinspaziert, ziehe ich aus, ich schwör's euch. Könnt ihr nicht einmal etwas Rücksicht auf mich nehmen?", klang es dumpf aus der Kaffeetasse. Robert zuckte entschuldigend die Achseln. Er besaß die Angewohnheit, sich erst nach dem Frühstück anzuziehen, da er Angst hatte, sich mit Kaffee oder Marmelade zu bekleckern. Nick warf ihm einen vorwurfsvollen Blick zu.
„Oh Mann, Robert! Willst du, dass ich Augenkrebs bekomme? Was soll diese schwule Unterhose und was hat Spongebob auf deinem Schwanz zu suchen?"
Vanessa stieß einen erstickten Laut aus, während sich Robert unbeeindruckt setzte. Sein langes, feuerrotes Haar, das noch feucht vom Duschen war, streifte die Tischplatte, als er sich vorneigte, um eine Tasse zu nehmen.
„Kann ja nicht jeder so perfekt sein wie du, Sonnenschein", stichelte er grinsend zurück. „Unsereiner muss sich schon etwas

Besonderes einfallen lassen, um einmal so im Mittelpunkt zu stehen."
„Neidisch, Sommersprosse?", entgegnete Nick herausfordernd. „Mit deiner Unterwäsche kannst du höchstens die alten Weiber im Krankenhaus bezirzen, die gehen bestimmt ab wie Raketen."
„Nick!" Vanessa verschluckte sich an ihrem Kaffee und schüttelte den Kopf. „Zumindest trägt Robert ein T-Shirt … im Gegensatz zu dir." Sie wusste, dass Robert und Nick sich nicht wirklich zankten, aber manchmal nahm sie alles viel zu ernst. Robert arbeitete im Krankenhaus als Pfleger auf derselben chirurgischen Station wie Vanessa. Durch sie hatte er vor einem Jahr das Zimmer in der WG bekommen.
Nick zuckte mit den Schultern und seufzte. „Wie dem auch sei – ich würde liebend gern über Spongebob quatschen, aber ich muss mir noch schnell die Haare waschen. Wartet auf mich, okay?"
Vanessa erhob sich und räumte ihre Tasse weg.
„Wenn du in zehn Minuten nicht da bist, fahren wir, das ist mein Ernst. Ich nehme dich gerne im Auto mit, wenn ich Tagschicht habe, aber dann musst du zeitig aufstehen und nicht wie eine Diva stundenlang im Bad stehen."
„Ja, ja. Ich beeile mich. Versprochen." Nick stand auf und bemerkte Roberts Blick, als er den Raum verließ. Starrte er ihm schon wieder auf den Hintern, oder bildete er sich das nur ein? Aus Robert wurde er nicht schlau. In der WG war er aufgeschlossen und durch seine ruhige, freundliche Art ein angenehmer Zeitgenosse, doch aus seinem Privatleben wusste niemand mehr, als dass seine Eltern irgendwo in München lebten und er einen Halbbruder hatte. Keiner in der Wohngemeinschaft kannte seine Familie, bei der er seine freien Tage verbrachte. Robert erzählte kaum etwas von sich oder seiner Vergangenheit, so sehr er auch mit Fragen gelöchert wurde. Aber bei Nick ahnte ja auch niemand, was er in Wahrheit für eine kaputte Beziehung zu seiner Mutter hatte. Er spielte ihnen eine heile Welt vor, die zu seinem perfekten Image passte. Nicht einmal Mike, sein bester Freund wusste, was wirklich in ihm vorging.

Gerade als Nick ins Bad wollte, kam Mike aus seinem Zimmer nebenan. Er gähnte und rieb sich die Augen.
„Morgen, Mike." Nick deutete auf die schwarze Unterhose seines besten Freundes. „Ich an deiner Stelle würde mir lieber etwas anziehen, Vanessa ist heute nicht gut auf Unterwäsche zu sprechen", warnte er ihn vor und setzte dabei eine betont ernste Miene auf.
„Hä? Wie meinst du das?" Mike fuhr sich mit der Rechten durch sein verstrubbeltes, kurzes Haar und warf einen prüfenden Blick an sich hinunter.
„Schau dir Roberts Shorts an und du verstehst, was ich meine", gluckste Nick und zeigte auf die Badezimmertür. „Macht es dir was aus, wenn ich vor dir schnell unter die Dusche springe? Ich bin scheißspät dran, Vanessa killt mich, wenn ich nicht in zehn Minuten in ihrem Auto sitze."
„Zehn Minuten?!" Mike sah auf seine Armbanduhr und schüttelte lachend den Kopf. „Kauf dir schon mal die U-Bahn Tickets, Kumpel. Du kriegst es wohl nie auf die Reihe, pünktlich aufzustehen, oder?"
„Du hast ja auch gut reden mit deinem Job. Wenn ich erst um neun anfangen und dann nur ein paar Anzeigen aufnehmen und in den Computer tippen müsste ..."
„Dann würdest du erst um halb neun aufstehen und auch nicht fertig werden", beendete Mike Nicks Satz. „Mach du nur dein Studium, Sportskanone, damit wenigstens aus dir etwas Anständiges wird. Na gut, ich hol meine Jeans und du beeilst dich lieber." Er deutete mit einem Kopfnicken auf die Badezimmertür.
„Okay, danke."
Sie grinsten sich verschwörerisch an, bevor Nick eilig ins Badezimmer huschte. Er war froh, dass Mike heute offensichtlich gut drauf war. Seit ihn seine Freundin vor ein paar Wochen wegen eines anderen Kerls hatte sitzen lassen, barg jeder Tag mit ihm eine neue Überraschung. Wenn er arbeiten musste, ging es noch einigermaßen. An den Wochenenden jedoch betrank er sich regelmäßig, war immer häufiger in Schlägereien verwickelt und kam erst nach Hause, wenn es bereits hell wurde. Die Trennung hatte Mike völlig aus der Bahn geworfen. Er konnte froh sein,

dass sein Chef zugleich ein guter Freund war und Verständnis für Mikes Zustand zeigte. Nick rief sich den letzten Samstag in Erinnerung, als er ihn sturzbesoffen aus einem Club herauszerren musste und mitten in eine Schlägerei geraten war. Der Bluterguss an seinem Arm schmerzte immer noch, aber Mike war sein bester Freund. Er machte sich Sorgen um ihn, doch der Sturkopf ließ sich nicht helfen. Die Einzige, auf die er manchmal hörte, war Vanessa. Mit ihrer ruhigen und zugleich bestimmenden Art hatte sie ihn schon in manchen Situationen zur Vernunft bringen können, in denen Robert und Nick völlig überfordert waren. Sie waren schon ein merkwürdiger Haufen, aber die WG war Nicks Familie, und er konnte sich ein Leben ohne Mike, Vanessa und Robert nicht mehr vorstellen.

Nick stieg aus der Dusche, trocknete sich ab und blickte in den Spiegel. Kritisch betrachtete er seinen Bizeps und die Brust- und Bauchmuskeln, die sich deutlich abzeichneten. Das waren die angenehmen Nebeneffekte eines Sportstudiums.
Als es energisch an der Tür klopfte, fuhr er zusammen.
„Nick, bist du endlich fertig? Wir fahren jetzt!"
„Ich komme gleich!"
„Aber ich sagte doch …"
Das laute Föhngeräusch verschluckte den Rest von Vanessas Worten. Als Nicks Haare trocken waren, raffte er sie im Nacken und wickelte ein Gummiband darum, die etwas kürzeren Strähnen an den Seiten klemmte er sich locker hinters Ohr. Nicks Spiegelbild musterte ihn mit einem zufriedenen Grinsen. Dank Bleaching waren seine Zähne weiß, wie die von Dr. Best. Er schlüpfte in seine Jeans und zog ein schwarzes Hemd über, bevor er einen Blick auf seine Armbanduhr warf.
„Oh oh … Scheiße!" Nick riss die Tür zum Bad auf und nahm den Teppich aus dem Flur ein Stück mit, als er in die Küche schlitterte. Außer Mike, der am Tisch saß und in seinem Kaffee rührte, war niemand mehr da. Er musterte Nick und rollte mit den Augen.
„Du lernst es wohl nie."

„Verflucht! Oh Mann, manchmal geht mir ihre Überpünktlichkeit tierisch auf den Sack!" Nick surfte auf dem Teppich zurück in den Flur. „Bis später!" Er riss seinen Anorak vom Haken der Garderobe und warf die Tür hinter sich zu. Es regnete. Perfekt! Nick verzog das Gesicht und stieß einen Fluch aus. Der Oktoberwind schlug ihm feucht und kalt entgegen, sein Atem stieg in kleinen Dunstwölkchen vor seinem Gesicht auf. Bis er bei der U-Bahn war, würde er aussehen wie eine nasse Ratte.
Zwei Sekunden später schloss er die Tür wieder auf und rannte wie ein Irrer in sein Zimmer, um seine vergessene Tasche zu holen.
„Wegen fünf Minuten hätten sie wirklich noch warten können! Jetzt komme ich zu spät und meine Haarwäsche war auch für 'n Arsch!"
Nick hörte Mike noch glucksen, bevor er die Tür zuschlug. Vanessa besaß als Einzige in der WG ein Auto und jeder genoss es, von ihr mitgenommen zu werden.

ꟹ☙

Der Vortrag über Sportphysiologie hatte bereits begonnen, als Nick abgehetzt die Uni erreichte. Als die Tür zum Hörsaal lauter als beabsichtigt hinter ihm zufiel, richteten sich sämtliche Augenpaare auf ihn. Für gewöhnlich genoss er ja Aufmerksamkeit, aber hier im Saal und mit nassen Haaren, die ihm teilweise im Gesicht klebten, war ihm das megapeinlich. Mit heißen Ohren eilte Nick die Stufen hinauf und hielt Ausschau nach einem freien Platz. Er entdeckte Tom, einen seiner Kommilitonen und setzte sich rasch neben ihn. Tom warf ihm einen amüsierten Blick zu und schüttelte den Kopf, sagte aber nichts.

Nick war so aufgekratzt und genervt, dass er froh war, sich im anschließenden aktiven Sportunterricht austoben zu können. Nach zwei Stunden Basketball war er ein ganz anderer Mensch. Nick brauchte den Sport wie die Luft zum Atmen. Er wollte seine Muskeln spüren, schwitzen, bis ihm der Schweiß aus allen Poren schoss und seinen Puls in die Höhe treiben, bis ihm die

Brust zu bersten drohte. Sport war sein Leben und dieses Studium war immer sein Wunschtraum gewesen. Mitten im dritten Semester war er sich zwar noch nicht ganz sicher, in welche Richtung er sich später spezialisieren wollte, aber auf jeden Fall sollte es ein Beruf sein, in dem er nicht den ganzen Tag an einem Schreibtisch sitzen musste. Sportlehrer auf einem Mädchengymnasium zum Beispiel wäre vermutlich nicht der schlechteste Job auf dieser Welt, doch wenn er tatsächlich auf Lehramt studieren wollte, würde er sich bald entscheiden müssen.

Nach einer ausgiebigen Dusche betrat Nick mit Tom die Mensa, um eine Kleinigkeit zu essen, bevor es in die zweite Halbzeit ging.
Es dauerte nicht lange, da schwebte Jessy mit ihrer Freundin Alexandra an ihren Tisch und ließ sich dicht neben Nick nieder. Jessys Schultern berührten seinen Oberarm, sie klimperte mit ihren langen, blau bemalten Wimpern. Er sah ihr an, dass sie scharf auf ihn war, und genoss die Aufmerksamkeit.
„Hi Nick", hauchte sie, während sie sich so weit nach vorne neigte, dass ihre großen Brüste fast aus dem Dekolleté sprangen. Nick fragte sich immer wieder, wie sie mit diesen Medizinbällen Sport studieren konnte. Ein aufdringlicher, blumiger Parfümduft wehte zu ihm herüber, als sie ihr langes Haar zurückwarf. „Alles in Ordnung, Süßer?", fragte sie, während sie die blonde Mähne zusammenraffte und ein Gummiband darum wickelte.
Nick starrte sie einen Moment an und überlegte, ob er sie mal wieder vögeln sollte. Die Frau war unersättlich und besaß die Ausdauer einer professionellen Dressurreiterin. Ihre nackten, üppigen Brüste tauchten vor seinem geistigen Auge auf – auf und ab wippend, direkt vor seinem Gesicht.
Jessy schnippte mit den Fingern vor Nicks Nase, ihre pink lackierten Nägel erinnerten ihn daran, wie zerkratzt sein Rücken nach ihrem letzten Techtelmechtel gewesen war. „Gott, siehst du süß aus, wenn du träumst. Sind es unanständige Träume?" Ihr schrilles Lachen holte ihn endgültig zurück in die Realität. Er zuckte mit den Schultern und warf ihr seinen geübten *Sexy-Nick-Blick* zu.

„Wer weiß ...“, antwortete er geheimnisvoll, während er ihr zuzwinkerte. Sie tauschte einen Blick mit ihrer Freundin, worauf sie kicherten wie kleine Mädchen. Alexandras Wangen waren leicht gerötet, während sie Nick interessiert in Augenschein nahm. Er warf ihr eindeutige Blicke zu und war froh, dass er sofort für klare Verhältnisse zwischen Jessy und sich gesorgt hatte. Sie war gottseidank auch keines von den Mädels, die einem nach einer gemeinsamen Nacht nicht mehr von der Pelle rückten und meinten, Besitzansprüche geltend machen zu müssen. Sie war manchmal etwas aufdringlich und anstrengend, aber im Bett war sie eine Granate und sie gab ihm das Gefühl, etwas Besonderes zu sein.

Nick hasste den Montag, denn dieser Tag war der anstrengendste und längste in der Woche. Er jobbte neben der Uni in einem Fitnessstudio, um sich seinen Lebensunterhalt und das Studium leisten zu können. Nick bezog zwar BAföG, doch um über die Runden zu kommen, ging es nicht ohne Job. Von seiner Mutter konnte er keine finanzielle Hilfe erwarten, die steckte ihr Geld lieber in ihren jungen Liebhaber.

Es war bereits dunkel, als Nick entnervt und abgehetzt aus der U-Bahn stieg. Der Regen war stärker geworden. Er wollte nur noch nach Hause und bequeme Klamotten anziehen. Nick hielt sich die Tasche über den Kopf, damit seine Haare nicht wieder nass wurden, sah sich kurz um und hetzte über die Straße. Im nächsten Moment vernahm er das Quietschen von Reifen und starrte in zwei Scheinwerfer, die knapp vor ihm zum Stehen kamen. Vor Schreck ließ er seine Tasche fallen, sprang zur Seite und blickte sich mit rasendem Herzschlag nach dem Wagen um. Eine dunkelhaarige Frau saß am Steuer, ihr Gesicht konnte er nicht genau erkennen. Die Beifahrertür öffnete sich und ein junger Mann stieg aus.
„Sag mal, geht's noch? Rot heißt stehen bleiben, schon mal etwas davon gehört?“ Der Schock stand ihm ins Gesicht geschrieben, seine dunklen Augen fixierten Nick hektisch. Nick war für einige Sekunden wie gelähmt, sein Puls raste. Der junge Mann kam ein Stück näher und hob schimpfend Nicks Tasche auf. Als er Nick

jedoch direkt ansah, verstummte er und sein Blick wurde etwas weicher. „Alles in Ordnung mit dir?", fragte er in ruhigerem Ton, während er ihm die Tasche reichte. In diesem Moment erwachte Nick aus seiner Starre, Wut stieg in ihm auf. Wie redete der Kerl eigentlich mit ihm? Er riss ihm die Tasche aus der Hand und funkelte ihn böse an.
„Reg dich ab, Mann! Ihr hättet auch besser aufpassen können!"
Als sich die Fahrertür öffnete, stieß Nick ein wütendes Schnauben aus, wandte sich ab und ergriff die Flucht. Sein Herz ratterte noch immer wie ein Maschinengewehr.

Zwei

Katsuro nahm seine Reisetasche und den Rucksack von der Rückbank, schlug die Wagentür zu und eilte zur Fahrerseite, um sich zu verabschieden. Seine Mutter wirkte etwas blass um die Nase, als sie ausstieg.
„Ist wirklich alles in Ordnung, Mama?"
„Ja, ich bin nur erschrocken, als der junge Mann wie aus dem Nichts auftauchte. Ist ja zum Glück nichts passiert."
„Er war selbst schuld. Schließlich hatte dieser Idiot rot."
Sie zuckte mit den Schultern, Regen tropfte ihr von den Haaren ins Gesicht. Auch wenn sie es zu verbergen versuchte, in ihren braunen Augen konnte Katsuro ihre Besorgnis ablesen.
„Na? Aufgeregt?", fragte sie leise.
Er schüttelte den Kopf. „Quatsch. Ein Tag wie jeder andere."
Sie lachte und zwinkerte ihm aufmunternd zu. Er konnte ihr nichts vormachen, schließlich war sie seine Mutter und kannte ihn besser als jeder andere Mensch.
„Du wirst dich schnell eingewöhnen und Anschluss finden. Vanessa scheint eine nette, junge Frau zu sein. Ich bin gespannt, was du uns am Wochenende zu erzählen hast."
Katsuro zwang sich zu einem Lächeln. „Ja, ich auch. Hier ist alles so anders als in Tokio. Sehr gewöhnungsbedürftig."
Sie hob die Hand und strich ihm eine feuchte Strähne aus der Stirn. Ihre Hand war warm und vertraut.

„So fremd wird das alles gar nicht für dich sein – du warst doch schon so oft in Deutschland. Und jetzt rein mit dir, du wirst ja ganz nass."
„Danke fürs Fahren, Mama. Wir sehen uns am Samstag, okay?"
„Wir sind zu Hause, wenn du kommst." Sie umarmten sich, und seine Mutter küsste ihn auf die Wange, bevor sie sich in den Wagen zurück setzte und den Motor anließ.
„Sayonára, Katsuro. Bis in ein paar Tagen!"
„Sayonára!" Er schlug die Tür zu und wartete, bis sie vorne an der Ampel abbog, dann wandte er sich um und blickte an der weißen Fassade des fünfstöckigen Gebäudes hinauf, in dem er ab heute wohnen würde. Der Regen prasselte unaufhörlich auf sein Gesicht nieder und lief ihm am Hals entlang in den Kragen seiner Jacke. Wenn man aus einer Metropole wie Tokio kam, erschienen einem die Häuser hier teilweise wie Streichholzschachteln. Den Rucksack über der Schulter und die Reisetasche in der Rechten ging er auf die gläserne Eingangstür zu und suchte nach dem richtigen Klingelschild.

Im zweiten Stock erwartete ihn eine junge, dunkelhaarige Frau bereits in der offen stehenden Tür. Vanessa. Er hatte sie sich ganz anders vorgestellt. Irgendwie … blonder. Warum waren deutsche Mädchen in seiner Vorstellung fast immer blond? Vanessa war sehr hübsch. Sie hatten ein paar Mal miteinander gemailt und telefoniert, nachdem er sich auf die Anzeige wegen der WG gemeldet hatte.
„Katsuro?"
„Hi, du musst Vanessa sein. Schön, dass wir uns endlich persönlich kennenlernen." Katsuro streckte ihr die Hand entgegen und deutete eine leichte Verbeugung an, wie er es von zuhause gewöhnt war.
„Herzlich willkommen, Katsuro." Sie machte keine Anstalten, seine Hand wieder loszulassen, sondern starrte ihn stattdessen verzückt an.
„Ähm … darf ich reinkommen?", fragte er nach einer Weile freundlich, woraufhin ihr Blick wieder nüchtern wurde und sie endlich den Griff löste.

„Oh ja, natürlich, entschuldige. Du bist ja ganz nass.“ Sie trat zur Seite und machte eine einladende Geste, als ein junger Mann hinter ihm den Hausflur entlang gehetzt kam. Dank des blauen Anoraks und seines blonden Zopfes erkannte Katsuro in ihm den Verrückten von vorhin wieder. Er hatte rosige Wangen von der Kälte und sein weizenblondes Haar hing ihm nass ins Gesicht.

Nick stockte der Atem und seine Schritte wurden langsamer, als er der Kerl von vorhin im Türrahmen stehen sah. Einen winzigen Moment dachte er, er wäre wegen des Unfalls hier, doch dann sah er die Reisetasche, die neben ihm auf dem Boden stand. Der Typ blickte ihn überrascht an, sagte jedoch nichts. Jetzt im grellen Licht des Hausflurs erkannte Nick die markanten Züge seines Gesichts besser. Seine dunklen Augen hatten die Form von Mandeln, sein Haar war tiefschwarz. Vanessa hatte erwähnt, dass ihr neuer Mitbewohner Halbjapaner war und aus Tokio kam. Hoffentlich hielt er die Klappe wegen vorhin! Nick war jetzt schon sicher, dass er ihn nicht mögen würde.
„Hallo Nick, du kommst gerade rechtzeitig!“ Vanessa winkte ihm.
„Vielen Dank fürs Warten heute Morgen!“, antwortete er bissig und warf dem Fremden einen feindseligen Blick zu. Vanessa ignorierte seinen Tonfall. Ihre Wangen waren gerötet, sie zupfte nervös am Kragen ihrer Bluse.
„Darf ich dir Katsuro vorstellen? Ich hab dir ja schon von ihm erzählt, er studiert genau wie du Sport.“
„Freut mich, Nick.“ Katsuro streckte die Hand zum Gruß aus. Er tat so, als hätten sie sich noch nie gesehen, doch sein Gesichtsausdruck sprach Bände. Er hielt ihn wohl für den größten Trottel auf Erden. Was bildete sich dieser Idiot überhaupt ein? Nick sah ihn ein, zwei Sekunden abschätzend an und reichte ihm dann widerwillig die Hand.
„Hi“, entgegnete er frostig. Seine Stimmung war auf dem Nullpunkt. „Entschuldigt, aber ich bin müde und bis auf die Haut durchnässt. Ich glaube, ich lass mir erstmal ein heißes Bad ein.“

Nick entnahm Vanessas Blick, dass sie ihn in diesem Moment am liebsten erwürgt hätte, doch Katsuro gegenüber ließ sie es sich nicht anmerken.
„Ja mach das“, antwortete sie knapp, bevor sie sich wieder an Katsuro wandte.
„Komm, ich geb’ dir erstmal ein Handtuch zum Abtrocknen und dann zeig ich dir dein Zimmer, damit du deine Sachen abstellen kannst.“

ᘐᘎ

Katsuro blickte Nick irritiert nach, als dieser sich ohne ein weiteres Wort zurückzog. Er zog seine Schuhe aus und hängte seine Jacke an die Garderobe im Eingangsbereich.
„Wir müssen durch das Wohnzimmer.“ Vanessa deutete ihm mit einem Kopfnicken an, dass er ihr folgen sollte. Sie betraten einen gemütlichen, hellen Raum, der direkt mit der Küche verbunden war. Ein junger Mann mit blasser Haut und roten, langen Haaren stand vom Sofa auf und kam auf sie zu.
„Robert, das ist Katsuro, unser neuer Mitbewohner.“
„Hallo Katsuro. Ich hoffe, du wirst dich bei uns wohlfühlen“, begrüßte Robert ihn freundlich, während er Katsuro die Hand reichte. Er war ausgesprochen hübsch für einen Mann, was sicher an seinen eher androgynen Gesichtszügen lag. Die vielen winzigen Sommersprossen auf seiner Nase machten ihn noch sympathischer – im Gegensatz zu diesem blonden Racheengel von eben.
Wenn der immer so drauf war …

„Jetzt fehlt eigentlich nur noch Mike, dann sind wir komplett.“ Vanessa reichte ihm ein Handtuch und zeigte auf eine von zwei Türen. „Das rechte Zimmer ist deines, in dem daneben wohnt Nick. Stell erstmal deine Sachen ab und sieh dich um, nachher können wir zusammen essen.“ Katsuro nahm das Handtuch dankend entgegen und trocknete sich die Haare ab. Vanessa öffnete die Tür zu einem teilweise möblierten Raum. „Das Bett und den Schrank hat unsere ehemalige Mitbewohnerin da gelassen. Du kannst die Möbel natürlich rauswerfen und etwas

Eigenes kaufen, aber ich finde sie eigentlich ganz schön."
Das Bett bestand aus einem einfachen, schwarzen Metallgestell, der dreitürige Schrank hatte schwarze Sprossen und in der Mitte einen Spiegel. Katsuro schlang sich das Handtuch um den Nacken.
„Ich finde die Möbel auch in Ordnung. Nächstes Wochenende werde ich meinen Schreibtisch und ein Bücherregal herbringen lassen, mehr brauche ich erstmal nicht."
„Klar, mach das." Vanessa legte eine Hand auf seinen Arm. „Ich lass dich mal alleine, dann kannst du in Ruhe deinen Schrank einräumen und so. Das Bett hab ich dir frisch überzogen."
„Das ist nett von dir, Vanessa. Bettwäsche hab ich völlig vergessen."
Sie lachte auf. „Kein Problem, wir haben ja genügend da. Es gibt gleich Abendbrot, okay?"
„Ja, bis gleich." Katsuro lächelte Vanessa an. Wieder wurden ihre Wangen rot, als sie seinem Blick begegnete. Als wäre ihr dies bewusst geworden, wandte sie sich rasch ab und verließ das Zimmer. Katsuro setzte sich auf das Bett und sah sich um. Das war also nun sein neues Zuhause – zumindest unter der Woche. Na ja, seine persönlichen Sachen würden das Ganze schon wohnlicher werden lassen. Das Wichtigste war erstmal, dass er sich hier wohlfühlte und mit seinen Mitbewohnern verstand. Vanessa war sehr nett und bei Robert hatte er auch ein gutes Gefühl. Mike kannte er noch nicht und Nick konnte er überhaupt nicht einschätzen. Katsuro konnte ja verstehen, dass er sich wahrscheinlich schämte, wegen des „Beinahe-Unfalls" vorhin, aber das war doch kein Grund, so unfreundlich und genervt zu sein.
Er räumte seine Klamotten in den Kleiderschrank, packte seine Tasche für den ersten Tag an der Uni und ging dann wieder hinüber in das Wohnzimmer. Vanessa und Robert deckten gerade den Tisch, als Nick in einer Jogginghose und einem eng anliegenden, grauen T-Shirt den Raum betrat. Sein Haar war offen und noch feucht. Man sah sofort, dass er Sportler war, kein Gramm Fett war neben den Muskeln auszumachen, breite Schultern und eine schmale Taille betonten seinen trainierten Körper. Er war sehr attraktiv, sein Gesicht war ebenmäßig und

gepflegt. Es war kaum zu glauben, dass dieser Traum von einem Kerl so mies gelaunt sein konnte.
„Komm, setz dich zu uns, Katsuro." Vanessa deutete auf einen Stuhl und lächelte ihm freundlich zu. Sie und Robert setzten sich neben Katsuro, doch Nick würdigte ihn keines Blickes und nahm stumm gegenüber Platz.

Während Vanessa Katsuro in die WG-Regeln einweihte und ihm erklärte, wer wie was bezahlt, einkauft und den Haushalt führt, trank Nick sein Mineralwasser und beobachtete den neuen Mitbewohner über den Rand seines Glases hinweg. Er brauchte nicht lange überlegen, warum Vanessa so nervös war. Der Kerl sah unverschämt gut aus, ein Grund mehr, ihn nicht zu mögen. Katsuro löste Wut und schlechte Laune in ihm aus, er konnte nichts dagegen machen.
Vanessa reichte Katsuro den Brotkorb.
„Warum seid ihr nach Deutschland gezogen, Katsuro? Und was machst du sonst so, außer dem Studium?"
Katsuro nahm sich ein Brötchen und nickte ihr dankbar zu. Sein Grinsen offenbarte zwei makellose, weiße Zahnreihen. Vanessa lächelte zurück, ihre Wangen färbten sich dunkelrot. Hey, das waren *Nicks* rote Wangen!
„Ja, also ich bin mit meinen Eltern und meiner jüngeren Schwester vor drei Wochen aus Tokio nach Rosenheim gezogen, weil mein Vater zusammen mit meinem Onkel dort eine Schule für Karate leiten wird. Die Schule gehörte meinem deutschen Großvater, der vor drei Monaten überraschend verstorben ist."
„Oh, das tut mir leid", sagte Vanessa betroffen. Einen Moment glaubte Nick, sie würde Katsuro an ihre Brust reißen und tröstend über sein Haar streicheln.
„Mein Onkel bat meinen Vater, ihm zu helfen, da er alleine mit der Schule überfordert wäre." Katsuros Blick wanderte über die neugierigen Gesichter und blieb an Nick hängen. Die dunklen Mandelaugen durchbohrten ihn förmlich. Nick zog die Brauen zusammen und schickte ihm seinen Todesblick, doch es schien ihn nicht zu beeindrucken. Der Typ kapierte offenbar nicht, dass

er nervte.
„Meine Mutter ist Deutsche, mein Vater Japaner. Meine Schwester und ich waren schon häufiger in Deutschland zu Besuch, trotzdem ist vieles noch sehr ungewohnt für mich.“
„Das glaube ich dir.“ Vanessa lächelte ihn mit einer Mischung aus Mitleid und Bewunderung an. In den letzten zwanzig Minuten hatte sie mehr gelächelt als sonst in einem halben Jahr.
„Mein Vater leitet seit Jahren Karate-Lehrgänge in ganz Europa – viele davon in Deutschland“, fuhr Katsuro fort. „Unsere gesamte Familie übt diesen Sport schon seit mehreren Generationen aus.“ Katsuro machte eine kurze Pause, es herrschte völlige Stille am Tisch, jeder lauschte gebannt seinem Gesäusel.
„Hast du den schwarzen Gürtel?“, wollte Robert plötzlich wissen. Der Glanz in seinen Augen und das zunehmende Interesse seiner Freunde störten Nick gewaltig. Außerdem sprach Robert doch sonst auch nur das Nötigste.
„Den Schwarzgurt. Ja, den habe ich, seit ich elf bin.“ Karate Tiger nickte, während er Butter auf sein Brot schmierte. *Warum machte das nicht Vanessa für ihn?*
Vanessa seufzte entzückt, Robert nickte anerkennend. Langsam wurde Nick richtig sauer. Er riss sich seit Monaten den Arsch bei sämtlichen Sportkursen auf und spielte im Basketball alle an die Wand – hatte er je ein Referat darüber halten dürfen? Dieser Vollidiot war gerade mal zwei Stunden hier und machte mit seinem Karatescheiß einen riesigen Aufstand. Gleich würde er noch eine Vorstellung geben. Nick hasste Kampfsport plötzlich und bereute es, sich in diesem Semester für einen Selbstverteidigungskurs angemeldet zu haben. Er merkte, wie albern das war, aber sein Ärger überwog in diesem Moment.
Robert räusperte sich. „Das hört sich sehr interessant an. Vielleicht könntest du uns ja mal etwas zeigen?“
Nick ballte die Fäuste unter der Tischplatte und biss sich auf die Zunge, um seinen Wutausbruch möglichst lange hinauszuzögern.
„Man hört kaum einen Akzent, Katsuro. Bemerkenswert“, setzte Vanessa beeindruckt fort.
„Danke. Na ja, meine Mutter hat darauf bestanden, dass wir zweisprachig aufwachsen.“

Nick kochte mittlerweile. Er hätte gerade einen akuten Erstickungsanfall oder sonst etwas erleiden können, niemand am Tisch hätte es bemerkt.

Im Flur wurde die Wohnungstür aufgeschlossen, einen Augenblick später betrat Mike das Wohnzimmer. Er sah blass und abgehetzt aus, dunkle Ränder zeichneten sich unter seinen Augen ab.
„Hi Leute. Oh Mann, was für ein Scheißtag heute. Ich bin fix und alle." Als er näher trat, fiel sein Blick auf Katsuro. „Oh hey, unser neuer Mitbewohner, oder?"
„Ja Mike, das ist Katsuro." Vanessa erhob sich, um einen Teller und ein Glas aus dem Schrank zu holen. „Wir hatten keine Ahnung, wann du heute nach Hause kommst."
Mike trat näher und reichte Katsuro die Hand.
„Freut mich. Du kommst aus Japan, richtig?"
Katsuro nickte. „Ja, aus Tokio. Ich habe dort mein Sportstudium begonnen und werde hier in München damit weitermachen."
Mike deutete mit dem Kinn auf Nick. „Da kann dir unser Sonnenschein bestimmt etwas unter die Arme greifen, er studiert auch Sport."
Nick klappte den Mund auf, beinahe wäre ihm die Essiggurke entwischt, auf der er gerade lustlos herumkaute. Warum musste Mike das ausgerechnet jetzt erwähnen? Er kaute aggressiv weiter, während er seinem besten Freund einen finsteren Blick zuwarf. Mike hob fragend die Augenbrauen und setzte sich. Vanessa reichte ihm ein Glas und deutete auf den Teller, doch Mike schüttelte den Kopf.
„Danke, ich hab keinen Hunger."
In letzter Zeit fiel auf, dass Mike kaum noch etwas aß. Er hatte an Gewicht verloren, wirkte ausgemergelt und blass. Nick wusste, dass er momentan aus Kummer mehr Alkohol trank als sonst. In letzter Zeit kam es immer häufiger vor, dass er sogar nach der Arbeit noch in eine Kneipe ging, um sich zu besaufen. Nick lehnte sich unauffällig zu ihm hinüber, indem er sich etwas Brot nahm, konnte aber keinen Alkoholgeruch feststellen.
„Mike, du musst doch mal etwas essen." Vanessa neigte sich vor und musterte ihn forschend. „Du siehst gar nicht gut aus. Alles

in Ordnung?“
Mike starrte abwesend auf die Tischplatte. Als ihn Vanessa erneut ansprach, zuckte er zusammen.
„Was? Ja, ja … Klar ist alles in Ordnung. Ich muss nur kurz ...“ Plötzlich sprang er so ruckartig auf, dass er fast den Stuhl umwarf. „Ich hab ganz vergessen ...“ Mike eilte fluchtartig aus dem Wohnzimmer, kurz darauf hörte man eine Tür zuschlagen. Vanessa schüttelte den Kopf.
„Also ich mache mir wirklich Sorgen um ihn. Er hat das mit Julia immer noch nicht verkraftet. Hoffentlich macht er keinen Blödsinn.“
„Das Ganze ist erst ein paar Wochen her. Lass ihm doch ein bisschen Zeit“, warf Nick ein, während sich sein Blick mit dem von Karate-Tiger kreuzte. Dieser glotzte, als würde er nur Bahnhof verstehen.
Mike hatte seine große Liebe Julia in flagranti mit einem anderen erwischt. Diese dumme Kuh hatte es mitten am Tag hier in der WG mit einem Kerl getrieben, weil sie Mike auf der Arbeit glaubte. Der war jedoch früher nach Hause gekommen und völlig ausgetickt. Er hatte den Typen nackt aus dem Bett gezerrt und wie wild auf ihn eingeprügelt. Robert und Nick, die in diesem Moment nach Hause gekommen waren, hatten das Schlimmste verhindern können. Julia hatte ihre Sachen gepackt, hysterisch herumgekreischt und Mike als das größte Arschloch auf Erden beschimpft. Danach war sie zusammen mit diesem Typen abgehauen und wurde nie mehr gesehen. Nick hatte sie von Anfang an nicht gemocht, sie für oberflächlich und dumm gehalten. Aber Mike war verrückt nach ihr und regelrecht blind vor Liebe gewesen.
„Mike hat großen Liebeskummer … ihm geht’s nicht so gut im Moment“, klärte Vanessa Katsuro auf. Nick verzog die Mundwinkel. Was ging das diesen Idioten an?
„Das tut mir leid.“ Katsuro blickte sichtlich betroffen in die Runde. Verständnisvoll war er also auch noch, dieser Mister Perfect. Nick kämpfte gegen den Drang an, Karate-Tiger die Faust in den Magen rammen zu wollen. Vanessa versuchte ein paar Mal das Thema zu wechseln, aber es wollte kein richtiges Gespräch entstehen. Eine ganze Weile aßen sie stumm weiter,

wechselten nur die nötigsten Worte. Bei jedem kleinsten Geräusch zuckte Vanessa zusammen und blickte erwartungsvoll zur Wohnzimmertür. Sie machte sich immer um alles und jeden Sorgen. Schließlich hielt es Nick nicht mehr aus und erhob sich.
„Ich sehe mal nach ihm, wenn dich das beruhigt, Vanessa. Aber da ist bestimmt nichts.“

In letzter Zeit waren Mikes Stimmungsschwankungen kaum noch auszuhalten. Nick klopfte an seiner Zimmertür, aber es kam keine Antwort. Er hörte etwas poltern und rascheln, dann näherten sich Schritte. Als Mike die Tür aufriss, blickte er Nick mit leeren Augen an und schien etwas neben sich zu stehen.
„Wo bist du denn immer? Was ist nur los mit dir?“, fragte Nick kopfschüttelnd. Mike strich sich fahrig durch das Haar, sein rechter Fuß wippte nervös auf und ab.
„Mach dir nicht ins Hemd, Alter. Bist du mein Babysitter, oder was?“ Er rollte mit den Augen und zuckte mit den Schultern. „Langsam komme ich mir von euch richtig kontrolliert vor – das nervt!“
Nick verschränkte die Arme vor der Brust. „Du benimmst dich momentan auch, als müsstest du kontrolliert werden, Mike. Ich weiß ja, dass es eine schwere Zeit für dich ist, seit Julia ...“
„Ach hör doch auf! Nichts weißt du!“ In Mikes Augen flackerte Zorn auf, er wich einen Schritt zurück. „Und erwähne nie wieder ihren Namen!“
Einen Moment dachte Nick, er würde ihm die Tür vor der Nase zuschlagen. „Könnt ihr mich nicht einfach mal in Ruhe lassen? Ich misch mich ja auch nicht ständig in eure Privatangelegenheiten!“
„Entschuldige, dass wir uns als deine Freunde Sorgen machen“, antwortete Nick gereizt, worauf Mike besänftigend die Hände hob.
„Sorry, war nicht so gemeint. Aber mir geht’s gut … ehrlich.“ Er lächelte gequält. „Ich glaube, jetzt hab ich doch ein bisschen Hunger.“ Mike schloss die Tür hinter sich und wollte zurück ins Wohnzimmer, doch Nick hielt ihn am Arm zurück.
„Was hältst du eigentlich von unserem Neuzugang?“

Mike zuckte mit den Schultern, er schien gar nicht richtig zuzuhören.
„Keine Ahnung. Warum?"
Nick deutete mit einem Kopfnicken grimmig in Richtung Wohnzimmer. „Wenn du mich fragst, ist er ein Arschloch. Der kommt sich doch Gott weiß wie geil vor." Er schnaubte abfällig. „Macht Karate – und hat den Schwarzen Gurt – blah, blah, blah. Vanessa benimmt sich wie ein Groupie."
Mike grunzte. „Hört sich an, als wärst du eifersüchtig, Sonnenschein. Der macht dir aber auch ordentlich Konkurrenz in der Schönheitsskala, pass bloß auf."
„Jetzt fängst du auch noch an", brummte Nick und biss die Zähne aufeinander. „Was findet ihr nur alle an dem? Wirst sehen, der bringt nur Ärger."
Mike schüttelte den Kopf und schob Nick vor sich durch den Flur. „Wie kommst du denn auf diesen Quatsch? Jetzt warte doch mal ab, wir müssen ihn doch erst richtig kennenlernen."
„Danke, das, was ich von ihm kenne, reicht mir schon."

„Geht es dir gut, Mike?" Vanessa sah ihn fragend an, als sie zurück ins Wohnzimmer kamen.
„Ja klar. Ich werde jetzt auch ein bisschen was essen." Mike setzte sich und blickte mit einem übertriebenen Grinsen in die Runde. „Sagt mal, was haltet ihr davon, wenn wir Katsuro nach dem Essen noch unsere Stammkneipe zeigen? Nur ein Stündchen, auf einen Willkommensdrink?"
Vanessa schüttelte den Kopf und blickte Mike verwirrt an.
„Mitten unter der Woche? Ich glaube, das ist keine so gute Idee." Sie sah Hilfe suchend zu Nick hinüber.
„Vanessa hat Recht, Mike. Wir müssen alle morgen früh raus, außerdem habe ich noch jede Menge zu lernen." Es gab noch zwei andere Gründe für Nick: Erstens hatte er keinen Bock auf Karate-Tiger, zweitens wollte er Mike von Kneipen fernhalten. Mike legte einen Arm um seine Schultern und boxte ihm freundschaftlich die Seite. Er wirkte mit einem Mal aufgedreht und unternehmungslustig.
„Nur eine Stunde, Nick! Ein bisschen Abschalten würde dir auch mal gut tun, du wirkst ziemlich gereizt." Er warf ihm ein un-

schuldiges Lächeln zu. „An was liegt denn das bloß?“
Nick wollte etwas erwidern, als Karate-Tiger das Wort ergriff.
„Ich glaube, am Abend vor meinem ersten Uni-Tag sollte ich nicht unbedingt ausgehen. Aber am Freitag nehme ich dein Angebot gerne an, Mike.“
„Okay“, antwortete Mike schulterzuckend und griff nach dem Glas Essiggurken. „Dann eben am Freitag.“

Katsuro beobachtete Mike unauffällig. Er war bestimmt ein netter Kerl, doch schien er ganz schön aus dem Gleichgewicht geraten zu sein. Mike lehnte sich zu Nick hinüber und verstrubbelte ihm das weizenblonde Haar, sodass es ihm ins Gesicht hing. Katsuro musste ein Grinsen unterdrücken.
„Verdammt, hör auf damit! Du weißt, dass ich nicht mag, wenn jemand in meinen Haaren herumfummelt!“ Nick fluchte eher halbherzig, schlug Mikes Arm fort und lachte kopfschüttelnd. Katsuro verspürte einen leichten Stich in der Brust. Nick fuhr sich mit beiden Händen durch sein Haar, um es zu glätten. Im selben Moment fing er Katsuros Blick auf und verharrte zwei, drei Atemzüge. Sein Lachen gefror zu Eis und wich mentalen Giftpfeilen, die er auf Katsuro abschoss. Katsuro senkte den Blick und widmete sich rasch seinem Essen. Mike plapperte indessen munter weiter, wild gestikulierend. Ein paar Mal sah es so aus, als wollte er Nick mit seiner Gabel erstechen. Mike erinnerte Katsuro ein bisschen an Ryo, einen seiner Freunde aus Tokio. Ryo hatte ebensolche Stimmungsschwankungen gehabt. Eben noch müde und blass, im nächsten Moment aufgedreht und voller Tatendrang.
Katsuro und seine anderen Kumpels hatten gewusst, dass Ryo irgendwelche Drogen nahm. Sie vermuteten Ecstasy, oder dass er gar kokste, doch beweisen konnten sie es ihm nie. Wie es Ryo und den anderen wohl ging? Ob sie noch ab und zu an ihn dachten? Ob Yoji ihm noch nachtrauerte? Katsuros Gedanken schweiften ab, er dachte an die Zeit, die er mit seinem Freund in Tokio verbracht hatte. Nach über einem Jahr hatte sich Katsuro vier Wochen vor seiner Abreise von ihm getrennt. Natürlich

hatte sein Umzug nach Deutschland eine große Rolle gespielt, doch er war sich bereits davor immer mehr bewusst geworden, dass seine Gefühle für Yoji nicht ausreichten, um die Beziehung aufrechtzuerhalten. Yoji war ein netter Kerl und sie hatten viel Spaß zusammen gehabt, aber Liebe stellte sich Katsuro anders vor. Die Schmetterlinge und das Herzklopfen hatten gefehlt.
Sein Blick schweifte zu Nick hinüber. Er unterhielt sich angeregt mit Vanessa und ab und zu huschte ein Lächeln über sein Gesicht, das Katsuros Puls beschleunigte. Auch wenn er vielleicht ein arroganter, selbstsüchtiger Kerl war, konnte man sich auf Anhieb in ihn verlieben. Irgendetwas in seinem Herzen sagte Katsuro, dass Nick nicht so war, wie er sich ihm gegenüber benahm. Lag es wirklich nur an ihrer ersten unglücklichen Begegnung oder hatte es inzwischen einen ganz anderen Grund? Er zuckte innerlich zusammen und schluckte hart. Was, wenn Nick bemerkt hatte, dass er schwul war? Er überlegte fieberhaft und ging in Gedanken die vergangene Stunde durch. Vielleicht war ein Blick zu intensiv gewesen, oder eine Geste zu verräterisch? Nein, das war Unsinn … und doch wurde er nervös. Katsuro schalt sich selbst einen Idioten und konzentrierte sich wieder auf die Unterhaltungen am Tisch.

Katsuros Familie wusste von seiner Homosexualität und mittlerweile war es auch kein Thema mehr, das groß diskutiert wurde. Bei seiner Mutter hatte er von Anfang an gewusst, dass sie kein Problem damit haben würde und so war es auch. Das Einzige, worum sie sich damals Sorgen gemacht hatte, war, wie sein direktes Umfeld reagieren würde und dass Katsuro in falsche Kreise geraten könnte. Doch diese Angst war unbegründet. Er selbst wusste seit seinem fünfzehnten Lebensjahr, dass er ausschließlich auf Jungs stand. Natürlich war er auch mit Mädchen ausgegangen, aber außer Küssen und ein bisschen kuscheln war nie etwas passiert. Damals war ihm schnell klar geworden, dass von seiner Seite aus kein sexuelles Interesse am weiblichen Geschlecht bestand. Die Mädchen waren ihm nachgelaufen, doch die Kerle waren stets reizvoller gewesen.
Seine Mutter und Mitsuko gingen mittlerweile ganz normal damit um, während sein Vater es nur stumm akzeptierte. Nach

Katsuros *Coming Out* hatte er eine ganze Woche kein Wort mit Katsuro gesprochen, danach war er zum normalen Tagesablauf übergegangen. Seitdem hatte sich in ihrer Beziehung etwas verändert. Was sein Vater wirklich dachte und fühlte, wusste Katsuro nie. Nicht nur über seine Homosexualität, sondern allgemein. Einzig und allein, wenn sie zusammen im Dojo waren und trainierten, fühlte Katsuro sich ihm so verbunden, wie es zwischen Vater und Sohn sein sollte.

„Katsuro?" Vanessa riss ihn aus seinen trüben Gedankengängen. „Du bist wohl fertig heute? Du siehst müde aus."
Er nickte. „Entschuldigt, ich war mit den Gedanken gerade woanders."
Sie lächelte verständnisvoll. „Ist doch klar. Es war ein anstrengender Tag für dich, alles ist neu und morgen ist dein erster Tag an der Uni." Sie blickte von Katsuro zu Nick. „Aber du bist ja Gott sei Dank nicht allein. Nick kann dir morgen alles zeigen, nicht wahr, Nick?"
Nick starrte stur auf seinen Teller, während er antwortete.
„Ich hab aber nicht so viel Zeit. Morgen hab ich ein straffes Programm, das ich unbedingt durchziehen muss." Er spießte eine Essiggurke auf seine Gabel und steckte sie in den Mund, ohne aufzusehen.
„Du wirst ja wohl ein paar Minuten haben, unserem neuen Mitbewohner zu zeigen, wo er hin muss. Dann fahrt ihr eben etwas früher los!" Sie erhob sich so abrupt, dass alle am Tisch zusammenzuckten, und begann, abzuräumen. Allein an der Art, wie sie das tat, erkannte man, dass sie wütend war. Beinahe hätte sie dem armen Robert den Brotkorb gegen die Schläfen gedonnert. Nun schwieg sie demonstrativ, negative Schwingungen hingen in der Luft.
Dafür erhob Mike das Wort. „Also wirklich! Katsuro ist neu hier und kennt sich nicht aus. Das sollte doch wohl selbstverständlich sein, dass du ihm hilfst, oder?"
Nick stand auf und stieß einen genervten Laut aus.
„Ist ja schon gut, Mann! Ich hab nicht gesagt, dass ich ihm nicht helfe. Nur, dass ich im Stress bin." Er blickte zu Vanessa hinüber, die mit verschränkten Armen an der Arbeitsplatte

lehnte und ihn verärgert ansah. Nach kurzem Zögern ging er zu ihr hinüber und küsste sie versöhnlich auf die Wange. „Könntest du uns dann morgen früh mitnehmen, Süße?“ Nick setzte ganz offensichtlich seinen Charme ein und zeigte ihr dabei seine strahlend weißen Zähne. Katsuro wusste in diesem Moment nicht, ob er ihn hassen, oder sich auf der Stelle verlieben sollte. Gegen seinen Willen platzte eine Seifenblase in seinem Herzen und befreite Tausende von Schmetterlingen. Das hatte ihm gerade noch gefehlt! Warum ausgerechnet dieser blöde, arrogante Kerl?

„Katsuro nehme ich auf jeden Fall mit, bei dir überlege ich es mir noch!“ Vanessa hob beleidigt das Kinn. „Du bist eine Zicke, Nick, weißt du das?“

Nick rollte mit den Augen. „Du meine Güte, ihr macht hier aus einer Mücke einen Elefanten! Ich hatte einen beschissenen Tag und darf auch einmal schlecht drauf sein, oder?“

Vanessa wollte etwas erwidern, doch Robert fiel ihr ins Wort.

„Jetzt hört doch mal auf, was soll Katsuro von uns denken?“ Er lehnte sich zurück und blickte Katsuro entschuldigend an. „Ich weiß nicht, was heute los ist. Sonst sind wir alle ein Herz und eine Seele.“

„Na dann hoffe ich, dass es nicht an mir liegt“, antwortete Katsuro mit einem gequälten Lächeln und erhob sich, um seinen Teller und das Glas abzuräumen. „Entschuldigt mich, ich bin wirklich müde und sollte mich ohnehin für morgen vorbereiten.“

Vanessa nahm ihm den Teller ab und stellte ihn in die Spülmaschine.

„Komm noch schnell mit ins Bad, ich hab im Schrank einen Regalboden für dich freigemacht.“

Katsuro nickte. „Okay, ich hole rasch meine Sachen.“

Drei

Nick hatte es sich auf der Couch gemütlich gemacht und wollte mit Mike und Robert „X-Men“ sehen, als Vanessa zurück ins Wohnzimmer kam.

„Sag mal Nick, was ist eigentlich mit dir los?“ Sie stemmte die Hände in die Hüften und warf Robert einen vielsagenden Blick zu, worauf er nach der Fernbedienung griff und den Ton leiser stellte. „Warum bist du denn so unfreundlich zu Katsuro? Ich kann mich nicht erinnern, dass er dir was getan hätte.“
Nick starrte sie einen Moment an, dann lehnte er sich seufzend in das Sofa zurück. „Meine Güte, ich mag ihn nicht, ist das so schlimm?“ Er verzog die Mundwinkel. „Ich finde, er macht zu viel Wirbel um seine Person und bildet sich weiß Gott was ein.“
Aus den Augenwinkeln sah Nick, dass Robert den Kopf schüttelte. Mike wollte gerade etwas erwidern, doch Vanessa schnitt ihm das Wort ab, in dem sie die Hand hob.
„Da kenne ich aber noch einen, der manchmal viel Wirbel um seine Person macht. Ich finde, du übertreibst es mächtig! Katsuro ist sehr höflich, nett und eigentlich eher zurückhaltend … was man von dir nicht gerade behaupten kann.“
„Und ein Traumtyp, nicht wahr, liebe Vanessa?“, gluckste Mike und sah sie herausfordernd an, bevor er sich an Nick wandte. „Sei mir nicht böse, aber ich glaube, genau das ist dein Problem Nick, ehrlich. Es ist ja eine Frechheit, dass hier jemand herkommt und *noch* besser aussieht, als unser Sonnenschein, tz, tz, tz ...“, fügte er grinsend hinzu. „Und dann ist er auch noch furchtbar nett.“
Vanessa verschränkte die Arme vor der Brust, wieder überzog ein Hauch von Rosa ihre Wangen.
„Das hat gar nichts damit zu tun, wie gut er aussieht. Findest du es vielleicht normal, wie Nick drauf ist?“
Mike zuckte mit den Schultern. „Ach so schlimm war es auch wieder nicht, Vanessa. Ich glaube, du siehst das zu eng.“
„Bestimmt nicht.“ Sie zuckte mit den Schultern. „Ich verstehe es einfach nicht, Nick, das ist alles. Wir sollten ihm helfen, sich hier zurechtzufinden und ihn nicht noch runterziehen.“
Nick war noch gar nicht zu Wort gekommen, er spürte, wie die Wut in ihm wuchs. „Was soll das hier eigentlich werden?“, stieß er aufbrausend hervor und setzte sich mit einem Ruck auf. „Warum komme ich mir gerade vor, als würde ich auf einer Anklagebank sitzen? Mir ist scheißegal, was der Typ macht. Und nur zur Info: Ich finde überhaupt nicht, dass er gut aussieht –

damit hat es rein gar nichts zu tun! Für wie oberflächlich haltet ihr mich eigentlich?"
Als ihn seine Mitbewohner stumm ansahen, schnaubte er entnervt. „Aber seinen Babysitter muss ich deswegen auch nicht spielen, oder?"
Es entstand eine kurze Pause, in der jeder in eine andere Ecke starrte.
„Ach, Robert, sag doch auch mal was dazu!" Vanessa blickte Robert erwartungsvoll an, doch Sommersprosses Aufmerksamkeit war zum Bildschirm zurückgekehrt, auf dem Wolverine, alias Hugh Jackman gerade halb nackt herumhüpfte. Langsam machte er Nick wirklich Angst.
Robert, nicht Hugh.
„Was?" Robert glich einer Schlaftablette, er sah Vanessa zwei Sekunden lang an, als hätte er sie noch nie zuvor gesehen. Vanessa seufzte resigniert und ließ sich in den Sessel fallen. „Ach vergiss es."
„Mann, jetzt lasst uns doch eine Nacht drüber schlafen und morgen sehen wir weiter, okay?" Mike wirkte plötzlich wieder gereizt, von einer Sekunde auf die andere. „Ich dachte, wir sehen uns den Film an?"
Bevor Vanessa antworten konnte, hatte Robert den Ton wieder lauter gestellt und stopfte sich eine Handvoll Chips in den Mund.

Nach etwa zwanzig Minuten kam Katsuro aus dem Bad. Sein Haar war noch feucht, er trug eine leichte, graue Baumwollhose und ein weißes Shirt. Jetzt sah man erst, wie gut der Kerl wirklich gebaut war. Sein Bizeps und seine Brustmuskeln zeichneten sich deutlich unter dem eng anliegenden Stoff ab. Ein Blick auf Vanessa bestätigte Nick, dass ihr Karate Tigers Muckis nicht entgangen waren. Ihre Augen glichen großen, braunen Murmeln – gleich würde ihr Speichel von den Mundwinkeln tropfen. Nick geriet in Versuchung, sie zu fragen, ob sie ein Lätzchen benötigte.
„Mö… möchtest du noch ein wenig mit uns fernsehen, Katsuro?", fragte sie heiser, während sie unruhig auf ihrem Sessel hin und her rutschte.
Katsuro lehnte dankend ab. „Ich bin total geschafft und werde

ins Bett gehen."
„Oh … na gut, dann schlaf schön." Ihre Enttäuschung war offensichtlich. Mike und Robert wünschten ihm eine gute Nacht. Nick schwieg, worauf er sich von Vanessa sofort wieder einen Todesblick einfing.

Nick lag später noch lange wach und überlegte, was ihn an Katsuro so störte. War es sein Eindringen in ihre Gemeinschaft? Hatte er tatsächlich Angst, Karate Tiger würde ihm den Rang ablaufen? Das war absolut kindisch und er wusste das, aber diese Gedanken schwirrten ihm ständig im Kopf umher. Und dann der Beinahe-Unfall vorhin. Katsuro kam, sah und siegte … auf jeder Linie. Nick konnte gar nicht anders als ihn nicht zu mögen.
Irgendwann musste er eingeschlafen sein, denn es dauerte nicht lange und er träumte wieder. Warum konnte er nicht einmal etwas anderes träumen? Nacht für Nacht holte ihn seine Vergangenheit ein, und er war nicht fähig, sie abzuschütteln. Er musste seinen Vater endgültig vergessen, denn er würde nicht zurückkommen und ihm erklären, warum er gegangen war. Er hatte sich in all den Jahren nicht für ihn interessiert – kein Brief, kein Anruf, nichts. Das Verhältnis zu seiner Mutter blieb kühl, sooft Nick auch etwas anderes träumte. Und nun drohte ihm dieser Typ auch noch die einzige Familie wegzunehmen, die er hatte: seine Freunde in der WG.

Als er am darauffolgenden Morgen unausgeschlafen und schlecht gelaunt die Wohnküche betrat, saßen Vanessa, Robert und Katsuro schon beim Frühstück. Karate Tiger belegte Nicks Platz. Er war bereits fertig angezogen, genau wie Vanessa. Wie perfekt! Robert saß in Shorts und T-Shirt neben ihm und biss genüsslich in ein Marmeladenbrot.
„Na? Auch schon wach?", fragte er mit vollem Mund. „Wir fahren in zwanzig Minuten, du Schlafmütze."
Nick warf Robert einen mürrischen Blick zu, während Vanessa Katsuro ein Glas Orangensaft eingoss. Bedient wurde er also auch schon von ihr! Nick bemerkte, dass sie sich stärker geschminkt hatte. Das tat sie normalerweise nie, wenn sie zur

Arbeit fuhr. Ihr rotes T-Shirt offenbarte einen Ausschnitt, der für ihre Verhältnisse schon fast pervers war. Sie bemerkte noch nicht mal, dass Nick nur eine Calvin Klein Unterhose trug, offensichtlich gefielen ihr Katsuros Jeans und sein blödes, blaues Hemd besser.
Dafür fielen Robert fast die Augen raus. In Karate Tigers dunklen Augen war kurz ein Aufblitzen zu sehen, dann widmete er seine ganze Aufmerksamkeit wieder seiner Schüssel Cornflakes.
„Wie ich sehe, ist mein Platz schon vergeben", sagte Nick scharf, während er Karate Tiger seinen Todesblick schickte. Dieser stellte sein Glas ab und machte Anstalten, sich zu erheben.
„Guten Morgen, Nick, ich wusste nicht, dass du immer hier sitzt. Ich dachte, es wäre egal, wo ..."
„Wie wäre es mal mit nachfragen, hä?", unterbrach ihn Nick ungehalten. Jetzt war seine Stimmung auf dem Gefrierpunkt.
Vanessa legte die Hand auf Katsuros Schulter und sah Nick böse an. Dabei fiel ihr Blick ganz kurz auf Calvin Klein, es war aber eher ein missgünstiger Blick.
„Nick ist heute wohl wieder schlecht gelaunt. Bleib nur Katsuro, er kann heute auch woanders sitzen."
„*Er* hat sowieso keinen Hunger. Mir ist der Appetit vergangen." Nick wandte sich um und wollte das Wohnzimmer verlassen, doch Vanessa rief ihn zurück.
„Meine Güte, nun bleib doch hier, Nick!" Sie blickte ihn eindringlich an, sichtlich irritiert von seinem Verhalten. Nick wusste selbst nicht, was mit ihm los war, irgendwie hatte er plötzlich das Gefühl, dass seine kleine, heile Welt aus den Fugen zu geraten drohte. War sie überhaupt so heil, wie er glaubte?
„Setz dich!" Vanessa deutete mit ihrem Löffel auf den leeren Platz neben Robert, ihr Gesichtsausdruck und der Unterton in ihrer Stimme duldeten keine Widerworte. Sie schob ihm die Kaffeekanne hinüber und schüttelte entnervt den Kopf. Nick beobachtete Karate Tiger aus den Augenwinkeln. Katsuro fühlte sich sichtlich unbehaglich. Gut so. Nick brauchte ihm das Leben hier einfach nur so unerträglich wie möglich zu machen – vielleicht löste sich das Problem dann bald von selbst und sie brauchten einen neuen Mitbewohner.

Diesmal schaffte Nick es tatsächlich, rechtzeitig fertig zu werden. Als er aus dem Bad kam, schlich sich Vanessa gerade aus Mikes Zimmer und schloss sachte die Tür.
Nick musterte sie fragend und warf einen Blick auf seine Armbanduhr. „Es ist halb acht vorbei, was ist mit Mike?"
Vanessa seufzte. „Mike geht's nicht so gut, er bleibt heute zuhause."
„Schon wieder?" Nick fuhr sich mit einer Hand durch das Haar. „Oh Mann, wenn er so weiter macht, verliert er noch seinen Job."
Vanessa legte den Zeigefinger an ihre Lippen und zog Nick von Mikes Zimmertür fort.
„Nick, ich glaube, Mike nimmt irgendwas", flüsterte sie. „Du siehst selbst, wie er sich verändert und das jeden Tag mehr. Nur wegen dieser blöden Kuh!"
Nick sah sie verständnislos an. „Was meinst du mit *er nimmt irgendwas*?"
Vanessa zuckte hilflos mit den Schultern, ihre dunklen Augen waren voller Sorge. „Ich weiß auch nicht, aber Katsuro meinte, es könnte sein, dass er ..."
„Was?" Nick glaubte, sich verhört zu haben. „Sag bloß, du hast mit ihm über Mike geredet! Hast du sie noch alle? Der Typ ist gerade mal seit gestern da und du erzählst ihm Sachen, die ihn einen Scheißdreck angehen!"
„Nicht so laut!" Vanessa blickte Nick brüskiert an und trat einen Schritt vor. „Ich weiß wirklich nicht, was du für ein Problem mit ihm hast. Katsuro ist unheimlich nett und sehr vertrauensvoll", zischte sie leise. Meine Güte, das konnte doch nicht wahr sein. „Wir haben uns heute Nacht ein wenig unterhalten."
„Heute Nacht?", fragte Nick überrascht, während sich seine Hände ungewollt zu Fäusten ballten.
Vanessa nickte. „Ich war noch länger wach, und Katsuro konnte nicht schlafen. Er war aufgeregt, wegen der Uni. Wir haben über alles Mögliche gequatscht. Er hat mir erzählt, er hat einen Kumpel in Tokio, und der hatte genau dieselben Anzeichen wie Mike. Und stell dir vor ...", sie dämpfte ihre Stimme abermals

und neigte sich zu mir hinüber, „der hat gekokst und Ecstasy geschluckt."
„So ein Scheiß! Der kennt Mike doch gar nicht, er kann ja wohl nicht über ihn urteilen! Ja, er trinkt mehr als sonst, das weiß ich auch … aber Drogen? Nie und nimmer." Langsam steigerte sich Nicks Wut ins Unermessliche. Vanessa blickte auf ihre Armbanduhr.
„Wie dem auch sei, wir müssen los. Lass uns heute Abend drüber reden, okay?"
Er nickte schnaubend, gemeinsam machten sie sich auf den Weg in die Tiefgarage, wo Robert und Katsuro bereits warteten. Nicks Laune verschlechterte sich noch mehr, als er sich neben Karate Tiger auf die Rückbank von Vanessas Twingo quetschen musste. Vanessa lenkte den Wagen aus der Einfahrt und warf Katsuro einen Blick über die Schulter zu.
„Ich hoffe, dir gefällt es an der Uni. Schon aufgeregt?"
„Ja, ein bisschen. Ich weiß nicht genau, was mich erwartet. Es ist mit Sicherheit alles sehr ungewohnt und völlig anders als an japanischen Universitäten."
Nick musste sich zusammennehmen, um nicht zu antworten: *„Wäre besser gewesen, du wärst dort geblieben."*
„Mach dir keinen Kopf, du hast ja Nick dabei. Er kann dir alles zeigen, wenn du etwas nicht weißt. Nicht wahr, Nick?" Ihr Blick streifte ihn über den Rückspiegel.
Nick versteifte sich augenblicklich auf dem Rücksitz und knirschte mit den Zähnen. Er hätte nie gedacht, dass einmal der Moment kommen würde, in dem er Vanessa am liebsten erwürgt hätte.
„Mhm", brummte er.

Kaum waren sie an der Uni angekommen, gab Nick Katsuro klar und deutlich zu verstehen, dass er sich alleine zurechtfinden musste, weil er keine Zeit und keinen Bock hatte, seinen Babysitter zu spielen.
„Geh den Flur entlang, dritte Tür links und hol dir deine Papiere ab, vielleicht findet sich ein Idiot in deinem Semester, der dir alles zeigt. Ich bin es jedenfalls nicht!"
Katsuro blieb stehen und starrte ihn an.

„Was meinst du damit?"
„Genau das, was ich gesagt habe! Vielleicht hättest du in Japan bleiben sollen, dort verstehst du bestimmt alles besser!"
Die schwarzen Mandelaugen fixierten Nick einen Moment düster, dann schüttelte Katsuro den Kopf.
„Du hast ja einen an der Waffel, Nick." Er trat einen Schritt vor. „Hör mal, wenn es wegen der Sache von gestern ist, als meine Mutter dich beinahe mit dem Auto ..."
„Ist es nicht! Das war ohnehin eure Schuld!", warf Nick grimmig ein und blickte ungeduldig auf die große Uhr im Korridor. „Nerv mich einfach nicht, okay? Das ist ja wohl nicht zu viel verlangt."
Er wandte sich zum Gehen, doch dann fiel ihm noch etwas ein. Nick neigte sich so weit zu Karate Tiger vor, dass sich ihre Nasen nur wenige Zentimeter voneinander entfernt befanden. Ein angenehmer Duft stieg ihm in die Nase und brachte ihn einen Moment völlig aus dem Konzept. Er erinnerte Nick an Zitronentee und beinahe hätte er vergessen, was er sagen wollte. Etwas irritiert trat er einen halben Schritt zurück und hob drohend den Zeigefinger. „Und wage es ja nie wieder, zu behaupten, mein bester Freund nähme Drogen! Was bildest du dir eigentlich ein?"
Katsuro keuchte auf, er blickte Nick entsetzt an und hob beschwichtigend die Hände.
„So war das nicht, Nick", schüttelte er den Kopf. „Vanessa hat mir ein bisschen was erzählt und wollte meinen Rat ..."
„Kein Arsch braucht deinen Rat, Karate Tiger! Halt dich gefälligst aus unserem Leben raus!"
Katsuro wehrte sich nicht einmal, als Nick ihn verbal angriff. Stattdessen stieß er ein resigniertes Seufzen aus und wandte sich ab.
„Wir sehen uns später, Nick. Vielleicht hast du dich dann etwas beruhigt", murmelte er ihm über die Schulter zu.
„Das glaube ich wohl kaum."
Katsuros ruhige, beherrschte Art machte Nick aggressiv. Aufsteigender Zorn brachte sein Blut allmählich auf den Siedepunkt. Was war nur in ihn gefahren?

Erst nach zwei Stunden Praxis in Handball und einer Vorlesung in Physik entspannte Nick sich allmählich, und er musste kaum mehr an Karate Tiger denken.
Er saß mit Jessy in der Mensa und genoss es, von ihr bewundert und angehimmelt zu werden.
„Du bist so süß", hauchte sie ihm zu, während sie ihren Zeigefinger an seinem Kragen entlang und ein Stück in den Hemdausschnitt gleiten ließ.
„Ich weiß", erwiderte Nick verführerisch, worauf sie beide kicherten. Nicks Grinsen gefror ihm buchstäblich im Gesicht, als er Karate Tiger mit einem Tablett durch den Mittelgang kommen sah. Als sein Blick den von Nick streifte, reckte er stolz das Kinn und steuerte auf einen der anderen Tische zu.
„Aber holla die Waldfee!" Kaum hatte Jessy ihn entdeckt, fielen ihr fast die Augen raus. „Dein neuer Mitbewohner ist so was von rattenscharf! Ich hab ihn vorhin kurz kennengelernt. Wolltest du ihn mir etwa vorenthalten?", fragte sie gespielt beleidigt und verzog die Lippen zu einem Schmollmund. „Huhuh! Setz dich doch zu uns, Katsuro!" War dieser Frau denn gar nichts peinlich? Sie rückte von Nick ab und tippte mit der flachen Hand auf den leeren Stuhl neben sich. Katsuro zögerte kurz, kam aber dann zu ihnen herüber und stellte sein Tablett ab.
„Hi Jessy", sagte er lächelnd und deutete eine Verbeugung an, bevor er sich setzte. Nick gluckste, worauf ihn Jessy böse ansah. Ihre Hand schnellte vor, als erwarte sie einen Handkuss.
„Hi Katsuro", säuselte sie. Ihre Stimme klang plötzlich als arbeite sie bei einer Sex-Hotline. „Hey, ich hab's dir ja schon angeboten. Wenn du bei irgendwas Hilfe brauchst, kannst du dich jederzeit an mich wenden, ja?"
Katsuro drückte ihre Hand und nickte etwas benommen. „Danke, Jessy. Das ist sehr nett."
„Ja, er sieht aus als bräuchte er dringend ein paar Reitstunden", murmelte Nick mehr zu sich selbst. Jessy warf ihm einen beleidigten Blick zu, und Katsuro verstand sichtlich nur Bahnhof. Zu demselben sollte er auch schnell verschwinden und den nächsten Zug nehmen. Egal wohin, aber eine einfache Fahrt bitte. Warum machten die alle so einen Wind um den Typen?
„Wann fährst du heute nach Hause?" Katsuro spießte ein paar

Nudeln auf seine Gabel und sah Nick fragend an. Der wollte doch nicht etwa, dass sie zusammen heimfuhren? Hatte er es immer noch nicht geschnallt?
Nick zog eine Augenbraue hoch. „Ich weiß noch nicht genau. Warum?"
„Es wäre nett von dir, mir zu zeigen, welche U-Bahn ich nehmen soll und wo ich genau aussteigen muss. Schließlich haben wir ja nicht jeden Tag gleichzeitig Schluss. Soweit ich gesehen habe, bin ich um vier fertig."
Aus den Augenwinkeln bemerkte Nick, dass Jessy ihn beobachtete und auf seine Antwort wartete. Wenn er jetzt wieder einen blöden Spruch abließ, war er bei ihr auch unten durch.
„Meinetwegen", antwortete er gleichgültig. „Dann treffen wir uns kurz nach vier unten, okay?"
Katsuro nickte dankbar. „In Ordnung."

Das Abteil der U-Bahn war voll und so waren Nick und Katsuro gezwungen zu stehen. Nick hielt sich an der Haltestange fest und blickte verkrampft aus dem Fenster. Ja toll, die vorbeiziehende Dunkelheit war aber auch wirklich interessant! Katsuros Schulter berührte die seine, und jedes Mal wenn die Bahn hielt, wurde er für einige Sekunden gegen ihn gedrückt. Nick blickte auf den Netzplan über den Türen.
„Also, merk dir die U8. Es sind fünf Stationen, du steigst bei der Münchner Freiheit aus, von dort sind es nur noch ein paar Meter bis zur Kaiserstraße. Ganz einfach." Ihre Blicke begegneten sich flüchtig. Oh Mann, er sollte Nick nicht so ansehen, als wären sie befreundet. Er erwiderte Katsuros Blick reserviert, als die Bahn wieder hielt. „Musst du dich so an mich quetschen? Ich krieg echt Platzangst hier."
Katsuros weiße Zähne blitzten auf. „Du müsstest mal in Tokio U-Bahn fahren. Glaub mir, dagegen ist das hier gar nichts."
Nick verdrehte die Augen, weil er nicht wusste, was er darauf antworten sollte. Außerdem wollte er keine Konversation mit Karate Tiger führen.
„Wo wohnt deine Familie eigentlich?", fragte Katsuro. „Fährst du am Wochenende nach Hause?"
Toll. Konversation. Nick musste sich zusammennehmen, um

Katsuro nicht anzufauchen und zuckte mit den Schultern.
„Meine Mutter wohnt in Augsburg, ich fahr jedes Wochenende zu ihr", antwortete er, ohne ihn anzublicken. Nick sah wieder aus dem Fenster und bemühte sich, ein gelangweiltes und genervtes Gesicht zu machen. Es ging Katsuro ja wohl einen Dreck an, dass seine Mutter sich nicht darum scherte, ob er nach Hause fuhr und dass sie die Gesellschaft ihres neuen Lovers vorzog.
Karate Tiger schien seine Botschaft zu verstehen, denn er sagte nichts mehr. Zum Glück waren sie bald da. Als sich die Türen öffneten, sprang Nick mit zwei großen Sätzen aus dem Abteil.
„Hier müssen wir raus!", rief er knapp über seine Schulter zurück und lief los, ohne sich nach seinem neuen Mitbewohner umzusehen. Doch der Versuch, ihn abzuhängen, scheiterte kläglich. Bereits nach wenigen Metern hatte Katsuro ihn eingeholt und folgte ihm wie ein Schoßhund.

Oben angekommen hängte Nick seinen Anorak an die Garderobe, streifte seine Nikes ab und verzog sich ohne ein Wort in sein Zimmer. Als er die Tür hinter sich zufallen ließ, überfiel ihn für einen winzigen Moment ein schlechtes Gewissen. Doch bei dem Gedanken, wie Vanessa Karate Tiger anschmachtete und dieser alles an sich zu reißen schien, schüttelte er den Kopf und stieß einen verächtlichen Laut aus.
„Arschloch!", knurrte er, bevor er sich auf sein Bett legte und nach seinem iPod griff, der auf seinem Kissen lag. Nick schloss die Augen und versuchte sich auf die Musik zu konzentrieren, doch es gelang ihm nicht. Ständig schob sich das Gesicht dieses Idioten vor sein inneres Auge – grinsend und nervend. Irgendwann gab er schließlich auf und entschloss sich stattdessen, noch etwas fernzusehen. Nick öffnete seine Zimmertür und spähte vorsichtig ins Wohnzimmer, doch von Katsuro war keine Spur zu sehen.
Er machte es sich auf dem Sofa bequem und hoffte, dass ihn Karate Tiger möglichst lange mit seiner Anwesenheit verschonte. Seine Hoffnungen wurden jedoch schon nach einer halben Stunde zerstört, als Nick sich etwas zu trinken holen wollte.
Katsuro betrat den Raum und hielt unschlüssig inne, als Nick

ihm einen feindseligen Blick zuwarf. „Komme ich gerade ungelegen?"
Mann, was für eine überflüssige Frage! Nick rollte mit den Augen und antwortete sarkastisch: „Wie kommst du denn darauf?" Er nahm sich ein Glas aus dem Oberschrank und schenkte sich Mineralwasser ein. Dann lehnte er sich mit dem Rücken gegen die Arbeitsplatte. Katsuro zögerte kurz, bevor er auf Nick zukam. Als er den Arm hob, um sich ebenfalls ein Glas zu nehmen, wehte Nick wieder dieser angenehme Duft nach frischem Zitronentee um die Nase. Warum roch der Idiot immer so gut?
„Ich werd mal nach Mike sehen", sagte er rasch, trank sein Glas in einem Zug leer und knallte es fester auf die Arbeitsplatte, als er beabsichtigt hatte.
„Ja, mach das." Katsuro nickte, doch sein Blick war seltsam verschleiert, als hätte er gar nicht richtig zugehört. Seine schwarzen Augen blieben an Nick haften. „Ich hoffe, es geht ihm etwas besser."
Nick erwiderte Karate Tigers Blick, einen winzigen Moment dachte er, sich nicht davon losreißen zu können. Schließlich wandte er sich ruckartig ab und verließ mit einem seltsamen, fremden Gefühl im Bauch das Wohnzimmer.

Als Mike auf sein Klopfen nicht reagierte, horchte er an der Tür. „Mike? Schläfst du?" Er klopfte noch einmal, als Karate Tiger im Flur auftauchte und ihn fragend musterte. Nick ignorierte ihn und drückte die Klinke. „Mike?"
Das Zimmer war leer, von Mike keine Spur. „Eigenartig", murmelte er.
„Stimmt was nicht?", fragte Katsuro hinter ihm.
„Mann, du nervst, wann kapierst du das endlich?" Nick knallte Mikes Zimmertür wieder zu und stieß einen genervten Laut aus. „Er ist nicht da", sagte er mehr zu sich selbst, in diesem Moment wurde die Haustür aufgeschlossen.
„Hey, ihr seid schon zuhause?" Mike winkte ihnen gut gelaunt und schwenkte eine DVD in der linken Hand, während er seinen Schlüsselbund auf die Kommode warf. „Hab uns Transformers ausgeliehen, habt ihr Lust?"

„Ich dachte, du bist krank?", antwortete Nick erstaunt, war aber froh, dass es Mike anscheinend besser ging. „Sorry, aber ich kann doch nicht jeden Tag DVDs gucken. Irgendwann muss ich auch mal was lernen."
„Dann eben nicht. Ich hab nicht gesagt, dass ich richtig krank bin. Nur eine leichte Erkältung", hüstelte Mike. Sein Blick streifte Katsuro. „Na, wie war dein erster Tag an der Uni? War Nick auch nett zu dir?" Auf Mikes Mundwinkeln entstand ein Grinsen. Katsuro warf Nick einen kurzen, unergründlichen Blick zu und zuckte dann mit den Schultern.
„Nick ist sehr hilfsbereit, er hat mich heute Morgen im Flur abgestellt wie ein altes Fahrrad und mir gesagt, ich solle mir jemand anderen suchen, der für mich den Idioten macht. Aber heute Nachmittag hatte ich richtig Glück. Ich durfte mit ihm U-Bahn fahren, was wirklich toll ist, wenn man merkt, dass man jemandem schrecklich auf die Nerven geht."
Mike blickte von Katsuro zu Nick und hob die Augenbrauen.
„Was?"
„Ach komm schon, du glaubst doch nicht, was der erzählt, oder?", warf Nick aufgebracht ein. „Unser Karate Tiger braucht einen, der ihm ständig Händchen hält und ihn überall hinführt – aber ich hab schon mal gesagt, dass ich der Falsche dafür bin!"
Nick wusste, dass er ungerecht war und für einen winzigen Moment überfiel ihn ein schlechtes Gewissen. Doch da war diese Wut, tief in seinem Inneren, die ihm verbot, diesem Gefühl nachzugeben.
Katsuro schüttelte den Kopf. „Das hab ich gar nicht von dir verlangt, Nick! Aber ein bisschen mehr Freundlichkeit und Hilfsbereitschaft hab ich schon erwartet."
„*Du* hast von mir gar nichts zu erwarten!" Nicks Stimme wurde lauter.
„Das hab ich gemerkt", schnaubte Katsuro.
„Hey, hey, hey! Jetzt beruhigt euch doch mal!", ging nun Mike dazwischen und schüttelte den Kopf. „Was ist denn überhaupt..."
Er wurde unterbrochen, als die Tür erneut aufgeschlossen wurde und Vanessa und Robert nach Hause kamen.
„Was ist denn hier los?" Vanessa musterte Mike fragend,

Katsuro verliebt – und Nick kritisch. „Man hört euch ja schon im Flur."
„Unser Dreamteam hatte einen wirklich guten Start in den Tag", antwortete Mike spöttisch. Robert schloss die Tür und legte seine Jacke ab. Als Mike Karate Tigers Gejammer wiederholte, stieß Vanessa einen erbosten Laut aus und kreuzte die Arme vor der Brust. „Ich frag mich wirklich, was du für ein Problem hast, Nick!"
Nick erwiderte ihren Blick mit einer Unschuldsmiene. „Frag doch ihn!"
Katsuro hingegen sah ihn entrüstet an. „Ich hab dir nichts getan, warum bist du so unfreundlich?"
„Warum bist du so nervig?", blaffte Nick zurück.
Katsuro wollte etwas erwidern, aber Nick machte eine abweisende Handbewegung und wandte sich ab. „Hört zu, ich habe echt keine Zeit für so einen Scheiß. Ich muss lernen. Lasst mich einfach in Ruhe, okay?"
Bevor jemand etwas erwidern konnte, ließ Nick alle stehen und flüchtete in sein Zimmer. „Ich bin euch doch keine Rechenschaft schuldig!" Er schlug die Tür zu, lehnte sich dagegen und atmete aus. Was war nur los mit ihm, verdammt? Er benahm sich ja wie ein pubertärer Schuljunge. Und schuld war dieser Blödmann!
Nick legte sich aufs Bett und verschränkte die Arme hinter dem Kopf. Minutenlang starrte er an die Decke und überlegte krampfhaft, was ihn an dem Kerl so störte. Er kam nicht wirklich zu einem Ergebnis und das machte ihn noch wütender.

Vier

„Also ich weiß wirklich nicht, was in ihn gefahren ist." Vanessa blickte Katsuro peinlich berührt an und zuckte mit den Schultern. „Ich kann mich nur für Nick entschuldigen."
„Das brauchst du nicht, Vanessa", erwiderte Katsuro. „Ich werde ihm erstmal so gut es geht aus dem Weg gehen."
„Aber ich verstehe das nicht", sagte sie, als sie durch das Wohn-

zimmer gingen. „Nick ist manchmal etwas launisch, aber so hab ich ihn noch nie erlebt. Er ist eigentlich ganz friedlich. Vor allen Dingen lässt er seine Aggressionen ja anscheinend nur an dir aus."

„Wenn ihr mich fragt, ist das typisches Revierverhalten", warf Robert leise ein, als sie an Nicks Zimmer vorbei gingen. Vanessa sah sich nach Robert um und hob die Augenbrauen.

„Wie meinst du das?"

„Na ja", Robert zuckte mit den Schultern. „Sind wir doch mal ehrlich. Nick ist es gewöhnt, dass sich alles nur um ihn dreht. Er ist der gut aussehende, verwöhnte Sunnyboy, die Mädels liegen ihm zu Füßen und hier in der WG spielt er auch immer die erste Geige. Da Katsuro jetzt soviel Aufmerksamkeit zuteilwird, ist der sauer und gefrustet."

„Das ist absolut kindisch!" Vanessa verzog verständnislos die Mundwinkel.

„Ach kommt schon. Regt euch ab und lasst Nick einfach mal in Ruhe. Er beruhigt sich schon wieder", warf Mike ein und ließ sich auf dem Sofa nieder. Im nächsten Moment fuhr er auf, als hätte ihn etwas gestochen. „Ich … ähm, ich muss noch mal weg. Ist mir grade eingefallen." Mit einem Schlag wirkte er wieder sehr nervös und blass. „Wartet nicht mit dem Abendessen."

„Aber wo willst du denn jetzt noch hin?", warf Vanessa ein. „Ich dachte, dir geht's heute nicht so gut?"

„Ach", winkte Mike ab. „Das war doch nichts. Also bis später – kann etwas dauern!" Er eilte in den Flur hinaus und verließ keine zwei Minuten später die Wohnung. Vanessa blickte ratlos von Robert zu Katsuro.

„Und ich sage euch, der nimmt etwas. Die plötzliche Nervosität und die Blässe – das sind Entzugserscheinungen."

Roberts Augen weiteten sich überrascht. „Meinst du?"

„Ich befürchte es", seufzte Vanessa. „Und sein bester Freund bekommt nichts mit, weil dieser Egoist viel zu sehr mit sich selbst beschäftigt ist." Sie schnaubte verärgert.

Katsuro setzte sich. Er fühlte sich plötzlich sehr müde, deprimiert und leer. Dass Nick an diesem Abend in seinem Zimmer blieb, war erleichternd und enttäuschend zugleich. Robert meinte, ob Vanessa nicht nach ihm sehen sollte, doch sie lehnte stur ab. Katsuro zog sich eine Weile in sein Zimmer zurück, um zu lernen. Später setzten sie sich noch etwas zusammen, um fernzusehen, doch irgendwie war keiner so richtig bei der Sache. Katsuro spürte die Blicke, die Vanessa ihm zuwarf, immer wieder beobachtete sie ihn, doch er starrte krampfhaft auf den Bildschirm. Er mochte Vanessa sehr, doch wenn sie nun Gefühle für ihn entwickelte, würde er erst recht Nicks Zorn auf sich ziehen. Den Neuanfang hier in Deutschland hatte er sich wirklich einfacher vorgestellt.

Katsuro hatte nicht sehr gut geschlafen. Immer wieder war er aufgewacht, schwer atmend und mit rasendem Herzschlag. Der Grund dafür waren intensive, erotische Träume, in denen Nick und er die Hauptrolle spielten. Sie hatten harten, schmutzigen Sex, bei dem er den blonden Teufel zähmte wie ein Wildpferd. Als sein Wecker klingelte, fuhr er aus dem Bett hoch und starrte auf seinen Monsterständer. Die Bilder seiner nächtlichen Visionen spukten immer noch klar und deutlich durch seinen Kopf und er überlegte kurz, seinem harten Geschlecht Erleichterung zu verschaffen. Doch dann schüttelte er den Kopf und beschloss erstmal eine kalte Dusche zu nehmen.

Katsuro horchte an der Badezimmertür, es schien nicht besetzt zu sein. Er drückte die Klinke, betrat den Raum und erstarrte mitten in der Bewegung.
„Mann, spinnst du?“ Nick wirbelte herum und blickte Katsuro mit seinen großen, eisblauen Augen an, die Zahnbürste noch in einer Hand. An seinen Mundwinkeln haftete Zahnpasta – es sah umwerfend aus.
„Ent… entschuldige, Nick. Warum schließt du denn nicht ab?“ Katsuro trat einen Schritt zurück.
Nick rollte mit den Augen. „Ich schließe nie ab! Das werde ich auch nicht tun, nur weil du jetzt hier bist!“, erwiderte er bissig. „Einmal stehe ich früher auf, damit keiner von euch etwas zu meckern hat und dann stehst du auf der Matte.“
Katsuro starrte für einige Sekunden auf Nicks nackten,

muskulösen Oberkörper und die rosig-hellbraunen Brustwarzen. Seine Brust war unbehaart und glatt. Kurze Bildsequenzen seiner Träume schossen Katsuro durch den Kopf. In seinem Mund sammelte sich Speichel und in seinen Lenden das Blut. Nicks Schlafanzughose saß so locker auf den Hüften, dass man die Beckenknochen sehen konnte. Wenn sie nur ein paar Zentimeter tiefer rutschte …

„Raus!“

Völlig perplex schloss Katsuro die Tür und starrte mit rasendem Puls auf das dunkle Holz. Seine Erektion war zurück und pochte schmerzhaft in seiner Hose.

„Scheiße“, wisperte er gegen die Tür, seine Wangen und Ohren brannten wie die Hölle.

„Katsuro?“

Auch das noch. Er schloss die Augen und versuchte sich zu beruhigen.

„Was machst du da? Alles in Ordnung?“ Vanessa klang etwas verwirrt, was angesichts der Tatsache, dass er mit der Nase an der Badezimmertür klebte, kein Wunder war.

„Ja, ja ... ähm – ich warte nur, dass das Bad frei wird.“ Er kam sich so dämlich vor. Aber besser, als Vanessa seinen Ständer zu präsentieren, der seine Hose in ein Zwei-Mann-Zelt verwandelte.

„Oh“, sagte sie leise. „Wer ist denn drinnen?“

„Nick“, brachte er krächzend hervor. Eine kurze Pause entstand.

„Ja, also … Nick braucht immer etwas länger, weißt du. Mich wundert es ja, dass er schon auf ist.“ Vanessa blickte auf ihre Armbanduhr. „Möchtest du inzwischen nicht frühstücken?“

„Nein … doch, ja.“ Katsuro atmete tief durch und bekam sein *Problem* schließlich in den Griff. Er wandte sich um und grinste verspannt. „Lass uns frühstücken.“

ꕥ

Nick blickte in den Spiegel und bemerkte, dass ihm die Zahnpasta noch in den Mundwinkeln hing. Es könnte ihm egal sein, doch es war ihm megapeinlich, dass Karate Tiger ihn so gesehen hatte. Entsprechend schlecht gelaunt war er, als er die Wohnküche betrat. Vanessa und Katsuro tranken Kaffee und

kicherten. Als sie Nick bemerkten, verstummten sie abrupt.
„Guten Morgen, Nick. Wow, du bist schon wach?“, fragte Vanessa sichtlich verwundert.
Nick grunzte. „Warum? Störe ich euch?“
„Aber nein! Wie kommst du denn darauf?“ Vanessa blickte ihn peinlich berührt an. Ihre Wangen färbten sich knallrot. Katsuro hielt den Blick gesenkt und sagte kein Wort. Sonst war Vanessa immer aufgestanden und hatte Nick Kaffee eingeschenkt. Jetzt rührte sie sich nicht vom Fleck. Ihm fiel wieder auf, dass sie sich mehr zurechtgemacht hatte als sonst. Lief da etwa was zwischen den beiden?
„Wo sind Robert und Mike?“, fragte Nick mürrisch, während er eine Tasse aus dem Küchenschrank nahm und sich den Kaffee selbst eingoss.
„Robert hat heute Spätschicht. Mike schläft auch noch, aber ich wollte ihn jetzt wecken. Er ist erst um drei Uhr morgens nach Hause gekommen.“ Sie schüttelte den Kopf und seufzte.
„Oh Mann ...“, murmelte Nick, während er lustlos in seinem Kaffee rührte. Er trank einen Schluck und stellte dann die Tasse auf dem Tisch ab.
„Ich geh ihn aufwecken.“

Nick klopfte zwei, drei Mal, doch er bekam keine Antwort.
„Verdammt, Mike!“ Ohne weiter zu überlegen, drückte er die Klinke und betrat den Raum. „Hey aufstehen, Kumpel, es ist schon ...“ Der Rest des Satzes blieb ihm im Hals stecken. Der Raum war geschwängert vom Gestank nach Alkohol und kaltem Rauch. Mike lag mit Jeans und Pullover bekleidet im Bett und schnarchte. Nick eilte mit großen Schritten durch das Zimmer, zog die Jalousien hoch und riss das Fenster auf. „Mann Mike, das stinkt hier wie in einer verfluchten Kneipe!“
Als Mike sich nicht rührte, runzelte Nick die Stirn und ging auf ihn zu. „Mike?“ Besorgt neigte er sich hinunter und berührte seinen besten Freund an der Schulter. Zu seiner Erleichterung stieß Mike ein Grunzen aus, doch er schlief weiter. Nick seufzte resigniert auf und begann ihn zu schütteln. Plötzlich fuhr Mike auf, sprang aus dem Bett und packte Nick an der Kehle. Seine

Hände schlossen sich so kraftvoll um Nicks Hals, dass er zurücktaumelte und in den Sessel fiel, der neben dem Bett stand. Er umklammerte Mikes Handgelenke und zerrte daran.
„Mike! Was …!“ Nick wollte schreien, doch aus seiner Kehle löste sich lediglich ein Röcheln.
„Finger weg! Ich mach dich fertig, ich schwör's dir!“ Mike war nicht er selbst, das sah Nick sofort in seinen Augen, die blutunterlaufen und geschwollen waren. Die Pupillen waren erweitert, sein leerer Blick bohrte sich geradewegs durch Nick hindurch. Er schien ihn überhaupt nicht wahrzunehmen.
Verdammt! Nick schlug mit der Faust auf Mikes linkes Handgelenk, worauf sich dessen Griff kurz etwas lockerte. Er wollte Mike zurückstoßen, doch dieser schien in seinem Zustand ungeahnte Kräfte entwickelt zu haben.
Plötzlich tauchte ein Schatten hinter ihm auf. Katsuros Arme schlossen sich um Mikes Brustkorb, worauf der erschrak und von Nick abließ. In dem Versuch, sich von Katsuro loszureißen, stolperte er und fiel schließlich wie ein nasser Sack mit dem Rücken voran auf sein Bett. Katsuro bremste seinen Fall etwas ab, indem er ihn am Arm packte. Vanessa stand im Türrahmen und hielt sich schockiert eine Hand vor den Mund, unfähig etwas zu sagen. Endlich schien Mike zu sich zu kommen, schüttelte den Kopf und blinzelte Katsuro verwirrt an. Katsuro ließ ihn los und trat einen Schritt zurück. Mike stützte sich auf die Ellbogen und starrte zwischen Nick und Vanessa hin und her.
„Was ist los? Ist etwas passiert?“ Allmählich normalisierten sich seine Pupillen, sein Blick wurde etwas klarer.
Nick brauchte einige Sekunden, bevor er sich mit weichen Knien aus dem Sessel erheben konnte. Er griff sich schwer atmend an seine schmerzende Kehle und starrte seinen besten Freund an.
„Allerdings ist etwas passiert, Kumpel“, sagte er heiser und musste husten.
„Mensch, Mike! Du bist auf Nick losgegangen wie ein Berserker!“ Vanessa stieß sich vom Türrahmen ab, eilte zu Nick und legte ihm besorgt eine Hand auf den Oberarm.
„Was?“ Mikes entsetzter Blick richtete sich auf Nick, er schüttelte ungläubig den Kopf. „Aber … wie … was?“
Nick strich sich mit einer fahrigen Bewegung das Haar aus dem

Gesicht und atmete geräuschvoll aus.
„Ehrlich Mann … wenn du so eine Scheiße noch mal bringst, Mike ...“
„Nick, es tut mir leid! Ich hab schlecht geträumt und bin einfach erschrocken, als du mich plötzlich geschüttelt hast!“ Mike klang reumütig, doch Nick war zu schockiert, um darauf einzugehen.
„Das erklärt noch lange nicht, warum du in Straßenkleidung schläfst!“, warf Vanessa ein, während sie Mike erwartungsvoll musterte.
Mike verbarg das Gesicht in den Händen und rieb sich nervös über die Wangen.
„Es – war spät gestern … heute Morgen, meine ich. Hab die Zeit übersehen.“
„Unter der Woche, Mike?“ Vanessa warf Nick einen besänftigenden Blick zu und setzte sich dann auf die Bettkante. „Was nimmst du? Raus mit der Sprache!“
Mikes Kopf schnellte herum, er starrte Vanessa entrüstet an.
„Wie meinst du das? Ihr glaubt doch nicht etwa, dass ich Drogen nehme?“ Er zupfte an der Bettdecke, seine Finger zitterten. „Ich geb' zu, ich hab in letzter Zeit zu viel gesoffen ...“ Er brach ab und sah Vanessa reumütig an. „Aber das hört jetzt auf – mir geht's schon viel besser.“
Nick schnaubte. „Wer's glaubt. Du hältst uns wohl für total bescheuert!“ Er ging zur Tür, dann wandte er sich kurz um und warf Katsuro einen wütenden Blick zu.
„Ich wäre auch alleine mit ihm fertig geworden – niemand hat gesagt, du sollst dich einmischen, oder?“
Katsuro machte den Mund auf und blickte ihn entsetzt an, doch er schwieg. Vanessa dagegen stieß einen erbosten Laut aus. Sie rief ihm noch etwas nach, aber Nick wollte nichts mehr hören. Er eilte in sein Zimmer, packte seine Tasche und seine Jacke und verließ wutentbrannt die Wohnung.

Nick sah Katsuro im Physiologiekurs. Er spürte Karate Tigers bohrende Blicke, doch er ignorierte ihn. Die Frage, was er ihm eigentlich getan hatte, verbannte Nick in den hintersten Winkel seines Bewusstseins. Doch bei dem Gedanken, dass Katsuro ihn heute Morgen vielleicht vor schlimmeren Verletzungen bewahrt hatte, überlegte er, wie es wohl wäre, wenn sie sich verstehen würden. Dann aber schüttelte er zornig den Kopf. Wer wollte denn mit diesem Idioten befreundet sein? Den Rest des Tages gingen sich beide bewusst aus dem Weg, mittags erschien Katsuro gottseidank auch nicht in der Mensa.

Außer Mike war noch niemand zuhause. Sein bester Kumpel saß am Esstisch, das Gesicht in den Händen vergraben. Als Nick das Wohnzimmer betrat, sah Mike auf und blickte ihn schuldbewusst an. Er sah aus wie ein Häufchen Elend – blass, ungekämmt und niedergeschlagen.

„Hi“, sagte er kleinlaut.

Nick warf seine Tasche in die Ecke. „Hi.“

Mike erhob sich und steckte die Hände verlegen in seine Hosentaschen.

„Hör mal, Nick. Es tut mir furchtbar leid wegen heute Morgen. Was ich getan habe, ist unentschuldbar.“ Er kaute auf seiner Unterlippe und wagte es kaum, Nick anzusehen.

Nick schüttelte den Kopf. „Wenn du nicht schwörst, mit dem Scheiß aufzuhören, brauchst du damit gar nicht erst ankommen. Ich möchte meinen alten Kumpel wieder zurück, Mike. Lass die Vergangenheit endlich ruhen und sieh nach vorne.“

Einen Moment lang schwiegen beide. Dann stieß Mike ein schweres Seufzen aus und nickte. „Ich werd’s versuchen, Nick. Versprochen.“ Er trat einen Schritt auf Nick zu und bot ihm seine zitternde Hand an. Nick ergriff sie und zog Mike in eine kurze Umarmung.

„Es wird alles gut. Komm zurück ins Leben, okay?“ Er klopfte Mike auf die Schulter und boxte ihn sanft gegen die Brust.

In den folgenden Tagen schien sich Mike tatsächlich zu fangen, offensichtlich hatte ihm der Angriff auf Nick einen ordentlichen Dämpfer verpasst. Katsuro und Nick ignorierten sich weiterhin so gut es ging, doch die gegenseitige Abneigung hing ständig in der Luft, wie eine dicke, schwarze Regenwolke.

Freitagabend besuchten sie alle zusammen ihre Stammkneipe. Das *Daniel's* lag nur eine Straße weit von der WG entfernt und war Treffpunkt für viele Studenten und junge Leute. Wenn Katsuro nicht dabei gewesen wäre, hätte sich Nick bestimmt amüsiert.
„Komm, lass uns gehen. Ist doch langweilig hier, und der Typ kotzt mich echt an." Nick deutete mit dem Kinn zu Katsuro hinüber und zog Mike am Arm. Mike schüttelte verständnislos den Kopf.
„Spinnst du? Wir sind doch grade erst gekommen!" Er bestellte sich noch ein Pils und warf Nick einen genervten Blick zu. „Langsam darfst du dich echt wieder einkriegen, Nick."
„Ich? Pass lieber auf, dass du nicht zu viel trinkst. Du wolltest dich zusammennehmen."
„Ich bin aber kein kleines Kind mehr." Mike kniff die Augen zusammen und fixierte Nick. „Den Part übernimmst ja du im Moment. Ich weiß echt nicht, was der Scheiß mit Katsuro andauernd soll. Er ist doch ein netter Kerl, oder nicht?"
Nick verdrehte die Augen, sein Blick schweifte wieder hinüber zum anderen Ende der Bar, wo sich Vanessa und einige andere Mädchen mit Katsuro unterhielten. Vanessa war völlig neben der Spur. Sie verhielt sich wie ein Teenager, kicherte und überprüfte ständig ihre Frisur. Sie war gar nicht mehr sie selbst und das nur wegen diesem Karate-Fuzzi. Dieser Mistkerl grinste ständig und das hatte er wirklich gut drauf. Nick nippte lustlos an seinem Bier und sah sich um.
Sämtliche Blicke – der Mädels (und einiger Jungs) in Katsuros unmittelbarer Nähe waren auf ihn gerichtet. Als wäre er eben nackt aus einer Torte gesprungen.
Susi war eine von denen, die Katsuro unverhohlen angafften. Sie besaß in etwa das Gewicht eines Babyelefanten und würde sogar eine Tafel Schokolade Nick vorziehen. Sie war fast jeden Freitag hier und interessierte sich sonst nur für ihre Drinks und die kleinen Schälchen mit Erdnüssen, die auf der Theke verteilt

standen. Bei dem Ausdruck, der jetzt auf ihrem Gesicht lag, während sie Katsuro beobachtete, stellte es Nick sämtliche Nackenhaare auf.
„Vanessa hat mir erzählt, er wohnt seit Neuestem bei euch?“, fragte sie neugierig. „Ihr habt nicht zufällig noch ein Zimmer frei?“ Sie kicherte übertrieben. Nick knirschte mit den Zähnen und gab ihr keine Antwort.
„Kein Wunder, dass Vanessa sich in ihn verguckt hat. Sieh ihn dir doch an“, sagte Mike mit einem Kopfnicken in Richtung Tanzfläche. „Er sieht wirklich gut aus.“
Nick warf ihm einen bösen Blick zu. „Bist du neuerdings schwul oder was?“
„Meine Güte!“ Mike zuckte mit den Schultern. „Um das zu sehen, muss ich ja wohl nicht schwul sein, oder?“
Nick musterte Katsuro. Sein schwarzes, dichtes Haar bedeckte seine Ohren und den Kragen seines Shirts und fiel ihm teilweise in die Stirn. Darunter funkelten wachsame Augen. Seine Beine steckten in einer dunkelblauen Jeans und er trug Nike-Turnschuhe. Nick musste sich wohl oder übel eingestehen, dass Mike recht hatte. Karate Tiger war wahrscheinlich der Traum vieler Frauen, aber das galt für Nick schließlich auch! Ein paar Mal bildete er sich ein, Katsuro würde ihn anstarren, aber immer wenn er zu ihm hinüber sah, blickte er in eine andere Richtung. Nick war heilfroh, als Robert nach einer Weile den Vorschlag machte, nach Hause zu gehen. Vanessa hakte sich kichernd bei Katsuro unter und schien nur noch Augen für ihn zu haben.

In der folgenden Nacht träumte Nick das erste Mal etwas anderes …
Er befand sich mit Vanessa im Rumors, einer Diskothek, die sie manchmal am Wochenende besuchten. Sie tanzten gerade zusammen, als plötzlich ein paar Cheerleader eine mannshohe Schoko-Sahne-Torte auf Rädern auf die Tanzfläche schoben. Nick legte den Arm um Vanessas Schultern, sie lächelte und küsste ihn auf die Wange. Gespannt verfolgten sie das Geschehen auf der Bühne, als sich plötzlich der Deckel der Torte hob und Bruce Lee in voller Karate-Montur daraus hervorsprang. Die Leute klatschten Beifall, die Mädels begannen zu kreischen, als Bruce Schatten-

kämpfe vollführte. Als er Nicks Blick auffing, fixierte er ihn eindringlich und plötzlich begann sich sein Gesicht zu verändern. Nick schluckte hart, als er erkannte, wer da nun auf der Bühne stand. Vanessa seufzte entzückt und zog sich aus Nicks Umarmung zurück. Katsuro sah sehr attraktiv aus in seinem schneeweißen Karateanzug. Langsam kam er auf Nick zu und streckte die Hand aus. Nicks Herz raste, seine Handflächen wurden feucht. Katsuro und Nick trennten nur noch einige Zentimeter, doch im letzten Moment riss der Blickkontakt ab und Karate Tiger wandte sich Vanessa zu.
„Komm ...“, flüsterte er mit einem verführerischen Lächeln, das seine strahlend weißen Zähne offenbarte. Vanessa zögerte keinen Moment, legte ihre Hand in seine und ließ sich von ihm entführen. Nick stand da wie ein Idiot, während Katsuro Vanessa in seine Arme hob, als wäre sie leicht wie eine Feder. Er ging mit ihr zur Torte, wo er sie behutsam auf dem Boden abstellte. Sie sah zu ihm auf, er berührte ihr Gesicht und neigte sich hinunter, um ihren Hals küssen. Während Vanessa ihre Arme um seinen Nacken schlang, blickte Katsuro Nick direkt an. In seinen schwarzen Augen lag ein schadenfroher Ausdruck.
Nick ballte die Fäuste und biss die Zähne fest aufeinander. Die Menge johlte, klatschte und stieß ihn beiseite, um einen Blick auf die Torte werfen zu können, in der Katsuro und Vanessa im nächsten Augenblick verschwanden.
Was für ein Albtraum! Das war ja noch schlimmer als seine bisherigen nächtlichen Visionen.

Fünf

Am Samstag saß Nick im Zug nach Augsburg und überlegte, warum er sich das überhaupt noch antat. Manchmal glaubte er, die Ablehnung seiner Mutter regelrecht spüren zu können. Sobald er die Wohnung betrat, fühlte er sich wie ein Eindringling. Als würde er nicht hierher gehören. Aber Katsuro fuhr am Wochenende auch zu seiner Familie, und Nick wollte nicht, dass sie den Verdacht schöpften, er wäre zuhause nicht willkommen. Die bittere Wahrheit ging niemanden etwas an. Warum musste sich seine Mutter von allen Arschlöchern auf dieser Welt ausgerechnet Stefan aussuchen? Sie hatte ihn in einem Club kennengelernt, er war fünfzehn Jahre jünger als sie und nur fünf Jahre älter als Nick! Hatte Nick schon vorher nicht den größten Platz im Leben seiner Mutter eingenommen, so war es jetzt noch schlimmer, seit dieser Trottel bei ihr wohnte. Schon nach drei Wochen Beziehung war er bei ihr eingezogen und schmarotzte sich seitdem durch. Stefan war arbeitslos und stinkfaul. Wie ein Parasit hatte er sich in ihrer Wohnung eingenistet, überall lag sein Zeug herum.

Die Begrüßung war schon seit einer ganzen Weile kühl und reserviert, mittlerweile umarmte ihn seine Mutter nicht einmal mehr. Nicks Brust zog sich zusammen, es tat weh mit anzusehen, wie sie sich immer mehr von ihm entfernte. Als er die Wohnung betrat, war niemand zu Hause. Auf dem Küchentisch lag ein Zettel:
Hallo Nick! Sind Essen gegangen. Im Kühlschrank sind Schnitzel von gestern. Bis später!
„Schnitzel von gestern?“, stieß Nick ungläubig hervor, seine wütende Stimme hallte an den Wänden der Küche wider. „Bin ich ein Hund oder was?“ Er ließ sich auf dem Stuhl nieder und sah sich in der leeren Küche um. Was machte er hier eigentlich? Nick beschloss in sein Zimmer zu gehen und dort zu warten, bis seine Mutter und Stefan zurück waren. Als er die Tür öffnete, blieb er jedoch wie angewurzelt stehen. Seine persönlichen Sachen waren alle in Kartons verpackt, sein Bett verschwunden, stattdessen stand dort ein Schreibtisch.

Obwohl seine Mutter angeboten hatte, ihn in München abzuholen, hatte Katsuro sich entschieden, mit dem Zug nach Hause zu fahren. Mit dem gleichmäßigen Dahinrattern der Bahn gingen seine Gedanken auf Wanderschaft und wie meistens endeten sie bei Nick. In jedem vorbeiziehenden Baum, jedem Hügel und jedem Haus sah er sein Gesicht. Es war zum verrückt werden! Warum nur benahm sich Nick ihm gegenüber so schäbig? Er konnte ein netter Kerl sein, das hatte er oft genug bewiesen,

wenn er mit den anderen sprach. Eine gewisse Überheblichkeit und Arroganz hatte er manchmal schon an sich, doch dies war nur eine Mauer, eine Fassade, hinter der er irgendetwas versteckte … dessen war sich Katsuro ganz sicher.
Die Fahrt verging wie im Flug, seine Mutter und Mitsuko warteten am Bahnsteig und winkten aufgeregt.
„Du musst uns alles erzählen! Was sind das für Leute, die mit dir da wohnen? Wie ist es an der Uni?“ Nachdem er sie beide in seine Arme geschlossen hatte, wurde er mit Fragen bombardiert, und bis sie zu Hause waren, hatte er fast alle geduldig beantwortet.

„Wo ist Vater?“ Katsuro sah sich suchend um. Seine Mutter zuckte mit den Schultern und seufzte leise. „Tut mir leid, Schatz, aber er hat im Dojo noch sehr viel zu tun. Es wird wohl später werden.“
Katsuro versuchte sich die Enttäuschung nicht anmerken zu lassen, dennoch ärgerte er sich, dass sein Vater so wenig Zeit für ihn hatte. Wenn er am Wochenende zuhause war, sah er ihn höchstens ein paar Stunden. Sie aßen ohne ihn zu Abend und spielten anschließend mit Mitsuko eine Runde „Mensch ärgere dich nicht.“
Seine kleine Schwester freute sich ganz offensichtlich, dass Katsuro da war, denn sie wich nicht von seiner Seite. Ihr Verhältnis war immer schon sehr eng gewesen, obwohl sie ein Altersunterschied von elf Jahren trennte. Katsuro war Mitsukos Beschützer und Vorbild, und er liebte sie über alles.
„Mann, wann kommt denn der Papa jetzt?“, schnaubte sie kopfschüttelnd, während sie den Würfel über den Tisch rollen ließ. „Der spielt nie mit uns so was!“ Sie griff nach ihrer Spielfigur und rückte damit so vehement vier Felder vor, dass das Spielbrett hüpfte und sämtliche Figuren zu wackeln begannen.
„Ach Mitsuko, du weißt doch, dass euer Vater viel im Dojo zu tun hat. Würde er nicht so hart arbeiten, hätten wir uns dieses schöne, große Haus nicht leisten können. Und wir könnten nächsten Sommer auch nicht nach Tokio fliegen.“
„Trotzdem.“ Mitsuko verschränkte die Arme vor der Brust und zog eine Schnute.

„Mitsuko hat Recht, Mama." Katsuro strich über das rabenschwarze, dichte Haar seiner Schwester. „Ein kleines bisschen mehr Zeit für die Familie müsste doch drinnen sein, oder?" Er zwinkerte Mitsuko zu, worauf sie ihm ein strahlendes Lächeln schenkte.
Anna seufzte und zuckte mit den Schultern.
„Vermutlich habt ihr recht, aber euer Vater war noch nie der geselligste Typ, und ihr dürft nicht vergessen, dass er in einer ganz anderen Kultur und Zeit groß geworden ist als ihr beide. Ich habe euch lockerer erzogen, als es bei vielen anderen Kindern in Japan der Fall ist, das wisst ihr. Und jetzt blast kein Trübsal, sondern passt auf – sonst schlag ich euch alle beide." Sie würfelte, rückte drei Felder vor und schoss Katsuros Spielfigur lachend davon.
„Heeey!" Katsuro schnappte entrüstet nach Luft, Mitsuko klatschte und schnitt ihm eine Grimasse.

Es war fast dreiundzwanzig Uhr, Mitsuko war vor einer halben Stunde zu Bett gegangen. Katsuro und seine Mutter saßen auf den Bodenpolstern am Wohnzimmertisch.
„Mama?"
„Ja, Schatz?"
Katsuro zögerte und sah sich nervös um, bevor er weiter sprach.
„Weißt du … manchmal habe ich das Gefühl, dass Vater keine Ahnung hat, wie er mit mir umgehen soll, seit er weiß, dass ich schwul bin. Ich glaube, er ist froh, dass ich nicht hier bei euch wohne."
Die Augen seiner Mutter weiteten sich, mit einer hastigen Bewegung legte sie die Hand auf Katsuros Arm und übte leichten Druck aus.
„Es hat ihn damals getroffen, das stimmt. Aber dein Vater liebt dich, Katsuro, vergiss das niemals!" Ein leises Seufzen entwich ihrer Kehle. „Natürlich macht er keine Freudensprünge deswegen, aber in seiner Liebe zu dir würde das nie etwas ändern. Er würde alles für Mitsuko und dich tun. Er ist sehr beschäftigt und … kann seine Zuneigung eben nicht so zeigen, weißt du. Dein Vater wurde selbst ganz anders erzogen und kennt das

nicht, dass man sich ständig umarmt und all das." Sie runzelte die Stirn und starrte auf die Tischplatte, dann blickte sie ihn wieder an. „Was meinst du, wie lange ich gebraucht habe, mich daran zu gewöhnen, dass er mich auf offener Straße nicht umarmen oder gar küssen wollte." Sie kicherte leise. „Das war völlig unvorstellbar für ihn. Aber er ist ein guter Mensch und liebt seine Familie mehr als alles andere."
Katsuro senkte den Blick und zuckte mit den Schultern.
„Ja, aber Mitsuko umarmt und verhätschelt er ja auch."
„Ach sie ist erst elf – und mit Töchtern spinnen Väter immer besonders herum." Sie strich ihm über die Wange. „Mach dir nicht so viele Gedanken, Katsuro. Nimm deinen Vater einfach so, wie er ist."
Katsuro nickte. Sie verstand ihn nicht – was hatte er auch erwartet?"
„Du wirkst allgemein sehr nachdenklich und ruhig. Was ist los, Schatz? Fühlst du dich unwohl in der Wohngemeinschaft? Oder in der Universität?" Sie musterte ihn besorgt. Katsuro schüttelte den Kopf.
„Das ist es nicht." Er zuckte mit den Schultern. „Es … geht um einen meiner Mitbewohner." Katsuro fuhr mit dem Zeigefinger die feine Maserung des Mahagoni-Tisches nach. Seine Wangen brannten, er spürte, dass er rot wurde. „Ich mag ihn, aber … ich bin mir nicht sicher, ob ich schon darüber reden will, bitte sei mir nicht böse. Vielleicht zu einem anderen Zeitpunkt."
„Ich bin dir nicht böse, wenn du versprichst, dass ich mir keine Sorgen machen muss."
„Das musst du ganz bestimmt nicht." Er grinste verspannt.
In diesem Moment wurde die Wohnungstür aufgeschlossen.

Katsuros Vater war ein stattlicher Mann mit bereits leicht ergrauten Schläfen.
„Da bist du ja endlich, Liebling. Wir haben schon auf dich gewartet." Katsuro und seine Mutter erhoben sich, um das Familienoberhaupt zu begrüßen. Anna küsste ihn auf die Wange, er quittierte dies mit einem knappen Lächeln. Dann kam er auf Katsuro zu.

„Katsuro-Kun[1] … wie ist es in München?“, fragte er auf Japanisch. Er streckte Katsuro die Hand entgegen. Katsuro erwiderte den Gruß in seiner Muttersprache und deutete eine Verbeugung an.
„Otosan[2]. Es ist besser, als ich gedacht hatte. Ich komme gut zurecht, danke.“
„Schön, das freut mich.“ Katsuros Vater sah sich im Raum um. „Wo ist mein kleiner Sonnenschein?“
„Sie schläft. Mitsuko war schon sehr müde“, antwortete Anna, während sie ein Glas aus dem Wohnzimmerschrank nahm und es auf den Tisch stellte.
„Oh“, machte Katsuros Vater, seine Enttäuschung war offensichtlich. Dann blickte er auf seine Armbanduhr und nickte. „Wieder sehr spät heute, aber gutes Training.“ Sein Deutsch klang etwas abgehackt, aber er war immer bemüht, sich mit seiner Familie in zwei Sprachen zu unterhalten. Während Anna in die Küche ging, um das Essen für ihn aufzuwärmen, musterte er Katsuro. „Möchtest du Sonntag wieder Anfänger unterrichten, Katsuro-Kun?“
Katsuro nickte. „Ja gerne. Ich freue mich schon darauf.“
Zeit mit ihm zu verbringen genoss Katsuro sehr, im Dojo war ihre Verbindung viel enger als zu Hause. Wenn es um Karate ging, hatten sie immer etwas zu besprechen, doch bei privaten Dingen hielt sich sein Vater sehr zurück – besonders seit er von Katsuros Homosexualität wusste. Es war als hätte er Angst, dass Katsuro ihm etwas davon erzählte.
Anna kam mit einer Flasche Weißwein und Mineralwasser zurück und setzte sich wieder. Sie versuchte stets zu vermitteln und das Gespräch aufzulockern, doch das gelang ihr nicht immer. In solchen Momenten kam sich Katsuro manchmal fast wie ein Eindringling in der eigenen Familie vor.

1 Katsuro-kun: -kun: = japanische Anrede für Jugendliche und junge Erwachsene in der Familie oder unter engen Freunden.
2 Otosan: jap. „Vater“

Nick saß im Wohnzimmer auf dem Sofa und starrte gedankenverloren vor sich hin. Der Zustand seines Zimmers hatte ihn so aufgewühlt und verwirrt, dass er am liebsten sofort wieder abgereist wäre. Doch er war geblieben, um sich die Gründe des „Umbaus" anzuhören. Er schrak auf, als die Wohnungstür zufiel und Stimmen zu hören waren. Seine Mutter betrat gut gelaunt und kichernd das Wohnzimmer, gefolgt von Stefan. Als sie Nick erblickte, hob sie die Mundwinkel zu einem gezwungenen Lächeln, ihre Augen sprachen die Wahrheit.
„Oh, bist du schon lange da? Hast du meinen Zettel gesehen?"
Sie kam auf ihn zu und streckte ihm die Hand hin. Die Hand!
Nick erhob sich und verschränkte demonstrativ die Arme vor der Brust.
„Ja, habe ich. Aber erstens mag ich keine alten Schnitzel und zweitens, was ist mit meinem Zimmer passiert?"
Als Stefan abfällig grinste, ballte Nick die Fäuste und knirschte mit den Zähnen. Er musste sich zusammennehmen, um nicht ausfallend zu werden. Seine Mutter trat einen Schritt zurück und setzte eine beleidigte Miene auf.
„Du kommst her und bist schlecht gelaunt, Nick. Was soll das? Wir hatten gerade so einen schönen Abend."
Nick war dran, die Beherrschung zu verlieren.
„Entschuldigt, wenn ich euch gestört habe. Bevor ich angekommen bin, hatte ich übrigens gute Laune!"
Nun mischte sich Stefan ein. „Gute Laune? Du? Das wäre ja mal ganz was Neues", grunzte er sarkastisch.
„Mit dir habe ich nicht geredet, Arschloch!" Nick streckte den Arm aus und zeigte Stefan den Mittelfinger. In seinem unbändigen Zorn ließ er sich zu dieser primitiven Geste hinreißen.
„So redest du nicht mit Stefan, Nick!" Seine Mutter griff nach seinem Handgelenk und sah ihn böse an. „Lass ihn in Ruhe!"
Nick verstand die Welt nicht mehr. Auch wenn die Zeit, die er bei seiner Mutter verbrachte nicht so war, wie es sich ein Sohn vielleicht wünschte, hatte er sich das Wochenende trotzdem anders vorgestellt.
„Jetzt beruhigen wir uns erst mal und setzen uns", schlug Stefan

beschwichtigend vor. Er nahm Nicks Mutter an der Hand und zog sie mit sich hinunter auf das Sofa. Nick bevorzugte es, stehen zu bleiben.

„Was ist mit meinem Zimmer passiert?", fragte er herausfordernd. „Wo soll ich denn schlafen?"

Seine Mutter senkte den Blick und schwieg einen Moment. Dann musterte sie Stefan kurz, bevor sie Nick wieder ansah.

„Schau Nick. Du bist nur am Wochenende hier, das Zimmer steht also die ganze Woche über leer." Wieder sah sie Stefan kurz an, als brauchte sie seine Ermutigung. „Stefan und ich haben beschlossen, dass wir uns ein Arbeitszimmer einrichten. Ich kann von zu Hause aus Sachen machen, die ich in der Agentur nicht mehr geschafft habe, und Stefan kann Bewerbungen schreiben und so." Sie lächelte unsicher, Stefan tätschelte ihre Hand, als wollte er ihr so mitteilen, dass sie das gut gemacht hatte. „Wenn du über Nacht bleiben willst, kannst du ja immer noch auf dem Sofa schlafen."

„Wenn ich über Nacht bleiben will?", wiederholte er ungläubig. Nick verstand immer weniger, wie sie sich als erfolgreiche Illustratorin einer Werbeagentur mit so einem Loser einlassen konnte. Die Schadenfreude stand Stefan ins Gesicht geschrieben, als er Nick mit zusammengekniffenen Lidern musterte.

Jetzt musste sich Nick doch setzen. Er ließ sich in den Sessel fallen, fuhr sich durch das Haar und atmete geräuschvoll aus.

„Das ist doch nicht euer Ernst, oder?" In Nicks Ohren rauschte es, Übelkeit stieg seine Kehle empor.

„Ach jetzt sei doch nicht so theatralisch!" Stefan verdrehte die Augen. „Es wird Zeit, dass du mal erwachsen wirst und nicht mehr an Mamis Rockzipfel hängst, Nick!"

Das war der Moment, in dem Nick durchdrehte. Mit einem Satz war er bei Stefan und packte ihn am Kragen. Seine Mutter stieß einen spitzen Schrei aus, während Stefan keuchend nach Nicks Handgelenken griff.

„Stattdessen hängst *du* jetzt an ihrem Rockzipfel, du asoziales Arschloch, oder? Du lässt dich von ihr aushalten, wohnst hier umsonst und tust keinen Strich dafür!"

„Lass mich los!"

„Halts Maul! Du bist kaum älter als ich und hast mir überhaupt

nichts vorzuschreiben!“ Nick zitterte vor Wut, als seine Mutter aufsprang und versuchte, ihn von Stefan wegzuziehen.
„Lass ihn sofort los, Nick, oder ...“
Nicks Kopf schnellte herum.
„Oder was?“
Sie zögerte kurz. „Oder du kannst gleich wieder gehen. Stefan ist mein Freund, und wir wohnen gemeinsam hier. Du hast kein Recht, ihn hier anzugreifen. Du solltest wirklich anfangen, dein eigenes Leben zu leben.“ Ihre Unterlippe bebte, sie schlang die Arme um sich selbst. Nick wurde schwindelig, seine Beine fühlten sich an, als würde er auf Watte stehen. Er ließ Stefan los und richtete sich auf.
„Was … willst du damit sagen?“, fragte er mit zitternder Stimme. „Heißt das, ich soll nicht wiederkommen?“
Ihr Schweigen war ihm Antwort genug.
„Dies war auch mal mein Zuhause“, fuhr er leise fort, erschrocken darüber, wie heiser seine Stimme klang. „Was ist es, Mama? Er ist fünfzehn Jahre jünger als du! Bumst er so gut?“
Noch bevor Nick ahnte, dass er zu weit gegangen war, spürte er einen brennenden Schmerz auf seiner Wange, sein Kopf flog zur Seite.
„Wie kannst du nur?“, kreischte sie. „Warum bist du so ein verdammter Egoist und gönnst mir kein bisschen Glück? Reicht es dir nicht, dass dein Vater gegangen ist? Ich hatte danach nie Glück mit Männern. Musst du nun auch Stefan vergraulen?“ Kaum hatte sie ihren Satz beendet, schlug sie sich eine Hand vor den Mund und riss die Augen auf. Vielleicht bereute sie ihre Worte, doch das änderte nichts.
Nick starrte sie an und schluckte schwer. Nun war es also raus, und der Schmerz ihrer Ohrfeige war ein leichtes Gewitter im Gegensatz zu dem Orkan, der in seiner Brust tobte. Was außer Zuneigung hatte er denn je verlangt? Zuneigung und Liebe, die sie in all den Jahren vorzugsweise ihren Liebhabern geschenkt hatte. Er war unfähig, auch nur ein Wort weiterzusprechen. Wie in Trance wandte er sich ab, ging hinaus in den Flur, nahm seine Jacke und seine Tasche und verließ die Wohnung. Einen Moment hatte Nick gehofft, seine Mutter würde ihn aufhalten, doch sie tat es nicht. Seine Beine waren wie Blei, er fühlte nichts

im Kopf außer unendlicher Leere. Der Knoten in seiner Brust schwoll an und schmerzte, als er die Stufen hinunter eilte. Unten angekommen stürzte er auf die Straße hinaus, wo sich der Knoten auflöste und in Form von Tränen über seine Wangen lief.

Nick war den halben Samstag ziellos durch Augsburg gelaufen, nachdem er die Wohnung seiner Mutter verlassen hatte. Erst am späten Nachmittag war er in die verlassene WG zurückgekehrt und hatte sich in seinem Zimmer verschanzt. Mike saß um diese Zeit vermutlich bereits in irgendeiner Kneipe und ließ sich volllaufen, und Vanessa und Robert hatten Nachtschicht im Krankenhaus. So bemerkte keiner seiner Mitbewohner Nicks verfrühte Rückkehr. Gut so, denn er wollte den Schein seiner heilen, vollkommenen Welt aufrecht erhalten.
Die WG war jetzt das einzige, richtige Zuhause, das er hatte. Wäre da nicht eine störende Sache: Karate Tiger. Genau wie dieser Arsch von Stefan drohte er alles an sich zu reißen und Nick mit nichts stehen zu lassen.

Das Wochenende war viel zu schnell vergangen, andererseits konnte Katsuro den Sonntagabend kaum erwarten. Nick wieder zu sehen, erfüllte ihn mit einer Mischung aus unheilbarer Sehnsucht und der Angst vor erneuter Zurückweisung.
Zurück in der WG fiel ihm Vanessa um den Hals und drückte ihn.
„Hi Katsuro!“ Mit roten Wangen wich sie ein Stück zurück und fixierte ihn. „Wie war dein Wochenende? Du hattest bestimmt eine Menge zu erzählen.“
„Ja, schon ... Es war wirklich schön.“ Er deutete mit einem Kopfnicken zum Wohnzimmer, aus dem Musik drang. *Ist Nick schon da?* „Sind die anderen auch da?“
„Robert ist drüben im Wohnzimmer und Mike und Nick sind in ihren Zimmern. Nick ist bereits seit heute Morgen zurück.“ Sie zuckte mit den Schultern. „Seine Mutter hatte wohl einen

wichtigen Termin, hat er zu mir gesagt." Sie wirkte nachdenklich. „Irgendwie kommt er mir ein bisschen geknickt vor. Er sitzt die ganze Zeit in seinem Zimmer – angeblich muss er lernen, aber ich weiß nicht ..."
Katsuro fühlte, wie sein Herz zu rasen begann. Nick war hier. Es brauchte nur jemand seinen Namen auszusprechen, und seine Gefühle spielten verrückt.

Im Wohnzimmer begrüßte ihn Robert fröhlich. Er war fast immer gut gelaunt und freundlich. Warum konnte er sich nicht in einen wie ihn verlieben? Warum musste es Nick sein?
Sie machten es sich zu dritt auf dem Sofa gemütlich. Katsuro und Robert tranken Bier aus der Dose, Vanessa hatte sich Tee gemacht und eine Schale Chips auf den Tisch gestellt. Jeder berichtete von seinem Wochenende, es wurde gelacht und Katsuro fühlte sich sofort wieder wohl hier. Trotzdem konnte er sich kaum auf das Gespräch konzentrieren, da er ständig auf Nicks Zimmertür schielte. Er wollte wissen, ob alles in Ordnung mit ihm war. Als Vanessa näher rückte und ihm ein Lächeln schenkte, wurde er unruhig und erwiderte es nur zaghaft. Katsuro mochte sie wirklich gerne, aber er wollte auf keinen Fall, dass sie sich Hoffnungen machte.
„Hach, ist das gemütlich." Sie stieß ein Seufzen aus und sank in die Sofakissen zurück. Ihre Schultern berührten die seinen. Er schloss kurz die Augen und bildete sich ein, es wäre Nick, der so dicht neben ihm saß. Warum konnte er ihn nicht einfach vergessen und ignorieren, wenn er da war? Diesen stets mies gelaunten, arroganten, launischen ... wunderschönen blonden Teufel? Katsuro seufzte entzückt, als er an Nicks blaue Augen dachte. Sein Seufzen musste Vanessa falsch verstanden haben, denn sie rückte noch etwas näher und legte ihren Kopf auf seine Schulter. In diesem Moment öffnete sich Nicks Zimmertür. Katsuros Herz setzte einen Moment aus, dann hämmerte es gnadenlos gegen seinen Brustkorb. Nick sah atemberaubend aus. Sein Haar war offen, auf einer Seite hatte er es hinter sein Ohr geklemmt. Er trug einen dunkelblauen Kapuzenpullover, Jeans und – sah so grimmig drein, dass Katsuro ein kalter Schauder über den Rücken lief.

Vanessa saß zwischen Karate Tiger und Robert auf dem Sofa, auf dem Tisch stand eine große Schüssel mit Chips. Sie war Katsuro ziemlich auf die Pelle gerückt, saß quasi schon fast auf seinem Schoß und hatte die Füße auf dem Tisch abgelegt. Die Schweinchenschlappen glotzten Nick mit schwarzen Knopfaugen an. Robert sah in seinem Jogginganzug aus wie ein zerknautschtes Sofakissen, das man achtlos in die Ecke gequetscht hatte.

„Hi Nick! Wie war dein Wochenende?", begrüßte ihn Katsuro.

Beschissen, wollte Nick sagen, stattdessen rang er sich zu einer neutralen Antwort durch und antwortete knapp: „Passt schon." Dann beäugte er Karate Tiger mit einem abwertenden Blick. „Und ihr habt es euch so richtig schön gemütlich gemacht, was?"

Vanessa rückte von Katsuro ab und ordnete verlegen ihre Haare, während sich Katsuro rasch auf den Bildschirm konzentrierte.

„Wo ist Mike?", fragte Nick. „Schläft er immer noch?"

„Ja, er schläft schon den ganzen Tag und hat nichts gegessen." Vanessa verdrehte die Augen. „Vielleicht magst du mal nach ihm sehen?"

Auf jeden Fall besser, als hier zu sitzen, dachte Nick.

„Ja, ich schau mal was er macht", erwiderte er und ging zurück in den Flur. Einen winzigen Moment dachte er daran, wenigstens seinem besten Freund sein Herz auszuschütten, doch er verwarf diesen Gedanken sofort wieder.

Als er nach einem leisen Klopfen Mikes Zimmer betrat, wurde ihm bewusst, dass er wirklich besser war, alles für sich zu behalten.

„Was willst du?", fuhr ihn Mike an. Er lag im Halbdunkel auf seinem Bett, in Jeans und Shirt, sogar seine Turnschuhe hatte er anbehalten.

„Tolle Begrüßung", antwortete Nick. „Danke und wie war dein Wochenende?"

„Das willst du nicht wissen, glaub mir. Sei mir nicht böse Nick, aber ich hab keinen Bock zum Quatschen."
„Geht's dir gut?"
„Ja, verdammt! Ich bin nur müde! Warum fragen ständig alle, wie es mir geht? Lasst mich doch mal in Ruhe, dann geht's mir auch besser!"
„Ist gut, Mann! Du bist ja drauf." Nick schüttelte den Kopf, trat zurück und schloss die Tür. Warum entfernten sich im Moment alle von ihm? Er kam sich vor, als wäre er im Inneren einer Seifenblase gefangen. Zu den anderen ins Wohnzimmer wollte er sich nicht setzen, und so beschloss er, ein Bad zu nehmen und danach ins Bett zu gehen.

Er befand sich wieder im Rumors und erneut rollten die Cheerleader die Torte auf die Tanzfläche. Vanessa stand neben ihm und beobachtete wie gebannt das Geschehen. Aber diesmal würde Karate Tiger sie ihm nicht wegnehmen – Nick war kampfbereit. Er ballte die Fäuste an den Seiten, als Katsuro mit ausgestreckter Hand auf sie zuschritt. In seinen schwarzen Augen funkelten Leidenschaft und Begierde, er sah absolut heiß aus. Nick konnte den Blick nicht von seinem Gesicht abwenden. Im letzten Moment fiel ihm wieder ein, dass er um Vanessa kämpfen wollte und straffte die Schultern. Als Katsuro bei ihnen war, fing er Nicks Blick auf – und bot ihm seine Hand dar.
Nick riss die Augen auf und schluckte hart. Sein nächster Reflex war, sich umzusehen, denn Karate Tiger konnte unmöglich ihn meinen. Doch unmittelbar hinter ihm stand niemand.
„Nick ..." Katsuros Stimme hallte in seinem Kopf wider … zärtlich und lockend. „Komm her ..."
Langsam und mit rasendem Herzschlag wandte sich Nick wieder um und sah sein Gegenüber an. Über Katsuros Gesicht huschte ein Lächeln, er nickte ihm aufmunternd zu. Nick hob die Rechte und legte sie in Katsuros Hand. Katsuro schloss seine Finger sanft um Nicks und zog ihn in seine Arme.
„Alles wird gut, Nick … ich bin bei dir."

Als Nick erwachte, spürte er noch immer Katsuros Hand, und sein Herz pochte heftig und viel zu schnell gegen seinen Brustkorb.

„Was ... soll dieser verdammte Scheiß?“, wisperte er atemlos. Warum träumte er so krankes Zeug? Karate Tiger war schuld! Der Typ hatte einen schlechten Einfluss auf ihn. Er musste ihm ab sofort aus dem Weg gehen. Zumindest erst einmal bis zu den Weihnachtsferien. Und wenn er dafür die erste Vorlesung versäumte. In Mathe war er ohnehin einer der Besten. Danach würde er weiter sehen. Nick blieb solange im Bett, bis Vanessa an der Tür klopfte.

„Nick! Du hast schon wieder verschlafen!“

Er überlegte fieberhaft, zupfte nervös am Bettbezug. „Ähm … nein, ich fahr heute später, ist schon in Ordnung.“

„Warum das denn?“

Verdammt, warum war sie so neugierig?

„Ich … da fällt eine Vorlesung aus, für die ich mich eingetragen habe.“

Kurze Pause. „Ach so … ja dann fahren wir jetzt, okay?“

„Ja, bis später!“ Nick ließ sich zurück in die Kissen fallen und stieß ein erleichtertes Seufzen aus.

ꕤ

Als Nick mittags die Mensa betrat, hatte er sofort das Gefühl, dass irgendetwas anders war als sonst. Instinktiv hielt er Ausschau nach einer Riesentorte, doch etwas anderes erregte seine Aufmerksamkeit und offensichtlich auch die der anderen. Dieses „Etwas“ trug den Namen Katsuro und steckte in einer Traube von Bewunderern fest, ohne großartig etwas dafür tun zu müssen. Nick biss die Zähne zusammen und merkte, wie ihm das Blut in den Kopf schoss. Er trat an den Tisch und blieb einige Momente stehen, in dem Glauben, seine Freunde hätten ihn nur noch nicht gesehen. Seine Hoffnungen wurden jedoch jäh enttäuscht, als er sich laut räusperte. Nick versuchte es noch mit einem Hustenanfall, bevor er sich schließlich resigniert auf einen freien Stuhl fallen ließ und seine Tasche absichtlich hart auf den Boden knallte. In dem Moment betrat Tom die Mensa und setzte sich neben ihn.

„Was geht denn hier ab?“ Er deutete mit einem Kopfnicken auf Karate Tiger und seinen Fanclub. Nick zuckte mit den Schultern

und beobachtete Katsuro. Der schwafelte gerade irgendetwas von innerem Gleichgewicht und Stärke, die im Geist steckte, blah, blah, blah. Jessy hing förmlich an seinen Lippen. Sie besaß einen Gesichtsausdruck, den Nick beim weiblichen Geschlecht sonst nur kurz vor dem Orgasmus beobachtete. Er stieß einen verächtlichen Ton aus und lehnte sich zu Tom hinüber.
„Der glaubt wohl, er kommt her und macht hier den Obermacker, mit seinen Muckis und dem Karatescheiß. Guck dir Jessy an", sagte er wütend. „Sonst hängt sie wie eine Klette an mir." In diesem Moment wandte sich der neue Star der Uni um, und ihre Blicke trafen sich.
„Hallo Nick." Katsuro lächelte zögerlich, doch Nick erwiderte den Gruß nicht. Plötzlich schoss ihm der Traum von letzter Nacht durch den Kopf und zeigte ihm äußerst deutliche Bilder. Einfach widerlich! Der Kerl ging ihm so was von auf den Sack.

Sechs

Jessy war Katsuros Blick gefolgt. „Oh hi, ihr beiden. Hab gar nicht gemerkt, dass ihr auch da seid", begrüßte sie Tom und Nick. Sie strahlte über das ganze Gesicht. Als Nick schnaubte und die Augen verdrehte, runzelte sie die Stirn und zuckte mit den Schultern. „Was ist denn?"
„Nichts", erwiderte Nick gereizt und musterte Katsuro feindselig. Er wusste, dass er sich kindisch benahm, doch das war ihm in diesem Moment egal.
Er und Tom setzten sich an einen Tisch nebenan – Jessy bevorzugte Katsuros Nähe. Immer wieder hatte Nick das Gefühl, Karate Tiger würde ihn beobachten und das machte ihn nervös und wütend zugleich. Dieser Kerl war ständig von Mädchen umringt, zuhause hing er mit Vanessa ab und alle schwänzelten um ihn herum, als wäre er ein Halbgott.

Einige Tage später durfte Katsuro im Selbstverteidigungskurs tatsächlich seinen Karatescheiß demonstrieren. Hätte Nick sich doch nie dafür eingeschrieben! Es sollte sich ein Freiwilliger melden, zahlreiche Hände schossen in die Höhe. Sogar Toms. Dieser Verräter. Nick glaubte nicht richtig zu sehen, als sich der sonst so zurückhaltende Moritz, ein Student aus seinem Semester, mit vollem Einsatz auf Karate Tiger stürzte. Es sah eher so aus, als wollte er ihn bespringen. Nick wurde übel. Katsuro reagierte so schnell, dass kaum jemand mitbekam, was passierte, doch im nächsten Moment lag Moritz rücklings auf der Matte und Katsuro saß auf seinen Hüften. Moritz hielt ganz still, vermutlich war er vor Erregung ohnmächtig geworden. Grundgütiger, konnte einem noch schlechter werden als schlecht? Die Studenten applaudierten, manche stießen anerkennende Pfiffe aus. Nach dieser Show-Einlage war Karate Tiger natürlich erst recht der King.

Als Nick und Tom den Umkleideraum betraten, zog Katsuro gerade sein Shirt aus. Der dumpfe Schlag hinter ihm stammte von Moritz' Kopf, der mit einer offenen Spindtür kollidiert war. Nick hatte Karate Tiger in der WG oder nach dem Sportunterricht schon ein paar Mal mehr oder weniger nackt gesehen und musste sich eingestehen, dass sein Körper der Wahnsinn war. Wenn man das aus der Sicht eines Mädchens beurteilte – oder schwul war natürlich. Leicht gebräunte Haut spannte sich über seine Muskeln, die in jedem Quadratzentimeter seines Körpers zu stecken schienen. Absoluter Blickfang war ein großflächiges Tattoo auf seinem Oberkörper. Ein schwarzgrau geschuppter Drache zog sich von Katsuros Schulterblatt über seinen Oberarm und nach vorne, bis knapp über die Brust. Vanessa war beim ersten Blick darauf beinahe erstickt, weil sie vergessen hatte zu atmen.

„Tolle Vorstellung, Karate Tiger", murmelte Nick gehässig, während er ebenfalls sein T-Shirt auszog und es auf die Bank warf. Katsuro wandte sich zu ihm um. Sie starteten einen Wettbewerb, wer wohl als Erstes den Blick abwenden würde. Nick verlor. Er riss sich von Katsuros schwarzen Augen los und starrte stattdessen benommen auf das Tattoo. Der Drache schien Nick zu taxieren. Ein seltsames Kribbeln durchlief seinen Körper, und er bekam eine Gänsehaut. Es sah ohne Zweifel scharf aus.

Verdammt noch mal, was dachte er denn da … scharf? Nick meinte natürlich beschissen. Ja, es sah richtig beschissen aus. Jeder Idiot trug heute so ein Tattoo, es war wirklich nichts Besonderes. Wieder verschmolzen ihre Blicke miteinander.
Katsuro trat näher, seine Augen waren so dunkel, dass Nick das Gefühl hatte, in ein schwarzes Loch zu fallen. Sein Mund fühlte sich plötzlich trocken an, und er schluckte hart. Scheiße Mann, der Typ brachte ihn so in Rage – er hätte am liebsten die Hände um seinen Hals gelegt und zugedrückt. Täuschte er sich, oder war es hier drinnen plötzlich annähernd 80 Grad? Nick straffte die Schultern und reckte stolz das Kinn.
Die Spannung war zum Zerreißen. Katsuros Kieferknochen mahlten, seine Nasenflügel blähten sich auf. Nicks Blut geriet in Wallung, er ballte die Fäuste. Im Umkleideraum herrschte mit einem Schlag Schweigen, man hätte eine Stecknadel fallen hören können.
„Was ist eigentlich dein Problem, Nick?" Katsuros Stimme durchschnitt die Stille und hallte an den Kacheln des Umkleideraums wider.
„Spiel dich nicht ständig so auf!", zischte Nick zur Antwort. „Das würde für den Anfang schon mal reichen." Er war überrascht, dass seine Stimme noch halbwegs funktionierte.
Katsuro hob eine Braue und grinste. Dieser Arsch grinste tatsächlich!
„Ich hab mir das jetzt eine ganze Weile angesehen und frage mich, wer sich hier aufspielt. Du benimmst dich wirklich peinlich, Nick."
Okay, das reichte. Nick war mit zwei Sätzen bei ihm, streckte die Arme vor und stieß Katsuro wutentbrannt vor die Brust. Karate Tiger jedoch stand wie ein Fels in der Brandung – hart und unbeweglich. Der Angriff schien ihn kaum zu tangieren. Dann packte er mit einer blitzschnellen Bewegung Nicks Handgelenke und hielt sie fest. Seine tiefschwarzen Augen bohrten sich mit solch einer Intensität in Nicks, dass er den Blick unmöglich abwenden konnte, so sehr er es auch versuchte. Sekunden verstrichen, wurden zur Ewigkeit.
„Na ihr seid ja ein hübsches Pärchen", hörte Nick irgendjemanden im Hintergrund glucksen. Er zuckte zusammen und

riss sich aus Katsuros eisernem Griff los. Seine Wangen glühten. Er sah sich um und blickte in das grinsende Gesicht von Moritz. So schnell konnte dieser gar nicht flüchten, da sprang Nick vor, packte ihn mit einer Hand am Shirt und warf ihn gegen seinen offenen Spind.
„Was soll dieser blöde Spruch? Wenn ich mit dir fertig bin, passt du zweimal da rein, du Schwuchtel!"
„Und du wirst ihm Gesellschaft leisten, wenn ich mit *dir* fertig bin." Katsuro trat neben Moritz, der ihn bewundernd anhimmelte, und stieß Nick fort.
Das Fass war am Überlaufen. Nicks Faust schnellte vor, doch im nächsten Moment klebte er am Spind, direkt neben Moritz. Katsuros Augen blitzten wild auf, das erste Mal konnte Nick Wut in seiner Miene erkennen.
„Glaubst du wirklich, du kannst es mit mir aufnehmen? Ich hab mich bisher zurückgehalten, aber allmählich gehst du mir gehörig auf die Nerven, Nick. Ich habe dir nichts getan, das dein Verhalten rechtfertigen würde!" Katsuro war so nah, dass sein Atem Nicks Wange streifte, nur noch wenige Zentimeter trennten ihre nackten Oberkörper. Dieser Typ strahlte eine Hitze aus, die Nick fast die Luft abschnürte. Leichter Schwindel überfiel ihn, der Boden schwankte unter seinen Fußsohlen. Alles, was er wahrnahm, waren diese pechschwarzen Augen und der Ausdruck, der darin lag. Es war eine Mischung aus Zorn und Enttäuschung.
„Jetzt beruhigt euch doch mal!" Tom drängte sich plötzlich zwischen sie. Er legte eine Hand auf Nicks Arm und blickte Katsuro beschwichtigend an. „Kommt schon, Jungs, lasst es gut sein."
Nicks Schultern bebten, unsägliche Wut mischte sich mit Scham. Er schüttelte heftig den Kopf. „Wir sind noch nicht fertig miteinander!", zischte er. Was ihn rasend machte, war die Tatsache, dass er mit so unterschiedlichen Gefühlen auf Katsuro reagierte. Gefühle, die er nicht einordnen konnte. Je öfter er mit Katsuro aneinandergeriet, umso mehr verspürte er eine Art von Trauer in seinem Innersten. Er warf Karate Tiger noch einen hasserfüllten Blick zu, bevor er seine Sachen schnappte und in die Duschräume verschwand.

Das Verhältnis zwischen Nick und Katsuro war seit dem Vorfall in der Uni noch angespannter. Sie gingen sich so gut es ging aus dem Weg, doch immer wieder kam es zu mehr oder weniger großen Zwischenfällen – ständig wegen Kleinigkeiten.
Nick fühlte sich von seinen Freunden verraten und einsam. Vanessa schwänzelte ständig hinter Katsuro her und mit Mike konnte er überhaupt nicht mehr reden. Robert war eigentlich ein guter Zuhörer, doch was wollte er ihm überhaupt sagen, verdammt noch mal? Wie sollte ihn denn jemand verstehen, wenn er sich selbst nicht mehr verstand?

„Was geht da überhaupt ab, zwischen dir und Vanessa?", stieß Nick einige Tage später bei einer erneuten Auseinandersetzung zwischen ihm und Katsuro hervor. Er wusste schon gar nicht mehr, wie der Streit begonnen hatte.
Katsuro musterte Nick. „Wir sind Freunde. Sie ist nett und zuvorkommend – Eigenschaften, die dir offensichtlich nicht in die Wiege gelegt wurden. Außerdem glaube ich nicht, dass ich dir Rechenschaft schuldig bin."
„Oh doch, das bist du, wenn du schon hier reinplatzt und unser ganzes Leben durcheinanderbringst! Seitdem du da bist, gibt es nur noch Streit, merkst du das nicht?"
Katsuro warf Nick einen ungläubigen Blick zu.
„Du bist doch derjenige, der ständig Streit sucht. Ich habe dir nie etwas getan, aber du greifst mich ständig an. Du bist so erbärmlich, Nick. Du kannst einem nur leidtun." Er trat zwei Schritte vor und war plötzlich so nah, dass Nick jede einzelne seiner dichten Wimpern sehen konnte. „Jetzt hör mir mal zu. Du führst dich hier auf wie ein Kleinkind, das quengelt, wenn es einmal nicht im Mittelpunkt steht. Werde endlich erwachsen!"
Nick war so perplex, dass er einen Moment verdattert stehen blieb. Er sah immer noch hypnotisierende schwarze Augen vor sich, als er feststellte, dass sich Katsuro erneut abgewandt hatte und das Wohnzimmer verlassen wollte.
Nicks Schultern begannen zu beben, heftiger Zorn beherrschte seinen Körper und Geist.

„Du bist ein Feigling, Karate Tiger! Ein armseliger Feigling!“ Nick wollte auf ihn einschlagen, ihn schütteln und anschreien. Zugleich kam ihm die bittere Erkenntnis, dass Katsuro die Wahrheit gesagt hatte. Nicks Problem war er selbst … mit seiner krampfhaften Sucht nach Aufmerksamkeit und Zuneigung machte er alles kaputt.
Katsuro drehte sich gemächlich um. „Ich habe es dir schon mal gesagt. Ich suche keinen Streit.“
„Vielleicht sucht er ja dich!“, spie ihm Nick entgegen. Er konnte nicht mehr klar denken.
„Du Dummkopf hast gar nichts verstanden“, erklärte Katsuro ruhig.
„Was? Wie hast du mich eben genannt?“ Nick merkte, wie sein Herz schneller zu pumpen begann, und er zitterte vor Wut.
„Vergiss es, Nick.“
„Oh nein, ich vergesse gar nichts! Hier geblieben!“ Entschlossen und in einem kurzen Anflug von Suizidgefährdung schnellte Nick vor, packte Katsuros Arm und riss ihn herum. Er hätte es wissen müssen – im nächsten Moment befand er sich zwischen der Wand und Karate Tiger. Katsuro drängte Nick mit seinem muskulösen Körper gegen die Mauer. Die Raumtemperatur stieg plötzlich um mindestens zwanzig Grad.
„Okay, jetzt ich bin hier. Und was nun?“, fragte er leise. Seine Lippen befanden sich so dicht an Nicks Ohr, dass es ihm sämtliche Nackenhaare aufstellte. Katsuros Stimme klang rau – hätte Nick es nicht besser gewusst, hätte er fast gesagt, verführerisch. Wieder stieg ihm dieser angenehme Duft nach Zitronentee in die Nase, und er wusste jetzt auch, woher er stammte. Im Bad hatte er einen genaueren Blick auf Katsuros Sachen geworfen und dabei sein Duschgel entdeckt. *Grüner Tee und Lemon* … Sogar sein Haar roch danach. Der Duft vernebelte Nick einen Moment die Sinne und es verschlug ihm die Sprache.
„Hört sofort auf damit, verdammt noch mal!“
Nick nahm Vanessa zuerst gar nicht richtig wahr und auch Katsuro war viel zu sehr in ihren Streit involviert. Noch immer hielten sie sich gegenseitig fest, keiner von ihnen wollte nachgeben. Erst als Vanessa Nicks Namen rief und er den hysterischen Unterton in ihrer Stimme bemerkte, horchte er auf.

Da stimmte etwas nicht. Nick ließ Katsuros Hemd los und sah zu Vanessa hinüber. Tränen liefen ihre Wangen hinunter, ihre Lippen bebten. „Ihr beide seid so bescheuert!"
In dem Moment stürmte Robert ins Wohnzimmer. Sein rotes Haar fiel ihm offen bis über die Schultern, er trug nur Boxershorts und ein Shirt.
„Was ist denn hier los?"
Vanessa griff Hilfe suchend nach seinem Arm.
„Mike wütet unten im Treppenhaus, er hat einen totalen Ausraster", stieß sie atemlos hervor. „Aber die beiden …", sie deutete mit einem verächtlichen Kopfnicken auf Katsuro und Nick, „sind wieder einmal zu sehr miteinander beschäftigt, um irgendetwas zu checken!" Sie warf die Arme in die Luft. „Könnt ihr euch auch mal um etwas anderes kümmern, als um eure beschissenen Streitereien? Nick, dein bester Freund ist unten im Flur, und er ist so zugedröhnt, dass er mich nicht mehr erkennt!" Bei den letzten Worten war ihre Stimme immer lauter und schriller geworden.
Katsuro und Nick sahen sich an und schienen plötzlich dasselbe zu denken. Ihr Streit und ihr Hass traten für einen Moment in den Hintergrund. Ohne dass es weiterer Worte bedurfte, wichen sie voneinander zurück, stürmen zusammen zur Tür hinaus und die Stufen hinunter. Vanessa und Robert folgten ihnen. Unten drosch Mike auf sämtliche Briefkästen ein, einige waren bereits verbeult. Sein Gesicht war zu einer von Hass erfüllten Maske verzerrt, die Knöchel der rechten Hand bluteten und seine Lippen waren aufgeplatzt. Er musste sich wieder geprügelt haben, sein Hemd hing in Fetzen von seinem Oberkörper, der schwarze Anorak lag auf dem Boden.
„Scheiße, Mike! Hör auf damit!" Nick war als Erster bei ihm und wollte ihn von den Briefkästen wegziehen. Er hatte jedoch nicht damit gerechnet, welch massive Kraft Mike in seinem Wahn entwickeln würde. Mit ungeheurer Wucht stieß er Nick brüllend fort.
„Verdammt!" Nick stolperte rückwärts, sein Sturz wurde jedoch von Katsuro abgefangen, der ihn an den Oberarmen festhielt. Nick war zu überrascht, nickte nur verdattert und murmelte ein verwirrtes: „Danke." Wie auf Kommando stürzten sie sich

daraufhin zu zweit auf Mike. Er schrie und schlug wild um sich, seine Faust landete in Nicks Gesicht und ließ ihn vor Schmerzen einen Moment Sternchen sehen. Instinktiv leckte er sich über die Lippen, der metallene Geschmack von Blut benetzte seine Zunge. Mit vereinten Kräften gelang es ihnen schließlich, Mike zu überwältigen. Seine Kraft war am Ende. Von Schluchzern geschüttelt sank er in sich zusammen, klammerte sich an Nick und zog ihn dabei mit hinunter auf den Boden. Es schmerzte Nick bis ins Tiefste seines Herzens, seinen noch vor ein paar Wochen so lebenslustigen Kumpel in diesem Zustand erleben zu müssen. Intensiver Alkoholgeruch umgab ihn, er wirkte wie weggetreten.

„Mike … was machst du denn?", brachte Nick erstickt hervor, viel zu schockiert, um mehr zu sagen. Er zog ihn in seine Arme und hielt ihn fest. Katsuro kniete sich daneben, Vanessa und Robert blickten mit bleichen Gesichtern auf das Szenario hinunter.

„Ich krieg's nicht auf die Reihe, Nick", schluchzte Mike. „Kann … ich kann's nicht." Er sah auf und blickte Nick flehend an. „Hilf mir ..."

Nick seufzte schwer und schüttelte den Kopf. „Du musst mit uns reden, Mike, sonst können wir dir nicht helfen. Wir sind alle da, aber du musst mit uns reden!"

„Ich denke, es ist besser, wenn wir ihn erst einmal nach oben schaffen", sagte Katsuro sanft. Nick stimmte ihm zu, auch wenn ihm das gehörig gegen den Strich ging. Sie hievten Mike zusammen hoch, nahmen ihn in ihre Mitte und stützten ihn. Vanessa hob Mikes Jacke auf und folgte ihnen. Robert ging vor, blickte immer wieder besorgt über seine Schulter zu ihnen hinunter. Im ersten Stock stand Herr Maier im Türrahmen und rümpfte die Nase. Aus seiner Wohnung drang ekliger Knoblauchgestank.

„Besoffenes Pack! Das melde ich eurem Vermieter, verlasst euch drauf! So etwas ist unzumutbar für anständige Leute!"

Nick hielt inne und warf ihm einen wütenden Blick zu. Gerade wollte er etwas erwidern, als Vanessa hinter ihm einen verächtlichen Laut ausstieß.

„Wissen Sie, was unzumutbar ist, Herr Maier? Dass Sie sich in

diesem Aufzug im Hausflur herumtreiben! Ich werde Ihrem Vermieter melden müssen, dass Sie Ihre hässlichen Unterhosen in der Gegend spazieren tragen und anständige Damen damit erschrecken! Das ist Erregung öffentlichen Ärgernisses, wissen Sie das eigentlich? Ich fühle mich belästigt und das kann ganz schön böse für Sie enden!"
Obwohl Nick nicht danach war, musste er kichern. Er sah zu Katsuro hinüber, der ihn erstaunt musterte. Seine dunklen Augen blitzten auf, ein Lächeln zuckte kurz um seine Mundwinkel. Nick sah rasch weg und beäugte Herrn Maier, der ein paar Mal nach Luft schnappte. Er sah aus wie ein hässlicher, fetter Karpfen. Seine Gesichtsfarbe wechselte von Kalkweiß und dunkelrot, bis hin zu einem ungesunden Blau-violett. Er blickte an sich hinunter, auf seinen behaarten Bierbauch und seine ausgewaschenen Schiesser-Feinrippunterhosen mit Eingriff. Dann trat er zurück und schlug ohne ein weiteres Wort die Tür zu.
„Arschloch!" Vanessa schien wirklich wütend zu sein, denn solche Kraftausdrücke hörte man selten aus ihrem Mund.

Oben angekommen entschieden sie, Mike gleich in sein Zimmer zu bringen und legten ihn auf seinem Bett ab. Vanessa zog ihm die Schuhe aus, Katsuro und Nick deckten ihn zu. Mike zitterte am ganzen Leib, Tränen liefen unaufhaltsam seine Wangen hinunter. Er wirkte völlig benommen und schien seine Umgebung gar nicht richtig wahrzunehmen.
„Mike?" Nick setzte sich auf die Bettkante und legte eine Hand auf seine Brust. Er atmete schnell und keuchend, kalter Schweiß stand ihm auf der Stirn.
„Ich hole einen nassen Lappen", sagte Robert leise, Vanessa nickte ihm zu.
Nick war zutiefst betroffen. Ein schweres Seufzen entrang sich seiner Kehle.
„Er reagiert gar nicht", sagte er leise. „Was zum Teufel hat er genommen? Das kann doch nicht nur der Alkohol sein." Er sah ratlos zu Vanessa hinüber. Sie öffnete die Lippen, um zu antworten, als Mike leise zu wimmern begann.
„Scheiße ...", murmelte er und wischte sich mit dem Unterarm fahrig über das Gesicht. Seine Pupillen wanderten rasch hin und

her, als wäre ihm schwindelig. Plötzlich begann er zu lachen, ein irres Lachen, das Nick in seiner Intensität Gänsehaut bescherte. Robert kam mit einem Waschlappen, den er Vanessa reichte.
„Das sind auf alle Fälle Drogen – seht euch nur seine Augen an“, sagte sie aufgeregt, während sie den Lappen über Mikes Stirn gleiten ließ. „Er gefällt mir gar nicht, ich rufe den Notarzt.“ Sie wollte sich gerade erheben, als Mike nach ihrem Handgelenk griff.
„Bitte … bitte Vanessa, keinen … Arzt. Bitte nicht“, keuchte er und schüttelte hastig den Kopf.
Sie seufzte. „Mike! Ich muss ...“
„Bitte nicht“, flehte er sie an. „Ich … bin so müde.“ Seine Hand glitt in ihre, er klammerte sich daran fest und schloss die Augen. „Kein Arzt ...“, murmelte er wieder leise, dann wurde sein Atem etwas ruhiger und er schien einzuschlafen. Nick sah, dass Vanessa mit den Tränen kämpfte, hilflos schüttelte sie den Kopf. Nick überlegte kurz, dann lehnte er sich zu Mikes Nachttisch hinüber und riss entschlossen die Schublade auf. Zuerst fand er nichts, doch dann fielen ihm ein Paar unbenutzte Socken auf. Er nahm sie heraus und löste die Strümpfe voneinander. Als die bunten Pillen herausfielen, klappte ihm der Kiefer herunter, Vanessa stieß einen erstickten Laut aus. Einen Augenblick lang herrschte völlige Stille.
„Ecstasy“, murmelte Vanessa schließlich betroffen. „Und das in Verbindung mit jeder Menge Alkohol. Er soll sich jetzt erstmal ausschlafen, aber morgen wird Klartext geredet“, sagte sie bestimmt. „So kann er nicht bleiben, das Zeug macht ihn kaputt.“ Sie neigte sich über das Bett, strich sanft über Mikes Haar und schüttelte traurig den Kopf. „Das ist sie doch gar nicht wert“, flüsterte sie. Katsuro und Nick tauschten verlegene Blicke. Nick schämte sich für ihre in diesem Moment so banal erscheinenden Streitereien. Sie schlichen sich leise aus dem Zimmer, löschten das Licht und schlossen die Tür.
„Es sollte die ganze Nacht über immer einer von uns bei ihm bleiben“, sagte Vanessa noch immer flüsternd. „Sollte sich sein Zustand verschlimmern, rufe ich den Notarzt.“
Sie blickte Nick an. „Setz dich rüber aufs Sofa, Nick, ich sehe mir deine Lippe an.“

Nick hatte seine Verletzung ganz vergessen und tastete danach.
„Oh Scheiße, Nick. Mike hat dich ganz schön erwischt. Es blutet immer noch ein bisschen.“ Robert schüttelte den Kopf und kämmte mit gespreizten Fingern sein langes Haar zurück. „Ich hol dir ein Glas Wasser.“
„Danke Robert, aber ich könnte jetzt eher ein Bier gebrauchen. Haben wir noch welches da?“
„Ich schau mal nach.“ Während Robert nach Bier suchte, ließ sich Nick erschöpft auf dem Sofa nieder und schloss kurz die Augen.
„Hier, Nick … für deine Lippe. Vanessa kommt gleich.“
Nick sah auf und blickte in ein schwarzes Augenpaar, das ihn müde musterte. Katsuro hielt ihm einen nassen Lappen hin.
„Danke.“ Nick nahm den Lappen und tupfte sich vorsichtig die Lippe damit ab. Katsuro ließ sich neben ihm nieder und vergrub das Gesicht in seinen Handflächen. Er wirkte sichtlich betroffen und schockiert. Schweigen herrschte zwischen ihnen, und Nick war froh, als Robert mit einem Sixpack Pils zurückkam.
„Das war die letzte Packung.“ Er stellte das Bier auf dem Tisch ab und reichte Nick und Katsuro je eine Flasche.
„Oh ja, ich glaube, ein Bier kann ich jetzt auch vertragen, Jungs!“ Vanessa kam mit ihrem Erste-Hilfe-Koffer herein und stellte ihn neben sich auf dem Boden ab, bevor sie sich neben Nick auf das Sofa setzte.
„Lass mal sehen.“ Sie legte Daumen und Zeigefinger an Nicks Kinn und begutachtete Nicks aufgeplatzte Lippe. „Du hast Glück gehabt. Ich werde es desinfizieren, das brennt ein bisschen.“ Vanessa öffnete ihren Koffer, holte ein kleines Fläschchen und Wattestäbchen heraus. Als sie Nicks Lippe mit dem getränkten Wattestäbchen abtupfte, hätte er am liebsten aufgeschrien. Es brannte wie die Hölle, doch vor Katsuro wollte er sich nicht die Blöße geben. Er zuckte lediglich zusammen und biss die Zähne aufeinander.
Vanessa lächelte. „Gleich vorbei. Ist halb so schlimm, wie es aussieht.“
Er verzog das Gesicht, doch die Bewegung seiner Lippen schmerzte so unvermittelt, dass er aufkeuchte und einen Fluch ausstieß.

„Wir müssen etwas unternehmen, wenn wir Mike helfen wollen, das wisst ihr“, sagte Vanessa ernst. „So kann es nicht weitergehen, er macht sich kaputt. Ecstasy macht dich seelisch zum Krüppel. Ganz abgesehen von den heftigen körperlichen Folgen wie Leber- und Nierenschäden, oder Puls- und Blutdruckerhöhung. Das ist Wahnsinn! In seinem labilen Zustand schafft er es im Moment nicht alleine, damit aufzuhören.“
„Ich rede mit ihm – gleich morgen.“ Nick klemmte sich eine widerspenstige Strähne hinter das Ohr und schüttelte den Kopf. „Dass es so weit kommen musste ...“
Vanessa schien zu überlegen. „Ich werde gleich morgen früh bei Mike in der Arbeit anrufen und sagen, dass er krank ist. Danach rufe ich seine Tante an. Zu ihr hat er den besten Draht, und ich weiß, dass er ihr vertraut.“
Nick lächelte. „Stimmt, Marissa ist echt cool.“

Die Nacht verlief ruhig, Mike schlief wie ein Stein. Dennoch sahen Nick, Katsuro, Robert und Vanessa abwechselnd nach ihm. Um zwei Uhr morgens betrat Nick Mikes Zimmer und fand Katsuro schlafend im Sessel neben dem Bett. Seine Beine lagen gekreuzt über der Armlehne, die Wange hatte er in das Kopfpolster geschmiegt. Nick trat dicht heran, um ihn zu wecken, doch dann hielt er aus irgendeinem Grund inne und starrte ihn an. Es war eigenartig, Katsuro friedlich schlafend und auf eine Weise plötzlich so verletzlich zu sehen. Sein schwarzes Haar glänzte im fahlen Schein der Nachttischlampe, deren Licht auf sein Gesicht fiel. Er sah wirklich verdammt gut aus – wie eines dieser Models in Modemagazinen – sogar in seiner Jogginghose, Shirt und mit zerzaustem Haar. Nick erschrak über seine Gedanken und schüttelte den Kopf. Schließlich neigte er sich hinunter und rüttelte Katsuro unsanft am Arm.
„He, aufwachen!“

Sieben

Katsuro zuckte zusammen und schlug die Augen auf. Im schwachen Licht wirkte Nick wie ein wunderschöner Traum, unwirklich und unnahbar. Er trug Shorts und ein T-Shirt, seine Haare fielen ihm ungebändigt ins Gesicht. Katsuro setzte sich rasch auf, sein Herz pochte immer schneller gegen seinen Brustkorb.
„Du kannst ins Bett gehen, ich bleib hier“, flüsterte Nick und blickte sich über die Schulter nach Mike um. „War irgendwas?“
Katsuro brauchte einige Sekunden, um richtig wach zu werden und um seinen Herzschlag zu beruhigen.
„Ähm … nein, er hat bis jetzt tief und fest durchgeschlafen“, stotterte er wirr.
„Gut.“ Nick trat einen Schritt zur Seite, Katsuro erhob sich und fing seinen Blick auf.
„Dann bis später, Nick.“
Nick ließ sich stumm in den Sessel fallen und schwang die Beine über die Armlehne. Katsuro schlurfte zur Tür und schlich sich leise hinaus. Er fühlte sich müde und erschöpft, dennoch konnte er nicht einschlafen. Nicks Nähe wühlte ihn jedes Mal auf und brachte seinen Testosteron-Haushalt völlig durcheinander.

ᘓᘐ

Nick stöhnte vor Schmerzen auf, als er wach wurde. Er hatte völlig verdreht in diesem verdammten Sessel gelegen, und sein Rücken fühlte sich an, als wäre er in zwei Teile gespalten. Er setzte die Beine auf dem Boden auf, rieb sich den Schlaf aus dem Gesicht und schielte noch etwas benommen zu Mike hinüber.
Sein bester Kumpel saß aufrecht im Bett, den Rücken an die Wand gelehnt und blickte ihn an. Unter Mikes Augen lagen dunkle Schatten und seine Haut sah aus, als hätte sie jemand mit Mehl bestäubt. Er sagte kein Wort, Nick sah sofort, dass er mit den Tränen kämpfte.
„Wie lange bist du schon wach?“, fragte er.
Mike zuckte mit den Schultern und ließ den Blick sinken.
„Eine Weile ...“ Seine Stimme hörte sich rau und trocken an.

Nick erhob sich, ging zu ihm hinüber und setzte sich auf die Bettkante.
„Scheiße, Mann … Du weißt, dass du Hilfe brauchst, oder? Kannst du dich noch an letzte Nacht erinnern?"
Mikes Unterlippe bebte, eine Träne lief seine Wange hinunter, die er jedoch rasch wegwischte. Er nickte und schniefte laut.
„Ich weiß, dass ich ausgerastet und wieder auf dich losgegangen bin, Nick", brachte er erstickt hervor, den Blick auf Nicks verletzte Lippe gerichtet.
„Wie lange nimmst du das Zeug schon?"
„Ein paar Wochen … ich weiß nicht."
„Und von wem hast du die Scheiße, die Vanessa übrigens im Klo hinuntergespült hat?"
Mike zuckte zusammen, einen Moment stand pures Entsetzen in sein Gesicht geschrieben. Er ballte die Hände zu Fäusten und lockerte sie wieder. Dies wiederholte er ein paar Mal. Dann atmete er tief durch und antwortete mit zitternder Stimme.
„Irgend so ein Typ in einer Kneipe. Er hat mich angesprochen, als ich mir an der Bar die Birne zugekippt habe."
„Gestern hast du die Letzte von diesen Scheißpillen geschluckt, ist das klar?"
Mike wartete einen Augenblick mit seiner Antwort, schien zu überlegen, was er antworten sollte.
„Ich weiß nicht, ob ich das schaffe, Nick. Sie … Julia fehlt mir, obwohl ich sie für das, was sie getan hat, hasse! Ich möchte sie zurück, so wie sie vorher war, verstehst du? Wir waren doch glücklich!" Er schüttelte den Kopf und vergrub das Gesicht in den Händen. „So glücklich ...", wiederholte er verzweifelt. Dann sah er auf und blickte Nick mit tränennassen Augen an. „Ich möchte wieder mit ihr lachen, frühstücken, einkaufen … ich vermisse, wie sie riecht und wie sie sich anfühlt. All das, was so normal war und mein Leben ausmachte, ist jetzt weg. Weg! Was soll ich denn ohne sie machen?"
„Auf die blöde Schlampe kannst du verzichten! Schau doch, was sie mit dir gemacht hat, Mann!", schimpfte Nick aufgebracht. Als Mike protestieren wollte, hob Nick die Hand. „Reiß dich gefälligst zusammen, auch wenn es schwer ist! Jeder von uns hat schon einmal Ähnliches erlebt. Julia hat dich gar nicht verdient!"

„Aber ich schaff das nicht allein, Nick!"
„Du warst nie allein und bist es auch jetzt nicht." Nick legte eine Hand auf Mikes Arm. „Wir sind alle für dich da, aber was du jetzt dringender brauchst als uns, ist Urlaub und vor allem einen Ortswechsel. Du musst von dieser ganzen Scheiße endlich Abstand gewinnen und das kannst du hier nicht." Er erzählte Mike von Vanessas Plan, seine Tante anzurufen.
„Aber … ich muss doch zur Arbeit!"
„Auch darum hat sich Vanessa gekümmert, und es ist kein Problem, okay?"
Mike vergrub das Gesicht in seinen Händen und schüttelte den Kopf. Als er wieder aufsah, bemerkte Nick ein kleines bisschen Hoffnung und Kampfgeist in seinem Blick.
„Ihr habt recht. Ich kann nicht mehr. Ich brauche Zeit für mich und eine andere Umgebung."
„Unbedingt. Und wenn du wieder der Alte bist, kommst du zurück und wir machen Party, okay?"
„Okay." Mike nickte sichtlich gerührt. Nick nahm seinen besten Freund in den Arm und drückte ihn. Es war ein schönes Gefühl, gebraucht zu werden.

Mikes Tante war sehr nett und aufgeschlossen. Marissa hatte ihren Neffen schon einige Male in der WG besucht und einen sehr positiven Eindruck hinterlassen. Mit ihrem dunkelblonden langen Haar und ihrer lockeren Art wirkte sie eher wie seine Schwester. Tatsächlich trennte die beiden nur acht Jahre Altersunterschied. Marissa war eine intelligente, attraktive Frau. Neben der Erziehung ihrer beiden Kinder arbeitete sie halbtags als Lektorin in einem kleinen Verlag.

Am nächsten Abend saßen alle gemeinsam im Wohnzimmer. Marissa legte ihrem Neffen den Arm um die Schultern und drückte ihn an sich. Er wirkte noch immer sehr blass um die Nase.
„Kevin und Mira können es kaum erwarten, dich zu sehen, Mike. Du wirst viel zu tun haben mit meinen Rotzlöffeln. Und Thomas freut sich auch, dass du uns besuchst."

Mike grinste, aber noch immer sah er sehr mitgenommen aus.
„Hört sich gut an, Marissa. Ablenkung kann ich gebrauchen."
Marissa blickte in die Runde.
„Ich bring ihn euch gesund und glücklich zurück, versprochen."

Der Abschied fiel keinem von ihnen leicht, doch alle wussten, dass Mike nur auf diese Weise von seiner Sucht und seinen Depressionen geheilt werden konnte. Vanessa kullerten Tränen über die Wangen, als sie Mike umarmte und auch Nick merkte, dass er feuchte Augen bekam. Doch natürlich nahm er sich vor Karate Tiger zusammen. Als sich die Tür hinter Mike und Marissa schloss, fiel Vanessa Katsuro in die Arme und ließ sich von ihm trösten. Nick fühlte sich zu müde und ausgelaugt, um wütend zu werden. Sein Geist war leer und grau, es fühlte sich an, als wäre er nur noch ein Schatten seiner selbst. Mit hängenden Schultern schlich er hinüber ins Wohnzimmer und ließ sich auf das Sofa fallen. Es herrschte gedrückte Stimmung in der WG, keiner schien wirklich reden zu wollen. Nick hatte nicht einmal Lust, mit Katsuro zu streiten. Sie alle lebten die folgenden Tage irgendwie nebeneinander her. Es schien, als fehlte ein wichtiges Teil eines Puzzles, das alles zusammenhielt.

Nick hatte einen anstrengenden Tag in der Uni und im Fitnessstudio hinter sich. Er saß am Esstisch und starrte gedankenverloren auf die Tischplatte, als Vanessa das Wohnzimmer betrat.
„Hey ..."
Nick fing ihren Blick auf und seufzte. „Hey, Süße."
Sie kam langsam herüber und setzte sich neben ihm auf einen Stuhl. Nach einer Weile brach Nick das unangenehme Schweigen zwischen ihnen.
„Ich vermisse dich, Vanessa. Weißt du das?" Sein Blick hing weiterhin unbeirrt auf dem Tisch. Aus den Augenwinkeln bemerkte er, dass Vanessa den Mund aufmachte, um zu sprechen, ihn aber wieder schloss. Sie schien überrascht über seine Worte. Nach einer Weile sagte sie: „Es tut mir leid, Nick. Ich war wohl keine gute Freundin in letzter Zeit. Mir war das gar nicht so bewusst." Sie legte eine Hand auf seine Schulter. „Aber du warst

wirklich unerträglich in den letzten Wochen. Du weißt doch, dass du mir alles erzählen kannst, oder? Was ist denn nur los?"
Nick hob den Kopf und sah sie an. Ihrem warmen, ehrlichen Lächeln konnte man einfach nicht widerstehen. Er streckte den Arm aus und zog sie an sich.
„Ich hab mich in letzter Zeit wie ein Arschloch verhalten. Aber das ist weder deine Schuld noch die von jemand anderem. Ich weiß auch nicht genau, was mit mir ist." Sie verharrten eine Weile schweigend. Als sie sich schließlich voneinander lösten, glitzerten Tränen in Vanessas Augen, sie grinste verspannt.
„Es wird immer mal wieder Zeiten geben, in denen es nicht so läuft, wie wir uns das wünschen, Nick. Aber ich bin mir sicher, dass diese schweren Wolken vorüberziehen. Und Mike wird bald wieder ganz der Alte sein." Sie legte eine Hand auf Nicks Wange. „Er wird eine Weile dazu brauchen, aber alles wird gut, du wirst sehen."
Nick zuckte hilflos mit den Schultern.
„Ich mache mir einfach große Vorwürfe", antwortete er heiser. „Ich bin sein bester Freund und habe nicht mal bemerkt, wie schlecht es ihm geht. Und dir hab ich nicht geglaubt." Er stieß ein verächtliches Schnauben aus. „Schöner Freund!"

Katsuro hielt im Flur inne, als er Nicks Stimme vernahm. Er wollte nicht lauschen, doch der ungewöhnlich sanfte Ton, in dem Nick sprach, machte ihn neugierig.

„Ich hätte doch bemerken müssen, dass mit Mike etwas nicht in Ordnung ist. Stattdessen werfe ich mich in diesen sinnlosen Krieg mit Katsuro, der eben zur falschen Zeit am falschen Ort war."
„Wie meinst du das genau? Was hat er dir denn getan?", hörte Katsuro Vanessa fragen. Eine Weile herrschte Stille, Katsuro hielt den Atem an und lauschte gebannt, als Nick endlich das Schweigen brach. Er erzählte Vanessa tatsächlich von dem „Beinahe-Unfall" an dem Tag, bevor er eingezogen war.
„Das war der Grund?", fragte Vanessa zweifelnd. „Das kann

doch nicht alles gewesen sein, Nick! Ich kann nicht glauben, dass du dich deswegen so schäbig benommen hast."
„War es denn wirklich so schlimm?", entgegnete Nick kleinlaut und entlockte Katsuro damit automatisch ein Grinsen.
„Sehr schlimm", antwortete Vanessa nachdrücklich. „Ich habe dich teilweise nicht wieder erkannt."
„Ich werde mich zusammenreißen, versprochen."
„Das genügt aber nicht, Nick."
„Was denn noch?"
„Du hast mir nicht alles erzählt, ich kenne dich doch. Da ist noch etwas."
„Ach Vanessa, Süße, ich bin momentan einfach ziemlich im Stress mit der Uni und so. Es wird Zeit für die Semesterferien, das ist alles. Du wirst sehen, danach bin ich wie neu."
Erneut entstand ein kurzes Schweigen. „Wollen wir's hoffen." Sie musterte ihn skeptisch. „Hey, was hältst du davon, wenn wir morgen Abend alle zusammen ausgehen und ein bisschen abschalten? Oder wolltest du nach Augsburg fahren?"
Es vergingen einige Sekunden, ehe Nick zögernd antwortete.
„Nein … ich habe eigentlich zu gar nichts Lust. Ich glaube, ich verkrieche mich dieses Wochenende im Bett."
„Das kommt gar nicht infrage!", antwortete Vanessa empört.

Katsuro beschloss auf sich aufmerksam zu machen, bevor er das Wohnzimmer betrat, und täuschte ein Husten vor. Vanessa und Nick saßen am Esstisch und hoben überrascht die Köpfe.
Vanessas Gesicht hellte sich auf. „Hey Katsuro."
„Ich … ähm, habt ihr vorhin mit Mike telefoniert? Ich dachte, ich hätte etwas gehört", fragte er und blieb unschlüssig stehen.
Vanessa nickte und erhob sich.
„Ja, das war Mike. Er hat nichts mehr genommen, seit er bei Marissa ist. Er hat ja auch keine Möglichkeit dazu. Ich glaube sie heizt ihm ganz schön ein", kicherte sie etwas verkrampft. „Nick und ich haben schon an seiner Stimme erkannt, dass es ihm besser geht, nicht wahr, Nick?" Sie lächelte ihn fröhlich an, doch Katsuro merkte, wie besorgt sie wirklich war. Nick erwiderte ihr Lächeln einen winzigen Augenblick, dann senkte er den Kopf.
„Das ist schön", entgegnete Katsuro und vergrub die Hände in

den Hosentaschen. Er tippelte nervös von einem Fuß auf den anderen und hatte das Gefühl, jemand würde ihm einen Strick um den Brustkorb schnüren. Sein Verhältnis zu Nick wurde jeden Tag unerträglicher. War es vorher Ablehnung und Wut, so strafte er Katsuro nun mit Gleichgültigkeit. Manchmal überkam ihn das Bedürfnis, Nick heftig zu schütteln, um ihm damit wenigstens irgendeine Gefühlsregung entlocken zu können. Jeden Tag wuchs der Wunsch in ihm mehr, ihn so kennenlernen zu dürfen, wie er wirklich war. Aber egal wie sehr er sich auch anstrengte, Nick blieb ihm gegenüber reserviert und abweisend.
„Ähm, hör mal, Katsuro", riss ihn Vanessa aus seinen trüben Gedanken. „Ich habe mir gedacht, wir gehen morgen Abend mal zusammen aus, aber Nick ist noch nicht so recht überzeugt … was hältst du denn davon? Oder wolltest du nach Hause fahren?"
Katsuro überlegte kurz. Er hatte sich schon auf seine Familie gefreut, doch der Wunsch, in Nicks Nähe zu sein, überwog. „Nein, ich kann dieses Wochenende auch hier bleiben. Ich würde gerne mitgehen", antwortete er schließlich.
Nick sah endlich auf und musterte Katsuro einen Herzschlag lang, bevor er den Blick wieder abwandte. Katsuros Puls schnellte in die Höhe, während er auf Nicks Entscheidung wartete.

Vanessa und Robert hatten Nick schließlich doch noch überreden können, am Samstagabend mit ins *Rumors* zu gehen. Außerdem hatte er ja versprochen, sich zusammenzunehmen. Um dreiundzwanzig Uhr war die Bude voll, dicht an dicht drängten sich verschwitzte, tanzende und trinkende Menschen unter rotierenden Lichtmaschinen. Bunter Nebel und laute Technomusik hüllte sie ein, man musste schreien, wenn man ein paar Worte wechseln wollte. Jemand hielt Nick von hinten die Augen zu. Als er sich umwandte, strahlte ihn Jessy an und tänzelte mit einem Glas Prosecco um ihn herum. Ganz offensichtlich war es nicht ihr erstes Gläschen.
„Nick, Schatz!", kreischte sie gegen die dröhnenden Bässe an,

dann fiel ihr Blick auf Katsuro und ihr Grinsen wurde noch breiter. „Ayyy, wen hast du denn da mitgebracht?“, schrie sie entzückt und hopste so enthusiastisch auf Katsuro zu, dass ihr die Brüste fast aus dem Ausschnitt sprangen. „Hi Süßer!“
Nick verdrehte die Augen und bahnte sich mit Robert und Vanessa einen Weg durch die Menge, um sich an der Bar etwas zu trinken zu besorgen.

Nick fühlte sich eigenartig. Ständig überkam ihn das Bedürfnis, in Katsuros Richtung starren zu müssen. Als würde eine Anziehungskraft von Karate Tiger ausgehen, der er sich nicht mehr lange entziehen konnte. Langsam glaubte er, verrückt zu werden. Er trank ein paar Schlucke von seinem Pils, während er beobachtete, wie Jessy und zwei andere Mädels Karate Tiger belagerten. Wahrscheinlich bewunderten diese hohlköpfigen Weiber gerade wieder sein tolles Aussehen. Gerade wollte Nick sich genervt abwenden, als Katsuro zu ihm herüber sah. Es war, als hätte er allein mit dem Blick aus seinen tiefschwarzen Augen die Musik und sämtliche Bewegungen im Raum mit einem Schlag zum Stillstand gebracht. Nick erstarrte, eine Hitzewelle nach der anderen durchflutete seinen Körper. Er hatte das Gefühl, innerlich zu verbrennen. Ihr Blickkontakt wurde jäh unterbrochen, als Jessy ihre Arme um Katsuros Hals schlang und ihn auf die Wange küsste.
„Jetzt sieh dir nur diese blöde Kuh an! Sich so primitiv an Katsuro ranzuschmeißen!“, brüllte Vanessa gegen die laute Musik an, die Nick jetzt erst wieder wahrnahm. Als hätte jemand einen Schalter umgelegt. Vanessa verschränkte die Arme unter der Brust und warf Jessy giftige Blicke zu. Nick erwiderte nichts, was sollte er auch sagen? Karate Tiger schien sich prächtig zu amüsieren, während er sich mit seinem Pils und einer eifersüchtigen, gefrusteten Braut begnügen musste. Robert stand neben ihnen und nickte mit dem Kopf zum Takt der Musik. Nick beneidete ihn für seine Ruhe und Ausgeglichenheit. Er vermisste Mike, mit ihm wäre es hier noch einigermaßen erträglich gewesen. Als Katsuro Jessys Umarmung erwiderte, fühlte er einen seltsamen Stich in der Brust, zugleich bemerkte er aus dem Augenwinkel, wie Vanessa die Kinnlade herunter klappte.

Schließlich wandte er sich fluchend ab und knallte sein leeres Glas auf die Theke. Das musste er sich nicht länger mit ansehen. Nick überließ Mister Perfect und seine Fangemeinde ihrem Schicksal und räumte nach einer knappen Verabschiedung das Feld, um seine Wunden zu lecken. Vanessa rief ihm etwas nach, doch er wollte nur raus. Nick hatte das Gefühl zu ersticken, wenn er noch eine Sekunde länger blieb.

Acht

Er zog den Reißverschluss seines Anoraks bis zum Kinn und trat hinaus auf die Straße. Es war zwei Uhr morgens, eiskalt und er verspürte nur noch den Wunsch, in seinem warmen Bett zu liegen. Die düsteren Straßen waren wie leer gefegt, in der Ferne heulte eine Sirene und kurz darauf war das Bellen eines Hundes zu hören. Nick beschloss die Abkürzung durch den Park zu nehmen. Die dünne Eisschicht auf dem Kiesweg knirschte unter seinen Schuhsohlen. Er musste aufpassen, nicht auszurutschen, als er eilig die Dunkelheit durchquerte. Warum ging ihm das Bild von Karate Tiger nicht mehr aus dem Kopf, wie er von Jessy und ihren Freundinnen umringt war? Es konnte ihm doch egal sein, was dieser Idiot machte. Nick schüttelte heftig den Kopf, um den Kerl aus seinen Gedanken zu verbannen, als er hinter sich Schritte vernahm, die sich rasch näherten. Er sah sich kurz um und bemerkte drei bullige Typen. Sie sprachen nicht miteinander, sondern schienen ihm gezielt zu folgen. Nick beschleunigte, seine Verfolger liefen ebenfalls schneller.

Sein Puls begann zu rasen. Er war bestimmt kein Feigling, aber mit drei Angreifern dieses Kalibers würde er alleine nicht fertig werden. Während Nick darüber nachdachte, wie er die Kerle überwältigen oder abhängen könnte, sprang einer von ihnen plötzlich heran und packte ihn grob an der Schulter. Nick wirbelte herum und sah in das Gesicht eines riesigen Kerls, der den Mund zu einem schäbigen Grinsen verzog. In seiner Unterlippe steckte ein silberner Ring.

„Na? Ganz alleine unterwegs?“ Er trug einen langen Leder-

mantel und hatte eine Glatze. „In dieser Gegend und um diese Uhrzeit ist das aber ganz schön leichtsinnig, Kleiner." Sein Atem verströmte widerlichen Gestank, eine Mischung aus Schnaps und Nikotin.
Nick schlug seinen Arm fort und wollte sich abwenden, doch der Glatzkopf packte ihn am Ärmel seines Anoraks.
„Was soll der Scheiß? Lass mich sofort los!" Nicks Stimme klang erstaunlich fest, obwohl er einen dicken Kloß im Hals hatte. Die beiden anderen Typen traten jetzt ebenfalls näher und lachten spöttisch.
„Nicht bevor du uns dein Geld gegeben hast, Softie", blaffte der Glatzkopf zurück.
„Wollt ihr mich verarschen?" Nicks Herz rutschte gerade in seine Hose, doch er versuchte cool zu bleiben. Im nächsten Moment passierten mehrere Dinge zugleich. Der Glatzkopf warf seinen Kumpels einen Blick über die Schulter zu, worauf sie Nick zu zweit packten und ihm die Arme auf dem Rücken verdrehten. Nick keuchte schmerzerfüllt auf und versuchte sich zu befreien. Einer der beiden wollte ihm die Geldbörse aus der Gesäßtasche ziehen. Nicks Wut siegte über die Angst. Ohne weiter darüber nachzudenken, trat er einem seiner Angreifer mit voller Wucht in den Unterleib, woraufhin dieser brüllend zurücktaumelte und sich den Schritt hielt.
„Verfluchtes Arschloch! Haltet ihn fest, das wird er büßen!"
Nick konnte sich losreißen und verpasste einem der Typen einen sauberen rechten Haken. Doch noch ehe er erneut zuschlagen konnte, gingen sie zu dritt auf ihn los und ihm wurde klar, dass er tief in der Scheiße steckte.
„Du willst also spielen?", fragte Glatzkopf, das Gesicht vor Wut grotesk entstellt. Sein Piercing blitzte im fahlen Schein einer Laterne auf. „Das kannst du haben, du Arsch. Glaub mir, diese Nacht wirst du dein ganzes Leben nicht mehr vergessen."
Sie schlugen auf ihn ein und traten ihm in den Bauch. Nick stürzte vorwärts zu Boden. Eine Hand griff brutal in sein Haar und drückte ihm das Gesicht in den eisigen Kies. Schwere Stiefel landeten auf seinem Rücken und auf seinem Hintern.
„Friss Dreck, du kleine Mistmade!", zischte der Typ, dem Nick in die Eier getreten hatte. Einer der Kerle zog den Fuß kurz weg,

um ihn gleich darauf mit voller Wucht in Nicks Seite zu rammen. Ein erstickter Laut drang aus seiner Kehle, als der Schlag ihm die Luft aus den Lungen presste.
„Na, bereust du schon?“, lachte der Glatzkopf. Nick konnte nicht antworten und schnappte panisch nach Luft. Es folgten ein weiterer Schlag und noch einer. Er krümmte sich zusammen und hoffte, dass sie bald sein Geld nahmen und verschwanden.
Plötzlich wurde er an den Haaren hochgezogen, bis er auf dem Boden kniete. Das Gesicht des Glatzkopfes tauchte vor ihm auf, als dieser sich kurz zu ihm hinunter beugte. In seinen Augen lag ein bedrohliches Funkeln, dann änderte sich plötzlich sein Gesichtsausdruck.
„So ein hübscher Bursche, alle Achtung. Viel zu schade, um nur sein Geld zu nehmen“, stellte er mit einem anzüglichen Grinsen fest, während er den Arm ausstreckte und mit seinen Fingerspitzen über Nicks Wange strich. Ekel und Angst überfielen Nick. Die Vorahnung, was dieser Kerl offensichtlich von ihm wollte, bescherte ihm ein grausames Gefühl der Ohnmacht. Nick stieß ein Knurren aus und wollte sich mit letzter Kraft befreien.
„Finger weg!“, brachte er würgend hervor, während die Kerle hinter ihm auflachten und noch gröber an seinen Haaren zerrten. Der Schmerz trieb Nick Tränen in die Augen, blind vor Wut spuckte er den Glatzkopf an.
„Jetzt reicht’s mir, du kleine Ratte!“ Eine Faust sauste blitzschnell vor und schlug Nick so hart ins Gesicht, dass er Sterne vor seinen Augen explodieren sah. Sein Wangenknochen pochte vor Schmerz und er spürte, wie ihm das Blut warm übers Gesicht lief.
Sie rissen ihm die Jacke auf und zerrten sie grob von seinen Armen. Der Glatzkopf neigte sich vor, griff mit einer Hand um Nicks Hüften und grapschte nach seinem Hintern. Hämisch lachend zog er ihm die Geldbörse aus der Gesäßtasche und steckte sie ein. „Na also, geht doch. Halt ihn fest, Freddy. Er wird wieder gut machen, dass er sich so schlecht benommen hat.“ Mit diesen Worten richtete er sich auf. Nick hatte seinen Schritt direkt vor Augen, als der Glatzkopf seinen Ledermantel aufknöpfte und seinen Gürtel lockerte. Nick gefror das Blut in den Adern und aus seiner Kehle löste sich ein panischer Laut, als

der Typ ihn grob an den Haaren packte und mit der anderen Hand den Reißverschluss seiner Hose öffnete.
„Ein bisschen Vergnügen bist du uns schuldig", zischte er ungeduldig. „Ich wette, du bläst fast so gut wie ein Mädchen."
Nick schlotterte so sehr, dass er zusammengebrochen wäre, wenn sie ihn nicht gnadenlos festgehalten hätten. Das konnte nur ein Albtraum sein … es musste einfach einer sein! Warum ausgerechnet er? Tausende von winzigen Gedankenblitzen schossen ihm auf einmal durch den Kopf. Dinge, die er gestern oder vorgestern noch als schlimm oder nervig empfunden hatte, waren plötzlich belanglos und lächerlich. Wie gerne würde er sich jetzt mit Katsuro streiten oder eine schlechte Prüfung schreiben. Ihm war egal, wie er gerade aussah, was er anhatte, ob seine Haare saßen – ja sogar, ob seine Mutter ihn liebte. Wenn er nur heil hier herauskam.
„Bitte … bitte nicht!", stieß er wimmernd hervor. Nick wurde übel, und er schluckte bereits Galle, als er plötzlich eine vertraute Stimme hörte.
„Lasst ihn sofort los, oder ihr werdet es bereuen!"

Als Katsuro Nick am Boden knien sah, in der Gewalt dieser Dreckschweine, überfiel ihn so gewaltiger Zorn, dass er am liebsten laut aufgebrüllt hätte. Diese erniedrigende Situation und die unmittelbare Gefahr, in der sich Nick befand, löste bei Katsuro eine solch heftige, emotionale Reaktion aus, dass er glaubte, gleich zu explodieren. Der Mann im Ledermantel zerrte grob an Nicks Haaren, worauf dieser schmerzerfüllt aufkeuchte, dann warf er Katsuro einen abfälligen Blick zu.
„Verpiss dich, oder du wirst derjenige sein, der es bereuen wird! Wir haben hier eine kleine Privatparty."
„Ja, aber ich glaube, ihr habt vergessen, mich einzuladen!" Katsuro griff so unvermittelt an, dass den Typen nicht einmal die Zeit blieb, sich zu wehren. Er rannte auf sie zu, sprang hoch und versetzte dem Kerl mit der Glatze einen harten Tritt ins Gesicht. Er brüllte vor Schmerzen auf und riss beide Hände hoch.
„Meine Nase!", brüllte er dumpf hinter seiner vorgehaltenen

Hand. Als er sie wegnahm, floss das Blut wie ein Sturzbach über Kinn und Lippen, seinen Hals hinunter und tränkte sein helles Shirt. Mit weit aufgerissenen Augen starrte er zuerst auf seine Hände und dann an sich hinunter. Es dauerte ein paar Sekunden, bis er sich fing und seine Kumpels anschrie.
„Zeigt es dem Arschloch! Macht ihn fertig!"
Für Katsuro war es nicht allzu schwer, diese Idioten abzuwehren, die sich unbeholfen auf ihn stürzten. Er packte den Unterarm des ersten Angreifers, drehte ihm dabei in einer schwungvollen Drehung den Rücken zu und schleuderte den Kerl trotz seiner üppigen Statur nach vorne über seine Brust. Er krachte wie ein Betonklotz zu Boden und blieb ächzend liegen. Der andere hielt überrascht inne und glotzte Katsuro völlig perplex an. In seinem unbändigen Zorn musste er das Bild eines Wahnsinnigen abgeben. Katsuro unterstrich seine Überlegenheit mit einem bedrohlichen Knurren.
„Willst du auch einen Gratis-Flug?" Er ging erneut in Angriffsposition, wobei er den Glatzkopf ebenfalls nicht aus den Augen ließ. Doch dieser war mit seiner blutenden Nase beschäftigt und jaulte wie ein angeschossener Hund. Der andere Kerl hob beschwichtigend die Hände und wich kopfschüttelnd zurück. Er packte seinen Kumpel an der Jacke und zog ihn auf die Beine.
„Komm, Freddy … das ist es nicht wert. Verdammt, ich hab keinen Bock auf so einen Dreck!" Die Feiglinge stolperten rückwärts und rannten davon, als wäre ein Hornissenschwarm hinter ihnen her. Katsuro wandte sich um und fixierte den Typen mit der Glatze, der immer noch auf dem Boden kauerte. Dann ging er in die Hocke und riss ihm Nicks Geldbörse aus der Hand. Er packte den Kerl am Kragen und zog ihn hoch.
„Verschwinde, bevor ich mich vergesse!" Katsuros Schultern bebten, und seine Stimme hörte sich an wie ein Reibeisen. „Und glaub mir – wenn ich mit dir fertig bin, wird deine beschissene Nase noch das Schönste in deinem Gesicht sein!"
Der Glatzkopf zuckte zusammen und riss die Augen auf. Als Katsuro ihn losließ, wich er keuchend zurück und ergriff die Flucht.
„Diese verdammten Schweine!" Katsuro eilte zu Nick und sank neben ihn auf den Boden. Die Tatsache, dass ihn jemand verletzt

hatte, versetzte ihm einen Stich ins Herz. Er verspürte den unbändigen Wunsch, Nick in seine Arme zu ziehen und ihn festzuhalten, zugleich schwappte eine neue Welle des unbändigen Zorns durch seinen Körper und schüttelte ihn. Katsuro atmete tief durch und legte Nick behutsam eine Hand auf die Schulter.
„Tut mir leid, dass ich so spät komme", sagte er entschuldigend.

Als Nick Katsuros Hand spürte, wich er zurück und krümmte sich auf dem kalten Boden zusammen. Er schämte sich zu Tode und wollte einfach nur in einem großen, schwarzen Loch versinken. Katsuro legte ihm seinen Anorak über die Schultern und ließ seine Hände kurz darauf liegen.
„Komm Nick. Du kannst hier nicht sitzen bleiben, sonst erfrierst du mir noch."
„Das kann dir doch egal sein!", gab Nick in scharfem Ton zurück und schlug sich die Hand vor den Mund. Er zitterte so sehr, dass seine Zähne hart aufeinander klapperten. Nick kämpfte mit all seiner Willenskraft gegen den Drang an, kotzen zu müssen. Und das ausgerechnet vor Katsuro. Es war so demütigend. Er würgte, doch es kam lediglich ein Husten aus seiner brennenden Kehle. Katsuro seufzte resigniert auf, packte ihn kurzerhand unter den Achseln und zog ihn vorsichtig hoch.
Ein stechender Schmerz fuhr Nick in die Rippen, der ihn aufstöhnen ließ. Instinktiv presste er die Hände auf seinen Brustkorb.
„Schon gut. Versuche, ganz ruhig zu atmen." Katsuro steckte Nicks Arme behutsam in die Ärmel seines Anoraks und zog den Reißverschluss hoch. Nick fühlte sich wie gelähmt, ließ es stumm geschehen.
„Ich bringe dich lieber ins Krankenhaus."
Katsuro nahm Nicks Arm und legte ihn sich behutsam über die Schulter. Nick spürte eine Hand an seiner Hüfte. Geborgenheit, Wärme und ein seltsames Kribbeln durchströmten seinen Körper, trotz der Schmerzen.
Er schüttelte heftig den Kopf. „Nein, kein Krankenhaus", presste er mit zusammengebissenen Zähnen hervor. „Ist nur …

eine Prellung."
„Und dein Gesicht?"
„Das ist nichts."
„Was habt ihr denn immer alle gegen das Krankenhaus? Lass es zumindest kurz ansehen."
„Nein, verdammt!"
„Du bist so ein Sturkopf!"
„Lass mich … in Ruhe."
„Ach, vergiss es."
Sie zankten sich wie ein altes Ehepaar, während sie aus dem Park auf die Straße hinaus traten, von wo aus Katsuro mit seinem Handy ein Taxi rief. Zuhause brachte er Nick in sein Zimmer. Robert und Vanessa waren noch nicht zurück.

Nicks Körper schmerzte wie die Hölle, ihm war kalt und elend zumute. Der Schock über den Angriff saß so tief, dass er noch immer wie Espenlaub zitterte. Katsuro hatte ihn aus dieser misslichen Lage befreit, und er benahm sich nach wie vor wie der letzte Idiot.
„Leg dich besser gleich hin." Katsuro lockerte seinen Griff, hielt Nick jedoch noch am Arm fest.
Nick setzte sich aufs Bett und krümmte sich zusammen. Nur so waren die Rippenschmerzen einigermaßen erträglich.
„Nein … geht schon", presste er zwischen zusammen gebissenen Zähnen hervor.
„Du wirst dich jetzt sofort hinlegen", wiederholte Katsuro nachdrücklich. „Ich hol dir ein Glas Wasser und eine Schmerztablette."
„Nein! Ich sagte, geht schon."
Katsuro stieß ein Schnauben aus und ließ eine Schimpftirade auf Japanisch los, dass die Wände bebten.
Nick sah zu ihm auf und blickte ihn mit zusammengekniffenen Augen an.
„Was soll der Scheiß? Was redest du da?"
„Ich sagte, sturer Esel!" Katsuro verschränkte die Arme vor der Brust und musterte Nick eindringlich. Für *sturer Esel* war der Satz ganz schön lang gewesen. „Hast du große Schmerzen?"
Angesichts seiner anscheinend ehrlichen Sorge verkniff Nick

sich einen gehässigen Kommentar. „Meine Rippen … ich kann mich kaum bewegen", antwortete er gepresst. Katsuro brachte ihm eine Schmerztablette und ein Glas Wasser, das Nick in einem Zug leer trank. Er wollte sich zurück in die weichen Kissen legen und stöhnte vor Schmerzen auf.
„Das gefällt mir nicht, Nick. Das könnte gebrochen sein." Katsuro setzte sich auf die Bettkante und sah ihn besorgt an.
„Ist es aber nicht", erwiderte Nick kopfschüttelnd. Irgendwie schaffte er es, sich auf die Seite zu legen und zog die Beine an. „So geht's schon", murmelte er mehr zu sich selbst. Unangenehme Stille erfüllte den Raum, es war eine eigenartige Situation.
„Wie kommt es eigentlich, dass du ... in der Nähe warst?", ächzte Nick.
„Mir sind die drei Typen bereits im Club aufgefallen. Irgendetwas an ihnen war faul … die haben da gar nicht reingepasst. Sie haben dich beobachtet und gingen kurz nach dir hinaus. Ich dachte, ich schau mal nach dem Rechten." Er strich fahrig durch sein Haar, einige der schwarzen Strähnen fielen zurück in seine Stirn. Katsuro wirkte nachdenklich, ein Seufzen kam über seine Lippen, während er sich erhob. „Ich hole etwas, um dein Gesicht sauber zu machen." Er schüttelte den Kopf und lächelte gequält „Du siehst ja zum Fürchten aus." Katsuro verließ das Zimmer und kam kurz darauf mit einem Waschlappen und einer Schale Wasser zurück. Er setzte sich und begann wie selbstverständlich, Nicks Gesicht zu säubern.
Nick stockte der Atem, im ersten Moment war er zu keiner Reaktion fähig. Das warme Wasser war angenehm warm und wirkte schmerzlindernd. Wie gerne hätte er jetzt die Augen geschlossen und Katsuros Fürsorge genossen, doch kaum hatte er diesen Gedanken zu Ende gedacht, erschrak er heftig über sich selbst. Mit klopfendem Herzen wich er zurück und wollte Katsuro den Lappen aus der Hand zerren. „Lass das! Ich mach das schon selber."
„Halt still!" Katsuro war schneller und zog die Hand mit dem Lappen zurück. „Sei doch nicht immer so verdammt stur." Scheinbar völlig unbeeindruckt wischte er Nick behutsam die letzten Blutreste vom Gesicht.

„Glaub ja nicht, dass wir deswegen plötzlich Freunde sind. Ich kann dich nicht ausstehen und du mich ebenso wenig. Also tu nicht so!“ Kaum hatte Nick die Worte ausgesprochen, bereute er sie auch schon. Warum konnte er nicht einfach mal die Klappe halten?
„Ich kann für mich selbst sprechen und ich habe nie einen Grund gehabt, dich nicht zu mögen. Aber wie du meinst“, antwortete Katsuro gedehnt, als hätte er nichts anderes erwartet. Langsam brachte er Nick wirklich zur Weißglut.
„Sag mal, nehmt ihr Japaner immer alles so hin, ohne es zu hinterfragen? Seid ihr alle so verdammt ruhig und gelassen?“
Katsuro antwortete nicht sofort und tauchte den Waschlappen ins Wasser. Als er ihn in seiner Faust auswrang, traten die Muskeln und Sehnen seines Unterarms hervor. Karate Tiger fixierte Nick mit nachdenklicher Miene.
„Nicht immer“, antwortete er schließlich. „Aber bei dir mach ich mal eine Ausnahme.“ Ein flüchtiges Lächeln erschien auf seinen Lippen, dann wurde er wieder ernst. „Du schwankst wie eine Pappel im Wind, Nick. Du hast dein inneres Gleichgewicht noch nicht gefunden.“ Warm und sanft glitt der Lappen über Nicks Lippen und Wangen.
„Was soll denn das nun wieder heißen?“ Nick verdrehte die Augen und wollte sich fluchend erheben, doch er hatte seine geprellten Rippen vergessen und sank stöhnend in das Kissen zurück. Katsuro legte ihm stützend die Hand in den Nacken und schüttelte den Kopf.
„Siehst du?“ Für Sekunden waren sich ihre Gesichter ganz nah, und Nick fielen Details auf, die er vorher nie bemerkt hatte. Katsuros Haut war glatt und rein, oberhalb der rechten Augenbraue hatte er eine winzige Narbe. Nick hatte sich noch nie Gedanken über das Aussehen eines Mannes gemacht, aber bei Karate Tiger war irgendwie alles anders, stellte er erschrocken fest. Ein Blick in diese dunklen Augen beschleunigte seinen Puls erneut, aber das war sicher nur deswegen, weil er ihm so auf die Nerven ging. Katsuros Stimme holte ihn aus seinen bizarren Gedankengängen zurück.
„Lass mich mal deine Rippen sehen. Vielleicht hätten wir doch ins Kranken...“

„Es ist nur eine Prellung. Da ist nichts gebrochen.“
Bevor Nick reagieren konnte, hatte Katsuro ihm das Shirt nach oben gezogen.
Er knirschte mit den Zähnen. „Diese Schweine haben dich ganz schön erwischt, Nick. Es ist auf alle Fälle blau – vor allem auf der Seite. Das ganze Ausmaß wird man erst morgen sehen.“
Nicks Herz stand für einige Sekunden still, als Katsuros warme Hand seinen nackten Bauch streifte. Die Berührung, leicht und behutsam, löste ein Kribbeln in Nicks Körper aus, das sich bis in seine Lenden zog. Ach du Scheiße, was war das denn? Er bekam doch jetzt keinen Ständer, oder? Nicks Gesicht begann zu glühen, ihm wurde so heiß, als säße er in der Sauna. Rasch wandte er den Kopf ab und wünschte, er wäre unsichtbar.
„Ich … ähm ...“ Mehr kam nicht aus seiner trockenen Kehle.
„Wenn Vanessa kommt, soll sie sich das sofort ansehen.“

Katsuros Blick huschte über Nicks Körper. Er war wunderschön und verdammt sexy. Dass er jetzt hier halb nackt auf dem Bett lag, machte ihn nervös, und er fühlte ein Prickeln, das sich von seinen Zehenspitzen bis unter die Kopfhaut ausbreitete. Nick war ein Traum. Katsuro wünschte sich so sehr, dass sich die Situation zwischen ihnen verbessern würde, doch der blonde Teufel machte es ihm nicht leicht. Katsuro war sicher, dass sich unter Nicks harter Schale ein weicher Kern versteckte. Er hatte nur keine Ahnung, wie er diese Schale knacken sollte. Während er überlegte, lag seine Hand unbeweglich auf Nicks weicher, glatter Haut.
„Und ich dachte schon, du bist jetzt die Krankenschwester hier“, riss Nick ihn aus seinen Gedanken, worauf sich Katsuro rasch zurückzog. Nick blickte ihn jetzt direkt an. Da war ein hinreißendes Lächeln auf seinen Lippen, auch wenn es verkrampft wirkte und er hatte leicht gerötete Wangen. Katsuro verschlug es die Sprache, er konnte nur den Kopf schütteln. Plötzlich drangen aus dem Flur Stimmen herüber, die Wohnungstür fiel zu.
„Vanessa ist da, ich hol sie gleich.“ Katsuros Beine waren weich

wie Butter, als er sich erhob und mit deutlich erhöhtem Puls aus Nicks Zimmer flüchtete.

ꙮ

Vanessa eilte auf Nick zu, Robert und Katsuro im Schlepptau.
„Oh Nick! Was machst du denn? Kann man dich denn keine fünf Minuten aus den Augen lassen?“ Sie setzte sich auf das Bett und strich ihm zärtlich über das Haar.
Nick zuckte mit den Schultern und wollte eine coole Bemerkung machen, doch der Schmerz fuhr ihm so jäh in die Rippen, dass ihm schlecht wurde.
„Ganz ruhig, Nick. Ich sehe mir das mal an.“ Vanessa seufzte. „Du bist ja ganz blass. Warum bist du denn nicht ins Krankenhaus, wie Katsuro es dir gesagt hat?“, fragte sie vorwurfsvoll. Ohne eine Antwort abzuwarten, winkte sie Robert zu sich. „Wir müssen ihm erstmal das Shirt ausziehen, ich muss sehen, wie schlimm die Verletzungen sind.“
Robert drehte Nick so behutsam wie möglich auf die Seite und zog ihm das Shirt über einen Arm und den Kopf. Nick stöhnte erleichtert auf, als er wieder auf dem Rücken lag. Vanessa streifte ihm den anderen Ärmel ab und warf einen Blick auf seinen Oberkörper. Man merkte, dass die beiden genau wussten, was sie zu tun hatten. Nick fühlte sich sicher und geborgen.
„Oh Mann, auf alle Fälle bist du grün und blau“, schüttelte Vanessa den Kopf und legte die Handfläche sachte auf seine Brust. Nick hatte gehofft, dasselbe Kribbeln zu spüren wie vorhin, als Katsuro seine Haut berührt hatte, doch jetzt fühlte er nichts. Rein gar nichts.
Vanessas Finger glitten langsam über Nicks Rippen.
„Das wird jetzt etwas weh tun, Nick, aber anders kann ich nicht feststellen, ob etwas gebrochen ist“, sagte sie leise. „Hast du gespürt oder gehört, dass etwas geknackst hat?“
Nick schüttelte den Kopf. „Nein, gar nichts. Nur der Schmerz … ich dachte, ich bekomme keine Luft mehr.“
„Hm … ich glaube nicht, dass etwas gebrochen ist, aber wenn die Schmerzen schlimmer werden, oder größere Schwellungen

entstehen, bringe ich dich morgen sofort zum Arzt, verstanden?"
Er nickte, einen Moment herrschte Stille im Zimmer. Sie alle waren da und sorgten sich um ihn. Nick fing Katsuros Blick auf, er sah ebenso besorgt aus wie die anderen. Oh Mann, er war ihm gefolgt und hatte ihn vor etwas Schrecklichem bewahrt, das wurde ihm jetzt erst richtig bewusst. Als Katsuro gesehen hatte, in welcher Situation sich Nick befand, war er wie ein Berserker auf die Typen losgegangen. Sein Zorn war so greifbar gewesen – als würde Nick ihm etwas bedeuten. Bei diesem Gedanken bekam Nick eine Gänsehaut. Ein einfaches Dankeschön würde vermutlich nicht reichen, so wie er sich Katsuro gegenüber benommen hatte.

„Wir kühlen es über Nacht, ich hol rasch meinen Erste-Hilfe-Koffer." Vanessa legte ihm kurz die Hand auf den Arm und eilte aus dem Zimmer.

„Was treibt sich eigentlich für Gesindel da draußen herum?", fragte Robert kopfschüttelnd.

„Sie haben mich anscheinend schon im Club beobachtet", antwortete Nick. „Und dann sind mir diese Arschlöcher gefolgt."

„Ja, stimmt. Daraufhin bin ich ihnen nachgegangen", fügte Katsuro schulterzuckend hinzu. „Ich hatte einfach ein komisches Gefühl."

„Oh Gott, stellt euch mal vor, Katsuro wäre Nick nicht nachgegangen!", rief Vanessa, die gerade mit ihrem Koffer zurückkam. „Ich will gar nicht daran denken. Robert, könntest du mir aus dem Bad Handtücher für einen kalten Umschlag bringen?"

Fünfzehn Minuten später war Nick versorgt, die Kühlung war jetzt schon eine Wohltat. Er fühlte sich erschöpft und schläfrig. Robert und Katsuro waren zu Bett gegangen, Vanessa deckte ihn noch fürsorglich zu.

„Schlaf jetzt, Nick, ich sehe später noch mal nach dir."

„Danke, Süße." Nick gähnte, sogar das schmerzte. Doch bald übermannte ihn die Müdigkeit und seine schweren Lider fielen zu.

Dieses Mal saß Nick in einem Hörsaal, als die Cheerleader mit der Riesentorte auftauchten. Als sich der Deckel hob, ging ein Raunen durch die Menge, gleich darauf begannen die ersten Mädels hingerissen und hysterisch

zu kreischen.
Katsuro trug einen strahlend weißen Karateanzug und winkte den Studenten auf den oberen Sitzreihen. Er stieg aus der Torte und kam langsam die Stufen hinauf, bis er direkt vor Nick stehen blieb. Augenblicklich herrschte völlige Stille, sämtliche Augenpaare wanderten gebannt zwischen Nick und Katsuro hin und her. Katsuro hob die Hand und strich Nick in einer liebevollen Geste über die Wange.
„Komm", flüsterte er und deutete mit einem Kopfnicken in Richtung Torte. Ein Lächeln umspielte seine Mundwinkel. Er reichte Nick die Hand, sie fühlte sich warm an, vertraut. Nick erhob sich, sie gingen zusammen hinunter und kletterten in das Innere der Torte. Es war so finster, dass Nick nichts sehen konnte, doch was er spürte, bescherte ihm eine Gänsehaut und Schweißausbrüche zugleich. Katsuros Lippen berührten sein Ohr, warmer Atem streichelte seine Haut und zärtliche Finger schoben sich seitlich in sein Haar. Nick seufzte leise. Als Katsuro begann, kleine zärtliche Küsse auf seinem Hals zu verteilten, schlang er die Arme um ihn und legte den Kopf zurück in den Nacken. Katsuros Zungenspitze leckte leidenschaftlich über Nicks Haut und entlockte ihm damit ein Stöhnen. Seine Beine zitterten und gaben schließlich nach. Nick fiel ins Leere, ruderte mit Armen und Beinen hilflos in der Luft.
Er musste aufwachen. Und zwar ganz dringend.

Neun

Nick zuckte heftig zusammen, als er aus dem Traum auf sein Bett fiel. Er schlug die Augen auf und starrte einen Moment benommen an die Zimmerdecke. Zutiefst schockiert über seinen Traum raste sein Herz in wildem Stakkato. Er wollte sich setzen und keuchte auf, als der Schmerz ihm den Atem raubte. Nick legte die Hand vorsichtig an seine Rippen und sah sich hektisch um. Einen winzigen Moment dachte er, Katsuro wäre vielleicht noch hier und fühlte so etwas wie Enttäuschung, als er merkte, dass er alleine war. Was war nur los mit ihm? Hatte er gestern zu viel auf den Kopf gekriegt? Das musste es sein, das erklärte auch diesen abartigen Traum.
Nick schloss die Augen wieder und ließ Revue passieren, was im

Park passiert war. Bei der Erinnerung an Glatzkopf und seine offene Hose wurde ihm die Kehle eng. Er konnte nicht mehr so tun, als wäre nichts geschehen – er hatte sich noch nicht einmal bei Katsuro bedankt. Wie ein Racheengel war er gestern plötzlich in der Dunkelheit aufgetaucht ... stark, unbesiegbar und so voller Zorn. Nick fröstelte, seine Handflächen wurden feucht und sein Puls befand sich mittlerweile auf Stufe zwölf von zehn möglichen. Ein Klopfen ließ ihn aufschrecken. Sein Blick fiel auf den Radiowecker auf dem Nachttisch. Es war bereits Mittag.
Vanessa steckte den Kopf durch den Türspalt.
„Hey. Ich hab mir Sorgen gemacht und wollte sehen, wie es dir geht."
„Komm rein, Süße."
Sie setzte sich ans Bett. „Wie sieht es aus? Sind die Schmerzen schlimmer geworden?" Sie zog die Decke ein Stück hinunter und begann vorsichtig, den Verband zu lösen.
„Die Schmerzen sind schon heftig, aber es fühlt sich eher an wie ein schwerer Muskelkater." Er tastete sein Gesicht ab. Seine Unterlippe fühlte sich etwas taub an und auf seinem Wangenknochen hatte sich eine Blutkruste gebildet.
„Die Hämatome sehen schlimm aus, aber es ist nichts geschwollen", stellte sie mit einem prüfenden Blick auf seinen Brustkorb fest. „Das ist ein gutes Zeichen. Bleib heute auf jeden Fall liegen, okay? Ich fürchte, die Uni kannst du die restlichen Tage bis zu den Ferien knicken." Sie wuschelte durch sein Haar und erhob sich. „Ich mach dir jetzt erstmal einen Kaffee – möchtest du etwas essen?"
„Nein, danke." Er machte eine kurze Pause, bevor er weiter sprach. „Vanessa?" Nicks Herz klopfte schon wieder wie verrückt, aber er wusste, dass er das tun musste.
„Ja?"
„Ähm … ist Katsuro da?"
Vanessa legte den Kopf schief und sah Nick neugierig an. „Ja, er ist in seinem Zimmer."
„Ich … weiß, ich sollte mich bei ihm bedanken." Nick stieß ein Seufzen aus. „Oh Mann, ich kann das nicht!"
Vanessas Augen wurden groß. „Warum denn nicht? Was ist nur los mit euch?"

Nick schloss einen Moment die Augen.
„Sag ihm, ich schlafe. Ich muss einfach mal nachdenken, okay?"
„Okay", antwortete Vanessa schulterzuckend. Die Hand schon auf der Klinke hielt sie noch einmal inne. „Weißt du, Katsuro ist heute kaum aus seinem Zimmer gekommen. Er hat nur kurz einen Kaffee getrunken, wollte aber nicht über gestern sprechen. Er wirkt irgendwie … traurig, oder müde. Ich weiß auch nicht."
„Na toll, da fühle ich mich doch gleich noch besser", seufzte Nick. „Ich spreche mit ihm. Aber nicht jetzt, nicht heute."
Vanessa verdrehte die Augen und öffnete die Tür. „Und da heißt es immer, Weiber sind zickig", murmelte sie im Hinausgehen, dann fiel die Tür zu. Nick blieb den ganzen Sonntag und die darauffolgende Nacht in seinem Zimmer. Seine Träume waren wirr und verrückt. Wieder kam die Torte darin vor, Katsuro nahm ihn erneut mit und küsste ihn.
Verwirrt und völlig gerädert erwachte Nick in den Morgenstunden und fühlte sich elend und müde. Seine Rippen schmerzten nicht mehr so sehr wie am Vortag, doch die Uni und vor allem die Sportstunden konnte er die nächsten Tage streichen. Er überlegte gerade, ob er aufstehen sollte, als es an der Tür klopfte.
„Ja?"
Als die Klinke herunter gedrückt wurde und gleich darauf Katsuros schwarzer Schopf auftauchte, begann Nicks Herz wieder wie verrückt zu pochen. Katsuro sah unschlüssig aus und überlegte offensichtlich, ob er eintreten sollte.
„Guten Morgen, Nick." Er biss sich auf die Lippen, seine Schultern hoben und senkten sich unter einem tiefen Seufzer. „Ich … wollte nur kurz sehen, wie es dir geht, bevor ich zur Uni fahre, und dich fragen, ob ich jemandem etwas ausrichten oder dir irgendwelche Unterlagen besorgen soll?"
Nick starrte ihn einen Moment an. Verdammt, warum war der Kerl noch immer so freundlich, wo er selbst sich doch benahm, wie der letzte Arsch? War Katsuro niemals böse oder wütend?
Nick zupfte ein paar imaginäre Fussel von der Bettdecke, während er überlegte, was er antworten sollte.
„Ich … ähm …" Verdammt!
„Es geht schon besser, aber die Uni kann ich die nächsten Tage

wohl vergessen. Du brauchst nichts ausrichten. Sag einfach, ich bin krank, wenn jemand fragt. Aber … wenn du Tom bitten würdest, dass er dir die Unterlagen aus der Physikvorlesung mitgibt – das wäre gut. Dann kann ich mir das noch mal durchlesen."

„Ja, okay, mach ich."

Ein paar Sekunden herrschte unerträgliches Schweigen zwischen ihnen, bis sich Katsuro schließlich abwandte. „Also dann … bis später, Nick."

Nicks Herz schlug einen Salto. „Warte!"

„Ja?" Katsuro blickte ihn erwartungsvoll an.

„Also … wegen Samstagnacht ..." Nicks Wangen glühten, er starrte auf die Bettdecke, als wäre sie unheimlich faszinierend. „Ich habe mich noch gar nicht bedankt."

In Katsuros Augen war kurz ein Funkeln zu sehen, dann lächelte er sanft.

„Schon okay. Das hätte doch jeder gemacht."

Bevor Nick antworten konnte, war Katsuro schon aus dem Zimmer gegangen und hatte die Tür geschlossen. Warum nur fühlte sich Nick jetzt noch elender als zuvor?

Nach diesem Vorfall war das Verhältnis zwischen Nick und Katsuro nicht mehr so angespannt, aber noch immer schien es, als würde eine unsichtbare Barriere zwischen ihnen stehen, die es ihnen nicht gewährte, ein normales Gespräch miteinander zu führen. Aber zumindest stritten sie nicht mehr. Nicks Verletzungen verheilten dank Vanessas Pflege rasch. Kühlende Salben aus dem Krankenhaus und Stützverbände bewirkten, dass es ihm schon bald besser ging.

Nick hatte bereits seine Koffer gepackt, um die Weihnachtsferien zum Schein bei seiner Mutter und dem Arsch Stefan zu verbringen. Sie würde sich nicht bei ihm melden, das war ihm klar. Nick war ohnehin so verletzt, dass er im Moment keinen Kontakt zu ihr haben wollte. Robert war bereits vor zwei

Stunden gegangen, und nun befanden sich Nick, Vanessa und Katsuro ebenfalls im Aufbruch. Nick hatte alles bis ins kleinste Detail geplant, damit keiner der anderen mitbekam, dass er Weihnachten alleine war. Bei diesem Gedanken schnürte es ihm die Kehle zu, und er spürte, wie sich Wasser in seinen Augenwinkeln sammelte. Ausgerechnet an Heiligabend würde er einsam und verlassen hier sitzen. Sicher würde sich die Möglichkeit finden, nicht alleine zu sein, doch das war schwierig, wenn man zu stolz war, sich und anderen einzugestehen, dass man doch nicht vollkommen war. Er musste sich nur noch überlegen, was er Vanessa erzählte, denn sie hatte nicht so lange Urlaub bekommen und würde bereits in drei Tagen wieder hier sein.

Erst als es an seiner Zimmertür klopfte, wurde Nick bewusst, dass er eine ganze Weile starr an die Wand geblickt hatte.
„Nick?“ Vanessa stand in der offenen Tür und sah ihn fragend an. „Bist du soweit? Wenn ihr eure Züge erwischen wollt, müssen wir jetzt fahren.“
Hinter ihr erschien Katsuro im Türrahmen. Als sich ihre Blicke trafen, hatte Nick einen Augenblick das Gefühl, als würde Katsuro hinter seine Fassade blicken können und genau wissen, was mit ihm los war. Schwarze Augen musterten ihn eingehend, und er runzelte die Stirn.
„Alles in Ordnung, Nick?“
„Was?“ Er fuhr sich hektisch durch das Haar und schüttelte den Kopf, als müsse er sich besinnen. „Ja, nein … also, ich hab mich total vertan mit dem Zug. Meiner geht erst um achtzehn Uhr und nicht um sechzehn Uhr. Keine Ahnung, wie mir das passiert ist.“ Er zuckte mit den Schultern und versuchte möglichst überzeugend zu wirken. „Ich nehme dann die U-Bahn.“
„Oh“, machte Vanessa. „Ich hätte dich gerne mitgenommen.“ Sie kam näher und umarmte ihn. Nick schloss kurz die Augen, seine Brust zog sich schmerzhaft zusammen. Könnte er Vanessa doch sagen, wie es in ihm aussah. Doch sein Stolz machte ihm einen Strich durch die Rechnung, und er wollte kein Mitleid.
„Kein Problem, Süße“, sagte er mit brüchiger Stimme und räusperte sich. Katsuro trat hinter Vanessa und streckte ihm die Hand hin.

„Frohe Weihnachten und ein gutes neues Jahr, Nick. Ich hoffe, du hast eine schöne Zeit bei deiner Familie.“
Nick löste sich von Vanessa und ergriff zögerlich Katsuros Hand. Sie war warm und er besaß einen überraschend sanften Händedruck.
„Danke, ebenfalls“, erwiderte er so neutral wie möglich, dann wandte er sich wieder Vanessa zu. „Grüße deine Familie und ein schönes Weihnachtsfest.“
„Mach ich, Nick. Bis bald.“ Sie schloss ihn erneut in die Arme und küsste ihn auf die Wange.
Als die Tür hinter den beiden ins Schloss fiel, war Nick, als hätten sie die Luft zum Atmen mit hinausgenommen. Wie betäubt stand er im Flur und glaubte, seine Beine würden ihm jeden Moment den Dienst versagen. Er fühlte sich, als hätte ihm jemand mit einem Hammer auf den Kopf geschlagen. Seine Brust zog sich zusammen, er versuchte den anschwellenden Knoten in seinem Hals hinunterzuschlucken. Seine Atmung wurde schneller und keuchender, dann griff er nach dem nächsten Gegenstand, den er zu fassen bekam – eine Vase – und schleuderte sie gegen den Garderobenschrank. Die Scherben flogen durch die Gegend, Holz splitterte von der Tür des Schranks ab.
„Scheiße, verflucht noch mal!“ Nick sank zu Boden und blickte auf das Chaos, das er verursacht hatte. Die Stille in der Wohnung war unerträglich, noch nie hatte er sich so einsam und verlassen gefühlt, wie in diesem Moment. Sogar Katsuro fehlte ihm, wie er verzweifelt feststellte. Nick hasste seine Mutter in diesem Moment so sehr, dass er sich wünschte, sie wäre damals mit seinem Vater fortgegangen. Er wusste nicht, wie lange er dort wie gelähmt gesessen hatte, doch als er aus seinem Dämmerzustand erwachte, war es stockfinster in der Wohnung. Lediglich aus dem Wohnzimmer drang fahles Licht hervor und warf Nicks Schatten an die gegenüberliegende Wand. Seine Beine fühlten sich an wie Blei, als er aufstand und ins Wohnzimmer hinüberging. Er nahm sich eine Flasche Wodka aus der Bar und ließ sich damit auf dem Sofa nieder. Nick schwamm im Selbstmitleid, und er wollte noch mehr leiden.
Seine Kehle war von den aufsteigenden Tränen so eng, dass ihm

das Schlucken wehtat, als er einen kräftigen Zug aus der Flasche nahm. Der Alkohol breitete sich warm und flau in seinem Körper aus, seine Beine begannen zu kribbeln. Gut so – er wollte sich betäuben und vergessen ... Alles einfach vergessen. Wenigstens bis morgen. Nach ein paar weiteren geradezu gierigen Schlucken fühlte er sich jedoch noch schlechter.
Nick stellte sich Katsuro im Kreise seiner Familie vor, lachend und glücklich. Warum dachte er jetzt ausgerechnet an ihn? Schnaubend stellte er die Flasche auf dem Tisch ab und sank vom Sofa auf den Boden hinunter. Die Stimme seiner Mutter hallte durch seinen Kopf.
„Oder du kannst gleich wieder gehen. Stefan ist mein Freund, und wir wohnen gemeinsam hier. Du hast kein Recht, ihn anzugreifen. Du solltest wirklich anfangen, dein eigenes Leben zu leben.“
Nick knirschte mit den Zähnen und begann, am ganzen Körper zu zittern. Erst als seine Sicht verschwamm und er etwas Salziges auf den Lippen spürte, wurde ihm bewusst, dass er heulte.
„Verdammte Memme!“, fluchte er heiser und trank noch einen Schluck. Ein Teil des Wodkas tropfte an seinen Mundwinkeln herab. Nick wischte fahrig über sein Kinn. „Und dann kommt auch noch dieser perfekte Bastard, verfluchte Scheiße!“
Katsuro. Seit er hier war, ging doch alles schief. Er war einfach in allem, was er tat, besser als Nick. Katsuro war so makellos, dass es ihn bis ins Tiefste seines Herzens schmerzte. Wieder tauchte Karate Tigers Gesicht vor seinem inneren Auge auf, ganz klar und deutlich. Er lächelte und strich sich eine Strähne seines schwarzen Haares aus der Stirn. Mit einem Mal wurde es Nick heiß, ein seltsames Kribbeln durchzuckte seinen Unterleib. Er keuchte auf und nahm erneut einen Schluck, um das Feuer zu löschen, dass sich gerade in seinen Lenden ausbreiten wollte. Verdammt! Nick starrte benommen auf das Etikett und stellte den Wodka zurück auf den Tisch, als hätte er sich daran verbrannt. „Scheiß Alkohol!“ Alles drehte sich, ihm wurde übel.
Im nächsten Moment fuhr er erschrocken zusammen und zog den Unterarm vor sein Gesicht, als jemand das Licht anknipste.
„Verdammt, was ...!“
„Nick? Was machst du denn noch hier?“ Katsuros Stimme trieb Nicks Puls in die Höhe, hart und schmerzhaft klopfte er gegen

seine Kehle, was die Übelkeit noch verstärkte. Seine Finger umklammerten krampfhaft die Flasche, als sich Katsuro neben ihm auf dem Fußboden niederließ. Als er Nicks Schulter berührte, wollte er sich in einem kurzen Anflug von Selbstmitleid in seine Arme werfen, doch gottlob fing er sich rasch wieder.

„Was geht dich das an?“, fuhr er Katsuro an und wollte sich dessen Berührung entziehen. Nick schwankte jedoch so sehr, dass er mit den Schultern gegen die Tischplatte stieß. „Verdammt … Lass mich in Ruhe. Was willst du überhaupt hier? Wolltest du nicht längst zuhause bei deiner tollen Familie sein?“

„Ich ... hab was vergessen“, murmelte Katsuro kaum hörbar. Dann schlang er seinen Arm blitzschnell um Nicks Oberkörper, um zu verhindern, dass sein Kopf auf den Tisch knallte.

„Himmel, Nick. Hier stinkt es wie in einer Schnapsbrennerei! Was ist denn passiert? Warum bist du noch nicht zuhause?“

Nicks Antwort war ein Auflachen, dessen Klang ihn selbst erschreckte. Verachtung, Schmerz und tiefe Traurigkeit schwangen darin mit, erneut begann er zu zittern.

„Zuhause ...“, lallte er. „Für mich ist kein Platz mehr zuhause. Ach scheiß drauf … scheiß drauf.“ Seine Stimme war ein klägliches Krächzen. Er glaubte wieder eine Träne auf seiner Wange zu spüren und wischte rasch mit dem Handrücken über sein Gesicht. Das fehlte ihm gerade noch, dass ihn Katsuro heulen sah. Er hielt Nick immer noch fest.

„Ich glaube, du legst dich besser hin, ja? Schlaf dich aus und morgen sehen wir weiter.“ Katsuro wollte ihn hochziehen, doch Nick entzog sich seinem Griff.

„Lass mich! Ich brauche dein Mitleid nicht. Nicht *deines*!“ Nick setzte die Flasche an die Lippen – und verschluckte sich. Katsuro nahm ihm den Wodka ab und stellte ihn zurück, während Nick heftig hustete.

„Was soll das jetzt wieder heißen? Was hab ich dir denn nur getan?“ Katsuro klang aufgebracht, fast verzweifelt. Nick hob den Kopf, in einer hektischen Bewegung packte er Katsuro vorne am Shirt.

Katsuro keuchte überrascht auf, rührte sich aber nicht von der Stelle. Nick wollte ihm ins Gesicht sehen, doch alles drehte sich. Sein Kopf sank schwer auf Katsuros Schulter, er schloss einen

Moment die Augen. Aber das war keine so gute Idee.
„Mir … ist schlecht“, brachte er wimmernd hervor.
„Das wundert mich nicht. Du hast die halbe Flasche Wodka geleert“, antwortete Katsuro. „Nick ...“ Die Art, wie er es sagte, war fürsorglich, fast zärtlich. Seine Finger schoben sich seitlich in Nicks Haar und blieben auf seinem Hinterkopf liegen. Als Nick tief einatmete, nahm er wieder Katsuros frischen Zitrusduft wahr. Der Geruch löste Sehnsucht in ihm aus. Eine Sehnsucht, die Nick Angst machte. „Sag mir doch, was passiert ist“, bat Katsuro flüsternd. „Sprich mit mir, Nick. Ich bin nicht dein Feind, wann verstehst du das denn endlich?“
Diese eine Geste und seine Worte berührten Nick tief in seinem Herzen, sein Schutzwall drohte einzustürzen.
„Du hast doch keine Ahnung“, erwiderte er mit schwerer Zunge.

Katsuro liefen heiße und kalte Schauer über den Rücken. Dass er Nick jemals so nahe kommen würde, hätte er sich niemals träumen lassen.
„Wovon habe ich keine Ahnung?“, fragte er leise, seine Stimme zitterte.
Nick hob den Kopf und funkelte ihn an. „Du weißt nicht, wie es ist, wenn einen diejenigen im Stich lassen, die man liebt, nicht wahr?“ Er schüttelte den Kopf und verlor dadurch wieder das Gleichgewicht. Katsuro hielt ihn fester. „Ich war nicht gerade das, was man ein Wunschkind nennt“, fuhr Nick spöttisch lächelnd fort. „Mein Vater hat sich sofort nach meiner Geburt aus dem Staub gemacht und meine Mutter gibt mir die Schuld daran. Ihr aktueller Lover ist nur fünf Jahre älter als ich … die haben zusammen mein Zimmer ausgeräumt und mich regelrecht hinausgeworfen … als wäre ich Abfall, den man einfach so entsorgen kann. Und jetzt ist hier auch kein Platz mehr für mich – nicht seitdem du da bist. Es dreht sich doch alles nur noch um dich!“
Für einige Sekunden herrschte völlige Stille. Nicks Worte hatten Katsuro völlig überrascht und schockiert. Er fühlte alles und nichts, war verwirrt und traurig.

„Ich … hatte ja keine Ahnung, Nick", sagte er heiser.
„Niemand weiß davon und so soll es auch bleiben."
„Aber es war doch nie meine Absicht, deinen Platz einzunehmen. Ich weiß nicht, wie du darauf kommst. Alles, was ich wollte, war eure … deine Freundschaft." Mit den letzten beiden Worten war Katsuros Stimme leiser geworden, er zuckte hilflos mit den Schultern. Nick löste die Finger aus Katsuros Shirt und hob den Kopf. Die schönen blauen Augen musterten ihn überrascht, und seine Lippen öffneten sich leicht. Es schien, als wollte er etwas sagen, doch er schwieg. „Na komm schon." Katsuro griff unter Nicks Arme, stand auf und zog ihn hoch. „Leg dich hin."
Nick gehorchte, ließ sich auf das Sofa fallen und schloss stöhnend die Augen. Katsuro hob seine Füße an und deckte ihn behutsam zu.

ꙮ

Das grässliche *Karussell-Gefühl* stellte sich ein, doch trotz seiner Übelkeit fühlte Nick sich mit einem Mal etwas wohler und nicht mehr so einsam. Er war viel zu betrunken und müde, um die Augen offenzuhalten, seine Lider fielen zu, als würde Blei daran hängen. Stille erfüllte den Raum – er hatte keine Ahnung, wie lange er da gelegen hatte. Waren es zwei Sekunden oder zwei Minuten gewesen? Dann war da plötzlich eine Hand, die langsam und tröstend durch sein Haar strich, ein paar Mal. Es fühlte sich schön an, beruhigend. Doch plötzlich drehte sich alles noch mehr, und Nick wurde so schlecht, dass er entsetzt die Augen aufriss.
„Ich muss kotzen!", stieß er panisch hervor, seine Hand schnellte an den Mund. Er atmete hektisch und wollte aufstehen, doch er verhedderte sich in der Decke und wollte sie wegstrampeln.
„Ganz ruhig, Nick, ich helfe dir", hörte er Katsuros warme, dunkle Stimme. Nick war so weggetreten, dass er ganz vergessen hatte, wo er sich befand, was passiert war und warum er hier war. Katsuro legte ihm eine Hand in den Nacken, griff mit der

anderen nach seiner Schulter und zog ihn hoch. Nick konnte sich kaum auf den Beinen halten und schwankte hin und her. Er spürte kräftige Hände, die sich stützend um seinen Oberkörper schlangen. „Wir sind schon fast da, gleich hast du es geschafft."
Oh Gott, er würde sich doch jetzt nicht vor Katsuro übergeben, oder? Im Türrahmen der Toilette wand Nick sich aus seinem Griff und stürzte zur Kloschüssel.
„Hau ab!", bekam er gerade noch würgend hervor, bevor er die Klobrille hochriss und sich übergab. Schweiß brach ihm auf der Stirn aus, sein ganzer Körper zitterte, und er hatte das Gefühl, gleich wieder umzukippen, obwohl er auf dem Boden saß. Nick fühlte sich so hundeelend, dass er am liebsten geheult hätte. Dass Katsuro hinter ihm stand, machte alles noch tausendmal schlimmer. „Hau ab!" wiederholte er schwach. Im nächsten Moment ging die Klospülung und vor seinem Gesicht erschien ein Knäuel Toilettenpapier.
„Stell dich nicht so an, Nick. Glaubst du, du bist der erste Mensch, den ich kotzen sehe?"
Nick nahm das Klopapier und wischte sich damit den Mund ab.
„Scheiße ..." Einige Sekunden verstrichen, ehe er sich aufrappeln konnte und ans Waschbecken torkelte. Er spülte sich den Mund aus und wusch sein Gesicht.
Einen Augenblick später lag Nick schon wieder auf dem Sofa, ohne zu wissen, wie er dort hingekommen war.
„Schlaf jetzt, Nick", hörte er eine Stimme flüstern, aber sie war schon ganz weit weg. Nick schwebte dahin, in tiefer Dunkelheit, begleitet von dem wohligen Gefühl, nicht mehr alleine zu sein.

Zehn

Katsuro saß dicht an Nicks Seite, seine Hand ruhte noch immer gedankenverloren auf dessen kalter Stirn. Endlich schlief er tief und friedlich. Was hatte der Arme nur andauernd mit sich herumgeschleppt! Kein Wunder, dass er oft aggressiv war und so unzufrieden wirkte. Warum er alles an ihm ausgelassen hatte, verstand Katsuro jetzt besser, auch wenn es immer noch wehtat.

Anscheinend wusste noch nicht einmal Vanessa, wie es in Nick aussah.
Doch endlich hatte er seine Maske fallen lassen und ihm gezeigt, wer wirklich hinter dieser harten Fassade steckte. Das erste Mal hatte dieser sture Kerl Gefühle zugelassen und Katsuros Herz damit noch mehr gefangen genommen. Er konnte nicht aufhören, ihn anzustarren und über sein weiches Haar zu streicheln. Nick sah auch im Schlaf atemberaubend schön aus. Mit Sicherheit war dies der erste und zugleich letzte Moment, in dem Katsuro ihm so nah sein konnte.
„Oh Nick … was machst du nur mit mir?“, wisperte er kopfschüttelnd, ein schwerer Seufzer entwich seiner Kehle. Nick war für ihn unerreichbar und würde es auch bleiben. Er stand auf das weibliche Geschlecht und würde seine Gefühle niemals erwidern. Ganz abgesehen davon, dass er ihn ohnehin nicht leiden konnte. Katsuro deckte Nick wieder zu, dann schlich er sich leise in den Flur, holte sein Handy aus der Hosentasche und wählte die Nummer von zu Hause.
„Mama? – Ja ich bin noch hier in München ... Nein, es ist nichts passiert. Hör zu, ich komme erst morgen und bringe vielleicht einen Freund mit. Ist das in Ordnung? – Ja, wir fahren morgen Mittag … Ich freue mich auch. Bis morgen. Sayonára.“

Nick schlief den Rest des Abends und die ganze Nacht durch. Katsuro sah eine Weile fern, doch seine Gedanken waren bei Nick. Immer wieder huschte sein Blick zu ihm hinüber. Er hätte ihn noch ewig betrachten können, doch spät in der Nacht überfiel auch ihn die Müdigkeit, und er legte sich auf das kleinere Sofa zum Schlafen.

Nick erwachte von dumpfen Kopfschmerzen, einen Moment wusste er nicht, wo er sich befand. Doch dann, so schnell wie ein Blitzschlag andauerte, fiel ihm alles wieder ein und er fuhr keuchend auf. Er lag auf dem Sofa, eingewickelt in Vanessas große, karierte Decke und fühlte sich, als hätte ihn ein Lastwagen

überrollt – oder zwei. Er presste die Handflächen kurz gegen seine Lider und stöhnte auf.
Und dann sah er ihn. Katsuro schlief tief und fest. Er hatte sich in Nicks Decke eingewickelt, das obere Ende hielt er mit der Faust umklammert. Schwarze Strähnen fielen ihm in die Stirn und bedeckten sein rechtes Auge. Je länger Nick ihn beobachtete, umso schneller schlug sein Herz.
Die Erinnerung kehrte zurück, und er wusste nicht, was schlimmer war: dass er ausgerechnet Katsuro seine ganze Lebensgeschichte erzählt hatte, oder dass er sich vor ihm die Seele aus dem Leib gekotzt hatte. Oh Gott, war das peinlich. Ja, definitiv war die Kotzerei das Schlimmste. Nick erhob sich so leise wie möglich und schlich auf Zehenspitzen aus dem Wohnzimmer ins Bad. Jeder Schritt verstärkte seine Kopfschmerzen. Im Bad nahm er sich zuerst eine Schmerztablette aus dem Medizinschrank und schluckte sie mit Wasser aus der Leitung. Der Blick in den Spiegel war grauenvoll.
„Scheiße!“ Seine Haare standen in sämtliche Richtungen ab, er war blass wie ein Ziegenkäse und unter seinen Augen befanden sich dunkle Ränder. Außerdem hatte Nick einen Geschmack im Mund, als hätte er alte Lumpen gefressen. Er fühlte sich so ausgelaugt und elend, wie schon lange nicht mehr. Vielleicht würde eine heiße Dusche seine Verfassung etwas mildern. Nachdem er zehn Minuten lang Zähne geputzt hatte, legte er seine Kleider ab, drehte das Wasser in der Duschkabine auf und stellte sich unter den heißen Strahl. Tatsächlich fühlte er sich danach etwas besser. In seinem Zustand hatte Nick natürlich nicht daran gedacht, sich frische Kleidung mit ins Bad zu nehmen, und so schlang er sich kurzerhand ein Badetuch um die Hüften.

ௐ

Katsuro rieb sich schlaftrunken die Augen, öffnete die Lider und glaubte, noch zu träumen. Nick schlich sich gerade nur mit einem Handtuch bekleidet an ihm vorbei. Von seinem nassen Haar tropften Wasserperlen über seinen muskulösen Rücken hinunter. Einen Moment wollte Katsuro vortäuschen zu

schlafen, aber er besann sich anders.
„Guten Morgen." Katsuro erschrak über seine brüchige Stimme, doch bei Nicks heißem Anblick war es kein Wunder.

Nick zuckte zusammen, beinahe wäre ihm das Handtuch von den Hüften gerutscht. Mit einem Knurren wirbelte er herum. „Mann, musst du mich so erschrecken?"
Katsuro setzte sich auf. „Entschuldige", antwortete er schulterzuckend. „Wie geht es dir heute?"
Nick umklammerte das Handtuch, sein Gesichtsausdruck wurde etwas weicher.
„Na ja, mir ist es schon mal besser gegangen."
Katsuro versuchte irgendwo anders hinzustarren als auf Nicks Waschbrettbauch.
„Wenn du das Fest mit deiner Familie nicht verpassen willst, solltest du jetzt fahren", murmelte Nick. „Ich glaube, ich habe dich ohnehin schon zu lange aufgehalten."
Katsuro schüttelte vehement den Kopf und erhob sich.
„Vergiss es", antwortete er. „Ich werde nirgends hingehen, wenn ich weiß, dass du hier alleine bist."
„Das kann dir doch egal sein. Wir sind nicht gerade das, was man als Freunde bezeichnen würde. Schon vergessen?", stellte Nick trotzig fest, ein Zucken um seine Mundwinkel verriet jedoch, dass er sich in seiner Aussage unsicher war.
„Nun, das könnten wir ja ändern", erwiderte Katsuro mit pochendem Herzen. Er ging auf Nick zu und streckte ihm rasch die Hand entgegen, bevor ihn sein Mut verlassen würde. „Ich bin Katsuro", sagte er lächelnd. Nach kurzem Zögern ergriff Nick Katsuros Hand und drückte bestimmt zu. Mit der anderen hielt er krampfhaft das Handtuch fest.
„Nick", antwortete er mit einem Grinsen im Gesicht, worauf beide befreit auflachten.
„Heute Abend wird bei uns der Geburtstag des Kaisers Akihito gefeiert – in Japan ist der dreiundzwanzigste Dezember ein Feiertag. Dafür gibt es bei uns kein Heiligabend, ich hoffe, das stört dich nicht allzu sehr."
Nick blickte Katsuro erstaunt an. „Kein Heiligabend?"
„Nein, aber wir werden natürlich gemütlich zusammensitzen.

Meine kleine Schwester besteht darauf, dass sie trotzdem Geschenke bekommt, weil wir ja jetzt schließlich in Deutschland leben. Es wird also irgendwie doch auch etwas weihnachtlich werden", erklärte Katsuro.
Nick überlegte. Es würde eigenartig sein, den Heiligen Abend nicht so zu feiern, wie er es gewohnt war. Scheiße, er überlegte doch nicht wirklich gerade ernsthaft, die Semesterferien bei Katsuro verbringen zu wollen, oder?
„Ich weiß nicht ...", sagte er verlegen. „Ich … ich möchte deiner Familie und dir wirklich nicht auf den Geist gehen. Ich meine, ich bin ja ein Fremder und ..."
„Zieh dir lieber etwas an, so nehme ich dich sowieso nicht mit", unterbrach ihn Katsuro. Er deutete auf Nicks nackten Oberkörper und das Handtuch und schüttelte in gespielter Entrüstung den Kopf.

Der Zug hatte den Bahnhof in München vor wenigen Minuten verlassen und ratterte gleichmäßig über die Gleise. Nick blickte aus dem Fenster auf die vorbeiziehende Landschaft und konnte immer noch nicht glauben, dass er sich mit Katsuro auf dem Weg zu dessen Familie befand. Das war doch verrückt! Noch vor wenigen Stunden war er der einsamste Mensch auf Erden und hatte diesen Typen gehasst!
Nick dachte daran, was für ein egoistisches Arschloch er in den letzten Wochen gewesen war. Er hatte Katsuro das Leben schwer gemacht und darüber hinaus nicht einmal bemerkt, wie schlecht es seinem besten Freund die ganze Zeit über gegangen war. Er legte die Stirn gegen die kühle Fensterscheibe und stieß ein Seufzen aus.
„Alles in Ordnung?" Katsuros warme Stimme riss Nick aus seinen düsteren Gedanken. Er zuckte zusammen und sah auf sein Gegenüber. Katsuro musterte ihn besorgt. Womit hatte Nick eigentlich verdient, dass er ihn mit zu seiner Familie nahm?
Nick räusperte sich. „Ja, alles klar. Ich … hab nur über einige Dinge nachgedacht." Er spürte, dass er rot wurde, und senkte den Blick. „Ich … ähm … hab mich dir gegenüber benommen

wie der letzte Idiot." Als nicht sofort eine Antwort kam, sah Nick auf. Katsuro wirkte überrascht über sein Zugeständnis. „Dafür möchte ich mich entschuldigen." Herrgott noch mal, was machte er da eigentlich?

Katsuro wirkte plötzlich entspannt, der Hauch eines Lächelns zuckte um seine Mundwinkel. Nick hatte ein mulmiges Gefühl im Bauch und seine Hände wurden feucht.

„Lass die Vergangenheit ruhen, Nick. Das Hier und Jetzt zählt, du kannst das Geschehene ohnehin nicht mehr ändern." Katsuro saß da, die Beine leicht geöffnet und hatte sich bequem in die Polster zurückgelehnt. Sogar mit Kleidung konnte man sehen, wie gut er gebaut war. Die Sehnen und Muskeln seiner Unterarme traten bei jeder Bewegung hervor und auch seine breite Brust war unter dem weißen T-Shirt sehr gut zu erkennen. Plötzlich wurde es Nick heiß und kalt zugleich, ein Kribbeln durchlief seinen gesamten Körper bis hinunter in seine Füße. Er räusperte sich, um zu testen, ob seine Stimme noch vorhanden war.

„Ich weiß, aber es fühlt sich trotzdem Scheiße an."

„Mach dir keinen Kopf. Ab jetzt wird alles anders … oder?" Katsuro blickte Nick fragend an. Seine tief schwarzen Augen musterten ihn so intensiv, dass Nick vor Faszination beinahe vergessen hätte, zu antworten.

„Auf jeden Fall", sagte er schließlich mit rauer Stimme. Katsuros Gegenwart machte Nick zunehmend nervöser – aber vermutlich waren vertraute Gespräche einfach noch sehr ungewohnt für ihn.

„Was ist jetzt eigentlich zwischen dir und Vanessa?", fragte er rasch, um sich abzulenken. „Ich glaube, sie mag dich."

Katsuro zuckte mit den Schultern. „Jetzt fängst du schon wieder damit an", grinste er. Dann wurde er ernst. „Wir sind Freunde, weiter nichts. Mag sein, dass ihre Gefühle für mich romantischer Natur sind, aber ich kann ihr nicht mehr als meine Freundschaft anbieten."

Sie schwiegen einen Moment, man hörte nur das gleichmäßige Dahinrattern des Zuges, der über die Gleise eilte.

„Und was ist mit dir?", fragte Katsuro. „Hast du Gefühle für sie?"

Nick überlegte. „Bis vor Kurzem glaubte ich das noch“, gab er schließlich ehrlich zu. „Aber ich glaube, das war eher mein Ego, das nicht zulassen wollte, dass du mir meine beste Freundin nimmst. Ich liebe Vanessa – aber so wie man eine Schwester liebt. Ich bin froh, dass sie klüger war als ich und nie auf meine Annäherungsversuche eingegangen ist. Ich möchte sie als Freund nicht verlieren.“
Katsuro nickte. Irgendwie sah er erleichtert aus. Hatte er befürchtet, dass Nick ihm diese Frage stellen würde?
„Hab ich eigentlich schon danke gesagt? Ich meine wegen gestern Abend.“
„Nein.“
„Ähm … danke. Jetzt hast du mich schon zweimal aus der Scheiße gezogen.“
„Das war selbstverständlich, Nick. Wirklich.“
„Was heißt eigentlich danke auf Japanisch?“
„Domo arigato.“
„Domo arigato?“
„Hai.“
„Dann heißt Hai wohl ja?“
„Du lernst schnell.“
„Sehr witzig. Jedenfalls – Domo arigato.“ Nicks Gesicht glühte. Heiliger Strohsack, er machte sich doch gerade zum Affen, oder?
„Gern geschehen.“
Nick mochte gar nicht darüber nachdenken, wie es ihm jetzt ginge, hätte ihn Katsuro nicht gefunden.
„Was hattest du eigentlich so Wichtiges vergessen?“, fragte er.
Katsuro starrte ihn an. „Was?“
„Na gestern Abend, als du zurückgekommen bist. Ich kann mich noch daran erinnern, dass du sagtest, du hättest etwas vergessen.“

Katsuros Herz pochte schneller, während er fieberhaft nach einer Antwort suchte. Gestern am Bahnhof hatte ihn aus heiterem Himmel ein eigenartiges Gefühl überfallen, und er war nicht fähig dazu gewesen, in seinen Zug zu steigen. Völlig aufgewühlt und rastlos war er im Bahnhofsgebäude umhergelaufen und hatte über Nicks eigenartiges Verhalten nachgedacht, bevor er sich schließlich dazu entschlossen hatte, in die WG zurückzukehren. Seine Vorahnung, dass Nick noch da war, hatte ihn nicht getäuscht.

„Ach so … ja ähm … mein … meinen Waschbeutel. Ich hab mein ganzes Waschzeugs liegen lassen."

„Oh." Nick sah irgendwie nicht so recht überzeugt aus. Katsuro war schon immer ein schlechter Lügner gewesen. Er spürte, wie ihm die Röte in die Wangen stieg. Eine Weile schwiegen sie, sahen aus dem Fenster.

„Hast du eigentlich Kontakt zu deinem Vater?" Katsuro wollte so schnell wie möglich das Thema wechseln. Als ihn Nick jedoch erschrocken anblickte, bereute er seine indiskrete Frage auch schon. „Sorry, ich wollte nicht ..."

„Schon gut", entgegnete Nick mit einer fahrigen Handbewegung. „Mein Vater ..." Er unterbrach sich selbst und verzog abfällig das Gesicht. „Nein, er hat sich nie gemeldet, und meine Mutter spricht nicht gerne darüber. Wenn sie es tut, gibt sie mir das Gefühl, dass es meine Schuld war. Als ich vor Kurzem bei ihr war, hat sie bei unserem Streit sogar offen zugegeben, dass ich ihrem Glück im Weg bin. Dass ich es immer war." Nick sah wieder aus dem Fenster und seufzte. „Ich träume oft von meinem Vater, aber ich sehe nie sein Gesicht. Und er ist nicht gerade begeistert, mich zu sehen."

Katsuro war beeindruckt von Nicks plötzlicher Offenheit. Was er ihm erzählte, machte ihn sehr traurig.

„Das muss sehr schwer für dich sein."

Nick lächelte gequält. „Du kannst froh sein, eine Familie zu haben und einen Vater, der für dich da ist."

„Bei uns ist auch nicht alles so perfekt, wie du vielleicht glaubst", gab Katsuro schulterzuckend zu.

Nick lehnte sich zurück sah ihn erstaunt an. „Wie meinst du das?"

„Mein Vater ist zwar da, aber doch auch wieder nicht. Er wurde sehr traditionell erzogen und gibt ein großes Stück seiner Erziehung an uns weiter. Meist scheint er sehr ernst und unnahbar." Katsuro zupfte ein paar imaginäre Fussel von seiner Jeans. „Bei meiner kleinen Schwester merkt man das nicht so, sie ist seine Prinzessin. Aber für mich ist es oft, als wäre er weit, weit weg. Und ich meine nicht weg im körperlichen Sinne, sondern im physischen. Ich kenne ihn eigentlich kaum, weißt du."

Nick schwieg, sah ihn jedoch neugierig an. „Wenn wir im Dojo sind, ist es anders. Wenn wir zusammen trainieren oder unterrichten, ist es, als wäre dieses unsichtbare Hindernis für eine Weile überwunden. Doch kaum schlüpfen wir wieder in unsere Straßenkleidung, ist er wieder fort."

Nick wirkte ehrlich betroffen. „Mann … Scheiße. Tut mir echt leid."

„Schon gut", antwortete Katsuro. „Aber siehst du, jeder hat seine kleinen, düsteren Geheimnisse."

„Sieht so aus", grinste Nick matt. Als er sich nach vorne neigte, fiel ihm eine Haarsträhne ins Gesicht, und Katsuro musste den Reflex unterdrücken, sie ihm zurück hinters Ohr zu streichen. „Apropos Karate. Das scheinst du ja wirklich richtig draufzuhaben." Er stieß einen anerkennenden Pfiff aus, der Katsuro zum Lachen brachte. „Ehrlich. Wie du die Kerle im Park überwältigt hast, war beeindruckend."

„Danke." Katsuro freute sich über Nicks Anerkennung, doch die Nacht im Park rief auch die Erinnerung wach, in welcher Gefahr Nick geschwebt hatte. Nick schien es auch so zu gehen, denn sein Lächeln erstarb und wich einem nachdenklichen Gesichtsausdruck.

„Hey, wenn du Lust hast, dann komm doch am Sonntag einfach mit ins Shotokan-Dojo", setzte er rasch hinzu, um Nick abzulenken. „Ich trainiere dort am Wochenende die Anfänger."

„Was für ein Ding?"

„Shotokan-Dojo. Das ist der Name unserer Karateschule."

„Und was bedeutet das?", fragte Nick interessiert.

„Wörtlich übersetzt heißt Dojo *Ort des Weges.* So nennt man die Trainingsräume der verschiedenen Kampfsportarten. Shotokan ist eine der vielen Stilrichtungen von Karate."

„Wow. Seit wann machst du das eigentlich genau?"

„Seit ich laufen kann. Genau wie Mitsuko, meine Schwester."

„Was heißt Shotokan?"

„Shoto ist der Künstlername unseres Meisters Gichin Funakoshi, was soviel bedeutet wie Pinienrauschen. Kan heißt einfach nur Haus. Shotokan hieß das erste private Dojo Tokios, das 1936 von ihm eröffnet wurde. Meister Funakoshi schuf die Grundlagen des Karate, so wie wir es heute kennen und in seinem Stil unterrichten wir in unserer Schule noch heute."

Elf

Als sie in Rosenheim aus dem Zug stiegen, wusste Nick sofort, dass er diese Stadt mögen würde. Hier war es nicht so laut und überfüllt wie in München, und die Menschen erschienen ihm weniger gehetzt und gestresst.
„Komm, wir nehmen uns ein Taxi!" Katsuro zog Nick am Arm weiter, sie liefen durch eine kleine Bahnhofshalle auf die Straße hinaus, wo mehrere Taxen auf Fahrgäste warteten. Die Fahrt dauerte keine zehn Minuten.
Der Fahrer hievte ihre Taschen aus dem Kofferraum und reichte sie ihnen. Nick folgte Katsuro auf einem schmalen Kiesweg in den Vorgarten eines weiß gestrichenen Einfamilienhauses. Vor den Stufen zur Haustür hielt Katsuro inne und wandte sich zu Nick um.
„Ähm, hör mal ..." Er kratzte sich verlegen am Kopf. „Meine Mutter und Mitsuko sind total locker drauf, aber mein Vater lebt zum großen Teil die japanische Kultur aus, ich hab dir ja schon ein bisschen was über ihn erzählt. Manches von dem, was für Japaner sehr wichtig ist, mag dir eigenartig erscheinen. Es sind oft Kleinigkeiten. Zum Beispiel, wenn du eine Wohnung betrittst, ziehst du die Schuhe aus und stellst sie so ab, dass sie mit den Schuhspitzen zur Eingangstür zeigen. Wenn möglich, iss mit Stäbchen, und wenn du ihn begrüßt, verneigst du dich leicht. In Japan wird schnell etwas als Beleidigung aufgenommen."
Nick spürte, wie ihm jegliche Farbe aus dem Gesicht wich und er weiche Knie bekam.
„Jetzt machst du mir Angst, Katsuro. Hättest du mich nicht im Zug schon vorwarnen können? Ich weiß gar nicht, wie man diese

Stäbchen anfasst, geschweige denn, ob ich mit diesen Dingern essen könnte. Ich glaube, ich war erst ein oder zweimal chinesisch essen … das ist Jahre her."
Katsuro keuchte auf, seine Augen weiteten sich. „Erwähne ja kein chinesisches Essen! Wir Japaner reagieren sehr gereizt auf diesen Vergleich."
Nick musste ein furchtbar ängstliches Gesicht gemacht haben, denn Katsuro prustete los und tätschelte ihm die Schulter. „Ach komm schon, Nick. Niemand wird dir den Kopf abreißen. Sei einfach so, wie du bist, und guck ein bisschen auf mich, ja? Ich helfe dir."
Nick verdrehte die Augen. „Na toll, da geht's mir gleich besser."
Katsuro schloss die Haustüre auf, Nick folgte ihm in den Flur. An dessen Ende führte eine Treppe hinauf, doch Katsuro drückte die Klingel im Erdgeschoss.
„Mein Appartement befindet sich oben." Katsuro deutete mit einem Kopfnicken zur Treppe. „Zeig ich dir nachher."
Die Türe wurde geöffnet, ein schwarzhaariges Mädchen mit kinnlangem Haar und einem strahlenden Lächeln öffnete die Tür.
„Katsuro!" Sie fiel ihm sofort um den Hals, und er drückte sie an sich. Ihr Blick fiel auf Nick, plötzlich wirkte sie schüchtern.
„Mitsuko-chan[3], das ist Nick, ein Freund von mir", stellte ihn Katsuro vor und trat zur Seite.
„Hi Mitsuko." Nick hielt ihr die Hand zum Gruß hin, im letzten Moment fielen ihm Katsuros Worte ein und er verneigte sich steif. Mitsuko fing zu kichern an und er kam sich vor wie der letzte Idiot.
„Mitsuko!" Katsuro blickte seine Schwester warnend an. Sie griff nach Nicks Hand und deutete ebenfalls eine Verbeugung an.
„Hallo", sagte sie schüchtern, als eine Frau hinter ihr erschien. Sie umarmte Katsuro und begrüßte Nick mit einem freundlichen Lächeln.
„Ich bin Anna, Katsuros Mutter", stellte sie sich vor. In ihrer Jeans und einem grauen Kapuzen-Sweatshirt wirkte sie sehr jung,

---

3 Mitsuko-chan. Die Endung -chan ist eine Verniedlichung des Vornamens.

ihre dunklen Haare waren zu einem Pferdeschwanz gebunden. „Kommt doch rein."
Als sie ins Wohnzimmer kamen, hatte Nick das Gefühl, eine andere Welt zu betreten. Der Raum war hell durchflutet, an den Wänden hingen Bilder mit japanischer Kalligraphie oder Zeichnungen von Geishas oder Samuraikriegern. Außer einem niedrigen, großen Tisch, um den sich ein Dutzend hellgrüne Bodenkissen reihten, einer Kommode und einer Vitrine gab es hier kaum Möbel. Und doch war die Atmosphäre warm und wohnlich. Ein halbes Dutzend Bodenvasen und Buddhastatuen auf dem kirschholzfarbenen Parkett machten das Bild perfekt. Der Tisch war bereits gedeckt, aus einer Stereoanlage drangen asiatische Klänge.

„Wo ist Vater?", fragte Katsuro, während er sich umsah.
„Er holt Herrn Masamori und Herrn Takada ab. Marion und Tobi werden auch gleich da sein", antwortete seine Mutter, dann wandte sie sich an Nick. „Tobi ist mein Bruder. Er und seine Frau feiern heute mit uns den Geburtstag unseres Kaisers Akihito."
Nick lächelte. „Katsuro hat mir davon erzählt."
„Mein Mann hat noch Bekannte eingeladen, sie müssten bald kommen. Wollt ihr schon mal etwas trinken?"

ꕥ

Sie setzten sich auf die Bodenkissen, Anna goss ihnen Mineralwasser ein.
„Und du bist also einer von Katsuros Mitbewohnern?", fragte sie Nick und musterte ihn abschätzend. „Ich darf doch du sagen, oder?"
„Natürlich", antwortete Nick. „Ja, wir wohnen in derselben WG, und ich studiere ebenfalls Sport."
Katsuros Mutter wollte gerade antworten, als sich Mitsuko neben sie setzte und Nick eingehend musterte.
„Machst du auch Karate?"
Nick schüttelte den Kopf.

„Nein, aber ich habe in diesem Semester einen Selbstverteidigungskurs begonnen."
„Pfff … Pippifax!" Mitsuko rümpfte die Nase und reckte stolz das Kinn.
„Mitsuko!" Anna blickte sie tadelnd an. „Sei nicht so frech."
Katsuro lachte und strich seiner Schwester über den Kopf. „Wir nehmen Nick mal mit ins Dojo, dann sieht er, wie man sich richtig verteidigt, stimmt's?"
Sie strahlte ihren großen Bruder an und nickte. „Ja, dann sieht er es ja selber."
Nick grinste. „Dein Bruder ist aber im selben Pippifax-Kurs, weißt du das?"
Mitsuko starrte Katsuro mit offenem Mund an und brachte damit alle zum Lachen.
Im nächsten Moment wurde die Tür aufgeschlossen, und man hörte Stimmen aus dem Flur. Anna und Katsuro erhoben sich, Nick und Mitsuko standen ebenfalls auf. Eine Gruppe von Leuten betrat das Wohnzimmer. Nick wusste sofort, dass der Mann ganz vorne Katsuros Vater war. Sein Sohn sah ihm sehr ähnlich, auch wenn Katsuro sehr viel hübscher war. Scheiße, was dachte er denn da wieder?
Nick kam sich vor wie ein Dummkopf, weil er keinen blassen Schimmer hatte, wie er sich benehmen sollte. Während sich alle begrüßten, blieb er wie angewurzelt stehen, ein dicker Kloß steckte in seinem Hals.
„Nick?" Katsuros Stimme holte ihn aus seiner Starre. Er winkte Nick zu sich und schenkte ihm ein beruhigendes Lächeln. Zumindest sollte es anscheinend beruhigend wirken. Er konnte ja nicht wissen, dass er damit genau das Gegenteil erreichte. „Komm, ich stell dich vor", sagte er.
Nicks Beine fühlten sich an, als wären sie aus Gummi, als er auf die Gruppe zu ging.
„Vater, das ist Nick, einer meiner Mitbewohner aus München. Er wird bis Neujahr mein Gast sein."
Instinktiv streckte Nick die Hand aus. „Freut mich, Herr Nakazato."
Oh mein Gott! Hatte er etwas Falsches gesagt oder getan? Katsuros Vater musterte ihn mit unergründlicher Miene, er hob

eine Augenbraue, während seine Lippen einen schmalen Strich bildeten. Plötzlich fiel Nick ein, dass er das Verneigen vergessen hatte, und er senkte rasch den Kopf. Katsuros Vater streckte die Hand aus und reichte sie Nick.
„Guten Abend, Nick. Katsuros Gast ist auch unser Gast. Ich hoffe, du dich wohlfühlen in unserem bescheidenen Heim.“ Er besaß einen starken Akzent, der jedoch seiner Autorität keinen Abbruch tat. Katsuro hatte seinen Vater sehr gut beschrieben, er wirkte unnahbar und streng. „Das hier ...“ Er wandte sich um und warf einen kurzen Blick auf seine Begleiter. „Geschäftspartner, Herr Masamori und Herr Takada.“
Nick reichte ihnen die Hand und begrüßte sie auf traditionelle Weise. Die beiden Männer verneigten sich lächelnd und erwiderten den Gruß auf Japanisch. Anders als Katsuros Vater wirkten sie etwas aufgeschlossener, fast neugierig.
„Und das mein Schwager Tobi und seine Frau Marion.“
Ein dunkelhaariger, recht jugendlich wirkender Mann mit freundlichen, grauen Augen trat vor und reichte Nick die Hand.
„Hi Nick, ich bin Tobi. Freut mich, dass Katsuro so schnell Freunde hier gefunden hat.“
„Hi.“ Nick fand Tobi sehr sympathisch, doch irgendwie war sein Mund gerade so trocken, dass er kein weiteres Wort hervor brachte. Tobi schien jedoch nichts zu bemerken und stellte Nick seine Frau vor. Sie war eine kleine Frau mit sehr weiblichen Rundungen, ihre Augen strahlten Wärme und Herzlichkeit aus.
„Hallo Nick, nett dich kennenzulernen. Oh warte, Anna, ich helfe dir!“ Sie lächelte Nick entschuldigend zu und eilte dann zu Katsuros Mutter, die Getränke und Essen auf dem Tisch im Wohnzimmer anrichtete.
„Otosan!“ Mitsuko lief auf ihren Vater zu und umarmte ihn. Nick beobachtete Herrn Nakazato und es schien, als würde die Kleine den Eisklotz etwas auftauen. Um seine Mundwinkel zuckte es, er strich ihr über den Kopf und küsste ihren Scheitel. Katsuro hatte er mit einem schlichten Handschlag begrüßt, fast wie einen Fremden. Nick spürte ein leichtes Ziehen in der Brust.
„Nick?“ Katsuro legte ihm die Hand auf die Schulter. „Komm, setzen wir uns.“

ꟷ

Nicks Schulter berührte die von Katsuro, als sie nebeneinander auf den Bodenkissen Platz nahmen. Es erschien ihm albern und eigenartig, doch die Gewissheit, Katsuro an seiner Seite zu haben, wirkte beruhigend auf ihn. Die meisten Speisen, die Anna und Marion auf dem Tisch anrichteten, hatte Nick noch nie zuvor gesehen.
„Das ist eine traditionelle, japanische Festtagstafel", erklärte Katsuro. „Hier zum Beispiel haben wir einen Salat aus weißen Möhren und Rettich und da drüben, das ist Miso-Suppe. Da sind schwarze Pilze und Tofu drinnen." Er nahm seine Essstäbchen und deutete auf eine Platte mit kleinen Teigtaschen. „Nikuman ... das ist mit Hackfleisch, Frühlingszwiebeln, Pilzen, Bambus und Ingwer gefüllt. Wenn du etwas wissen willst, frag mich einfach, ja?"
„Okay", antwortete Nick staunend. Er nahm sich etwas Reis, Fleisch und Teigtaschen, die exotischeren Sachen ließ er lieber stehen, bevor er sich blamierte.
Die Stimmung wurde mit jeder Flasche Wein etwas lockerer, es wurde gelacht und gekichert, Mitsuko drehte die Musik lauter und alle klatschten, als sie ein kleines Tänzchen vorführte. Nick konnte mit Kindern eigentlich nicht soviel anfangen, aber Katsuros Schwester war eine Ausnahme. Sie besaß eine unkomplizierte, fröhliche Art, die sich ansteckend auswirkte und ihm etwas von seiner Anspannung nahm.

Nach dem Essen standen die Gäste plaudernd in kleineren Grüppchen zusammen und tranken dabei Wein oder Bier. Mitsuko legte ihre anfängliche Schüchternheit Nick gegenüber ab, suchte immer häufiger seine Nähe und grinste ihn breit an. Er war froh um die Ablenkung und erleichtert, weil er sich auf die Weise nicht mit ihrem Vater unterhalten musste. Anna betrat mit einem Tablett das Wohnzimmer, auf dem volle Schnapsgläser standen.

„An Tage, wie dieser es ist, Japaner trinken Sake", erklärte Katsuros Vater feierlich und reichte jedem ein Glas. Nick nahm das Glas mit einer kleinen Verneigung entgegen und blickte unsicher zu Katsuro hinüber. Dieser nickte ihm beruhigend zu. Herr Nakazato prostete in die Runde und sagte ein paar Sätze auf Japanisch.

„Er bedankt sich bei allen, die gekommen sind", übersetzte Katsuro flüsternd in Nicks Ohr. Sein Atem strich warm und sanft über die empfindsame Stelle am Hals und bescherte Nick beängstigenderweise eine Gänsehaut. Er hatte gar nicht bemerkt, dass Katsuro jetzt unmittelbar neben ihm stand. „Vater ehrt unseren Kaiser und möchte, dass wir zusammen mit ihm anstoßen. Sake ist ein Reisschnaps. Trink ihn langsam, Nick, der haut ganz schön rein."

Nick räusperte sich. „O... okay", wisperte er.

„Bansaaaaiiii!" Katsuros Vater hob das Glas und die Gäste taten es ihm nach.

„Bansaaaaiiii!"

Nick nippte zuerst vorsichtig und kippte das Glas trotz Katsuros Vorwarnung in einem Zug hinunter.

„Woah!", keuchte er heiser, seine Augen füllten sich mit Tränen.

„Hab ich es dir nicht gesagt?", lachte Katsuro, während er Nick das Glas abnahm und ihre beiden Gläser erneut füllen ließ. Er reichte ihm den Sake. „Beim Zweiten wird's besser", zwinkerte er Nick zu. „Und beim Dritten ist eh schon alles egal." Sie leerten ihre Gläser synchron und gluckten. Nick sah sich um und entdeckte einige Familienfotos, die auf einer niedrigen Kommode standen. Nick ging darauf zu und betrachtete die Bilder. Auf einem waren Katsuro und Mitsuko abgebildet. Katsuro konnte darauf nicht älter als zwölf oder dreizehn sein, Baby Mitsuko saß mit einem Schnuller im Mund auf seinem Schoß. Nick schmunzelte. Auf einem anderen Foto sah man Katsuros Mutter und seinen Vater. Sie waren noch jung und wirkten sehr verliebt, auch wenn das Lächeln von Katsuros Vater etwas steif wirkte.

„Oh Gott, guck dir meine Frisur an", stöhnte Katsuro, der dicht neben Nick stand. „Dieser Stoppelschnitt sieht doch verboten aus."

„Ich find's süß", erwiderte Nick, als ihm auch schon bewusst wurde, wie sich das angehört hatte. Seine Wangen brannten, er

riss die Augen auf und starrte zu Boden. So was Bescheuertes! „Na ja, ich finde Kinderfotos ... ähm ... einfach süß“, setzte er stotternd hinzu und kam sich dabei wie der letzte Volltrottel vor. Wo war ein Loch, in dem er verschwinden konnte?
„Ich hol uns mal noch einen Sake“, sagte Katsuro lächelnd und wandte sich um. Nick sah ihm nach und stellte nach zwei Sekunden entsetzt fest, dass er auf Katsuros Hintern starrte.
„Scheiße“, murmelte er und schüttelte benebelt den Kopf.
„Hey, alles klar, Nick?“
Nick wirbelte herum und blickte in Tobis Gesicht.
„Ähm … ja, aber ich glaube, der Sake wirkt schon etwas“, antwortete er scherzend, worauf Katsuros Onkel auflachte. Er musste ungefähr Mitte dreißig sein, aber seine Art und sein Aussehen ließen ihn jünger wirken. Er trug Jeans, Shirt und Turnschuhe.
„Ja, das Zeug ist echt gewöhnungsbedürftig.“ Tobi warf einen Blick über seine Schulter und deutete mit dem Kinn zu Katsuro hinüber. „Und, wie macht sich mein Neffe in der Fremde?“
Nick folgte Tobis Blick. Katsuro unterhielt sich mit einem der Geschäftspartner seines Vaters. Seine Haltung war stolz und selbstbewusst. Er sagte etwas, worauf Herr Masamori anerkennend nickte. Im selben Moment sah Katsuro kurz zu Nick, ihre Blicke begegneten sich. Nick durchlief ein seltsames Kribbeln, das seine Wirbelsäule empor sauste, seine Wangen wurden heiß. Verwirrt wandte er sich wieder an Tobi.
„Ich, ähm … gut“, antwortete er. Nick straffte die Schultern und holte innerlich Luft. „Er hat sich super in der WG eingelebt und auch in der Uni kommt er sehr gut zurecht“, fuhr er mit gefestigter Stimme fort. „Katsuro ist vor allem bei den Damen sehr beliebt“, grinste er.
„Ja, wie ich von meiner Schwester weiß, flogen ihm die Mädchen in Tokio auch schon reihenweise zu“, entgegnete Tobi zustimmend. Irgendetwas Eigenartiges lag dabei in seinem Blick, aber Nick konnte es nicht deuten. Es sah so aus, als hätte er noch gerne etwas hinzugefügt, doch stattdessen nippte er rasch an seiner Bierflasche. „So, ich geh mich jetzt mal um meine Frau kümmern, die Arme tut sich sichtlich schwer, Herrn Takada zu unterhalten“, sagte er amüsiert und deutete auf die andere Seite

des Raumes. Marion und Herr Takada unterhielten sich – besser gesagt, sah es eher aus, als würde sie ihm Unterricht im Trockenschwimmen geben. Während sie wild mit den Armen in der Luft umher ruderte und ihm dabei etwas zu erklären versuchte, blickte Herr Takada mit wachsender Verwirrung ihren Händen nach und grinste etwas verloren.
Nick und Tobi lachten auf. „Bis gleich, Nick“, gluckste Katsuros Onkel und beeilte sich, seine Frau zu erlösen.
Als Nick Katsuro mit zwei Gläsern Sake auf sich zukommen sah, kribbelte seine Wirbelsäule wieder, seine Beine waren wie Blei. Er hatte fast noch nichts getrunken – definitiv vertrug er keinen Sake.

Nick erwachte mit einem leichten Pochen an den Schläfen. Bevor er gestern Abend auf Katsuros Futonbett eingeschlafen war – Katsuro hatte darauf bestanden, dass er das Bett bekam – hatte er nicht mehr viel von dessen Wohnung gesehen. Nach einem flüchtigen Blick auf Katsuro, der auf dem Sofa schlief, stand er auf und blickte sich neugierig um. Sofort fiel ihm auf, dass es hier sehr viele Bücher gab, die Regale waren damit vollgestopft. In einer Ecke befand sich eine Kochnische mit einer kleinen Bar und an den Wänden hingen bunte Bilder mit abstrakter Kunst. In einer Vitrine standen mehrere Dutzend Pokale in verschiedenen Größen und Formen. Sein Blick wanderte erneut zum Sofa hinüber. Katsuro sah so friedlich aus. Eigentlich war er auch immer friedlich. Nick war der Dummkopf gewesen, der von Anfang an Streit gesucht und sich eifersüchtig und arrogant benommen hatte. Einsicht ist der erste Weg zur Besserung, oder?
Als Katsuro sich regte, schrak Nick aus seinen Gedanken, wich zurück und stieß mit den Kniekehlen gegen das Bett. Er plumpste wie ein Stein nach hinten, die Folge war ein erstickter Laut. Katsuro öffnete die Augen und hob den Kopf. Sein Haar war ein Gewirr aus zerzausten, schwarzen Strähnen, die ihm auf einer Seite ins Gesicht fielen.

„Guten Morgen. Na, wie geht es dir heute?"
Nick legte die Handflächen an seine Schläfen.
„Ich habe einen leichten Brummschädel von eurem Reisschnaps-Zeug." Er verzog das Gesicht. „Aber sonst ist alles okay, danke. Und ähm … auch guten Morgen."
Katsuro setzte sich auf und hielt sich gähnend die Hand vor den Mund. Dann lächelte er und sagte leise: „Frohe Weihnachten, Nick."
„Ja stimmt … frohe Weihnachten", antwortete Nick nachdenklich. Das hatte er glatt vergessen. „Ich kann gar nicht glauben, dass heute Heiligabend ist. Es … fühlt sich komisch an, nicht zuhause zu sein. Aber irgendwie auch gut."
Katsuro blickte ihn betroffen an. „Das glaube ich dir. Wir machen einfach das Beste daraus." Er stand auf. „Möchtest du Kaffee oder Tee?"
„Kaffee wäre toll."
Katsuro tappte barfuß zur kleinen Kochnische hinüber und nahm zwei Tassen aus dem Oberschrank. Er trug ein weißes, anliegendes Shirt und eine graue Jerseyhose. Als er das Wasser aufdrehte und es in den Tank der Kaffeemaschine laufen ließ, beobachtete Nick das Spiel seiner Armmuskeln. Katsuro öffnete einen der Oberschränke, dabei rutschte das Shirt nach oben und gab den Blick auf ein Sixpack und gebräunte Haut frei. In Nicks Mund sammelte sich Speichel, er schluckte hart. Was war nur los mit ihm?
„Erde an Nick?" Katsuro fing Nicks Blick auf und sah ihn fragend an.
„Ähm, was?" Nick spürte, wie seine Ohren heiß wurden. „Sorry, bin, glaube ich, noch nicht ganz wach", fügte er rasch hinzu und erhob sich vom Bett.
Katsuro drückte den Knopf der Kaffeemaschine. „Zwei Süßstoff und Milch, stimmt's?", fragte er, während der Kaffee in die Tassen lief.
„Ja, danke." Nick ging zum Sofa hinüber, legte die Decke zusammen und schüttelte die Kissen auf. Katsuro kam mit dem Kaffee, sie setzten sich.
„Also, was möchtest du heute machen?", fragte Katsuro, bevor er einen Schluck aus seiner Tasse trank.

Nick zuckte mit den Schultern. „Keine Ahnung. Was hättest du denn heute sonst gemacht?“
„Wir könnten in die Stadt gehen, wenn du willst.“
„Klingt gut. Ich wollte mir für Sylvester noch etwas zum Anziehen kaufen.“
„Gut. Dann also auf in die Stadt.“ Katsuro erhob sich und stellte seine Tasse auf die Küchenablage.

Nachdem sich die beiden fertiggemacht hatten, wollten sie noch bei Anna und Mitsuko vorbeischauen. Ehe sich Nick versah, wurde er von einem kleinen, schwarzhaarigen Wirbelwind überfallen und an der Hand in den Flur gezogen.
„Nick! Du musst unbedingt mein Zimmer anschauen, komm! Das hast du noch gar nicht gesehen!“
„Mitsuko-chan! Lass das. Ich glaube nicht, dass Nick …“
Nick unterbrach Katsuro mit einem Blick über seine Schulter und grinste anzüglich. „Schon in Ordnung. Ich bin es gewohnt, dass mich die Mädels gleich in ihr Zimmer zerren.“ Katsuro verdrehte lachend die Augen, während Mitsuko Nick aufgeregt durch den Flur führte. Sie betraten ein helles Zimmer mit weißen Möbeln und viel rosa Plüsch. Sofort fiel Nick die Vitrine mit Pokalen auf, genau wie oben bei Katsuro.
„Wow, schönes Zimmer, Mitsuko.“ Sein Zwinkern erwiderte sie mit einem gekonnten Klimpern ihrer dichten, schwarzen Wimpern. „Was hast du denn für einen Gurt?“
Sie strahlte ihn an und freute sich offensichtlich über sein Interesse.
„Den braunen … aber nicht mehr lange“, grinste sie.
„Dann sollte ich dich wohl besser nicht ärgern“, antwortete Nick gespielt ängstlich. Katsuro stand im Türrahmen und beobachtete ihn. Er hatte die Arme vor der Brust gekreuzt.
„Gib nicht so an, Mitsuko-chan.“
Sie streckte ihm die Zunge heraus. „Selber Angeber!“
Sie lachten, Nick fühlte sich immer wohler. Er musterte Katsuro … seine Nähe war sehr angenehm. So fremd er ihm noch vor ein paar Tagen gewesen war, so vertraut war er ihm plötzlich.

Sie waren durch einige Kaufhäuser gebummelt, Nick hatte sich ein Hemd gekauft und Katsuro ganz spontan ein neues Handy. Es dämmerte bereits, als sie müde, aber zufrieden in einer Kneipe einkehrten, die bis zum Bersten gefüllt war. Und das an Heiligabend! Aus den Boxen drang laute, weihnachtliche Rockmusik, die Gäste tanzten oder unterhielten sich. Viele trugen rote Zipfelmützen oder blinkende Rentiergeweihe aus Filz auf dem Kopf, es duftete nach Glühwein und Plätzchen. Obwohl Nick dieses Jahr den Heiligen Abend nicht so feierte, wie er es gewohnt war, war dies das schönste Weihnachtsfest, seit seine Oma gestorben war. Dass er das ausgerechnet Katsuro zu verdanken hatte, war schon eigenartig. Vielleicht hatte doch alles im Leben seinen Sinn.
„Ich bin gleich wieder da!", rief er Katsuro durch den Lärm hindurch zu. Dieser nickte und deutete auf eine Stelle, wo er warten würde.

Nick wusch sich die Hände und blickte in den Spiegel über dem Waschbecken. Seine Haare waren zerzaust, einige Strähnen hatten sich aus seinem Zopf gelöst. Seine Wangen sahen aus wie reife Tomaten, doch das Schlimmste war dieses dämliche Grinsen in seinem Gesicht. Er versuchte, ernst zu schauen, doch das Grinsen schien wie festgetackert. Nick musste sich eingestehen, dass es ihm gut ging – richtig gut.

Als Nick zurückkehrte, beobachtete er, wie eine Bedienung Katsuros Bestellung aufnahm. Es schien, als zöge sein Charme und seine Attraktivität jede in seinen Bann, denn sie drehte sich zweimal nach ihm um, bevor sie sich endgültig abwandte, um ihre Arbeit zu machen.
„Ich hab uns erstmal einen Kaffee bestellt, ich hoffe, es ist dir recht? Oder wolltest du lieber Glühwein?", fragte Katsuro, als Nick sich zu ihm an einen der Bistrotische stellte.
„Nein, Kaffee ist völlig okay, danke", antwortete Nick. Hinter ihm drängten sich ein paar Leute vorbei und drückten ihn gegen Katsuro. Für den Bruchteil einer Sekunde nahm er den Zitronentee-Duft wahr, der ihm mehr und mehr ein eigenartiges Gefühl des Schwindels bescherte. Katsuros Augen bohrten sich

in die seinen, blickten ihn mit unergründlicher Miene an. Nick murmelte ein verlegenes „Sorry", bevor er sich rasch zurückzog. Dass Nicks Herz wie blöde trommelte, schob er in den hintersten Winkel seines Gehirns.

Auf dem Weg nach Hause wirkten die Straßen wie ausgestorben. Die Buden des Weihnachtsmarktes waren längst geschlossen, doch auf dem gigantischen Christbaum in der Mitte der Fußgängerzone brannten noch alle Lichter. Die Festbeleuchtung der Innenstadt tauchte die Nacht in einen sanften Schimmer. Dicke Flocken federten vom Himmel. Nick konnte den Zauber dieses Abends so intensiv spüren, dass ihm ganz feierlich zumute wurde. Er blieb abrupt stehen und blickte hinauf zu den Fenstern, hinter denen viele Familien noch immer den Heiligen Abend feierten. Er konnte die Weihnachtsgans riechen, vernahm das Rascheln von Geschenkpapier und hörte Kinderlachen. Zu seiner festlichen Stimmung mischte sich plötzlich eine tiefe Traurigkeit.
„Nick?" Katsuros warme Stimme holte ihn aus seinen Gedanken zurück. Er war ebenfalls stehen geblieben und blickte ihn verwundert an.
„Entschuldige. Ich … ich musste nur an früher denken, als ich auch hinter einem dieser Fenster saß und meine Geschenke auspackte. Meine Oma hat Würstchen und Kartoffelsalat gemacht und wir haben zusammen gesungen. Das ist schon so verdammt lange her und fühlt sich an, als hätte ich es nur geträumt. Nachdem Oma gestorben war, hatten wir nie wieder so schöne Weihnachten. Sie war mehr eine Mutter für mich, als ihre Tochter es je hätte sein können."
Betroffenes Schweigen machte sich zwischen ihnen breit, dann legte Katsuro den Arm auf Nicks Schulter und sagte leise. „Tut mir leid."
„Nein, mir tut es leid, Kat. Hey, wir haben 'ne tolle Zeit und ich hab nichts anderes zu tun, als hier rumzujammern", grinste Nick nervös. „Echt blöd von mir, sorry."

„Schon gut", antwortete Katsuro. „Ich kann mir vorstellen, wie du dich fühlst."
Katsuro akzeptierte Nicks Stimmung und drängte ihn nicht. Er hörte zu und versuchte ihn nicht übertrieben aufzuheitern, wofür ihm Nick sehr dankbar war.

Zwölf

Katsuro warf einen letzten Blick auf Nick, der noch fest schlief, und schloss lächelnd die Tür hinter sich. Er musste früh ins Dojo und wollte Nick nicht wecken. Auf dem Couchtisch lag ein Zettel für ihn, dass Anna ihn und Mitsuko später ins Dojo fahren würde.

Mitsuko schlief ebenfalls noch, als Katsuro und seine Mutter am Tisch in der Küche saßen. Sein Vater hatte das Haus schon vor fast zwei Stunden verlassen, um die ersten Trainingsstunden abzuhalten.
„Schatz?"
Katsuro schrak auf und bemerkte, dass er sekundenlang grinsend in seine Kaffeetasse geblickt hatte. Er sah in das besorgte Gesicht seiner Mutter. Sie stellte ihre Tasse ab und neigte den Kopf schief.
„Was genau verbindet dich und Nick? Seid ihr …?"
„Nein!", antwortete Katsuro rasch und sah sich sofort um, als könne sie jemand belauschen. Dann senkte er den Blick und fixierte die schwarze Flüssigkeit in seiner Tasse. „Ich … Nick ist hetero, Mama. Da läuft gar nichts." Seine Stimme klang trauriger, als er beabsichtigt hatte.
Seine Mutter seufzte. „Du magst ihn sehr, oder?"
Katsuro nickte stumm.
„Ich möchte nicht, dass du dich da zu sehr hineinsteigerst. Nick ist ein sehr netter junger Mann, aber er kann deine Gefühle nicht erwidern. Du wirst nur verletzt, und das möchte ich nicht."
„Ich weiß. Aber ich kann doch nichts für meine Gefühle." Katsuro stieß ein schweres Seufzen aus und nippte an seinem

Kaffee. „Nick ist etwas ganz Besonderes, das habe ich von Anfang an gespürt."
„Aber er steht nun einmal nicht auf Männer, Katsuro."
„Ich bin glücklich, wenn er bei mir ist und wir Freunde sind. Mehr kann und darf ich mir ohnehin nicht wünschen", erwiderte Katsuro zerknirscht. Anna legte ihre Hand auf seine und streichelte über seine Fingerknöchel.
Kurzes Schweigen erfüllte den Raum.
„Würdest du Nick dann mit zum Dojo nehmen, Mama? Er soll sich erstmal richtig ausschlafen."
Sie zog ihre Hand fort und nickte.
„Ja, mach ich. Ich bring ihn dann um halb zwölf zusammen mit Mitsuko nach."

ജ്ഞ

Nick konnte seine Enttäuschung kaum verbergen, dass ihn Katsuro nicht geweckt hatte, doch Anna stimmte ihn beim Frühstück milde.
„Du hast so fest geschlafen, Nick. Katsuro brachte es nicht übers Herz, dich so früh zu wecken. Er ist ja noch bis Mittag im Dojo."
„Ist doch eh langweilig, da stundenlang zuzugucken", grinste Mitsuko und biss genussvoll in ihr Nutellabrötchen. „Jetzt kannst du dann mir zuschauen!"
Nick lachte auf. „Ja, darauf hab ich mich schon gefreut, Prinzessin."
Mitsukos Wangen färbten sich rot, stolz reckte sie ihr Kinn und himmelte Nick an.
„Wenn ihr wollt, können wir dann losfahren", sagte Anna sichtlich amüsiert.

Shotokan-Karate-Dojo, stand in großen, roten Buchstaben über der gläsernen Eingangstür. Rechts und links davon waren zwei Löwen abgebildet, wie Wappentiere.
„Komm, Nick!" Mitsuko nahm seine Hand und zog ihn zum

Eingang. Noch nie war er so froh darüber gewesen, dass ein Mädchen die Führung übernahm – auch wenn sie erst elf war.
Die Tür zum Trainingsraum besaß ein großes Glasfenster, durch das man zusehen konnte. Katsuros Vater trainierte eine Gruppe Jugendlicher. Sie waren so konzentriert, dass niemand Mitsuko und ihn zu bemerken schien. Als Nick Katsuro zwischen den anderen Schülern entdeckte, machte sein Herz einen Satz und klopfte schon wieder wie verrückt. Das konnte doch nicht gesund sein, oder?
Mitsuko zupfte an seinem Ärmel. „Ich geh mich schnell umziehen, ja?"
„Ja … mach das", antwortete Nick geistesabwesend, den Blick auf Katsuro haftend.
Er trug, wie die anderen, einen weißen Karateanzug und seinen schwarzen Gurt. Sie vollführten eine Art Schattentanz. Es sah aus, als würden sie gegen unsichtbare Gegner kämpfen. Katsuros Bewegungen waren genauso anmutig, wie kraftvoll. Jeder seiner Muskeln schien angespannt zu sein. Als sie sich in Nicks Richtung wandten, trafen sich ihre Blicke. Um Katsuros Mundwinkel zuckte ein kaum wahrnehmbares Lächeln, doch er machte unbeirrt weiter.
Als die Stunde zu Ende war, stellten sich alle in einer Reihe auf und knieten sich nacheinander auf den Boden. Erst jetzt entdeckte Nick das Bild an der Wand, dem sich alle Schüler zugewandt hatten. Es zeigte ein schwarz-weißes Bild von einem Japaner. Vermutlich dieser Großmeister, von dem ihm Katsuro erzählt hatte.
Es herrschte völlige Ruhe, alle hielten die Augen geschlossen. Nick schluckte, als er Katsuros Profil beobachtete. Er war völlig konzentriert, zuckte nicht einmal mit der Wimper. Sein schwarzes Haar war zerzaust und berührte den Kragen seines Anzugs. Für einen Kerl war er wirklich außerordentlich gut aussehend. Nick atmete tief durch, um seine Gedanken zu ordnen, als Mitsuko neben ihm auftauchte. Sie trug ihre Karate-Montur und grinste ihn an.
„Wow", sagte Nick bewundernd. „Steht dir gut, Prinzessin."
„Ich weiß", gluckste sie frech, während sie mit ihm den Rest der Stunde verfolgte. „Katsuro ist der Beste", sagte sie stolz. „Der

haut jeden um."
„Auf alle Fälle", antwortete Nick lächelnd. Die Bilder von dem Abend im Park schossen durch seinen Kopf – Katsuro war unglaublich schnell, seine sicheren, harten Kampfbewegungen konnten einem Laien schon Respekt einflößen.

Als die Stunde vorbei war, verbeugte sich jeder der Schüler an der Tür noch einmal in Richtung des Trainingsraumes, bevor er diesen verließ. Sie drängten sich an Nick und Mitsuko vorbei, manche grüßten mit einem Kopfnicken.
„Na, du Langschläfer, auch schon wach?" Katsuro kam verschwitzt, aber mit einem Strahlen im Gesicht auf ihn zu. Er sah ungewohnt aus, in seinem Karate-Outfit. So wie in Nicks abgefahrenen Träumen, nur noch besser.
Katsuros Vater verließ als Letzter den Raum. Er begrüßte Mitsuko mit einem Kuss auf die Wange, bevor er sich an Nick wandte.
„Hallo Nick. Willst du auch Karate lernen?"
Sein Händedruck war so fest, dass Nick beinahe aufgestöhnt hätte.
„Ich weiß nicht", presste er hervor.
„Katsuro wird jetzt Anfänger unterrichten. Du kannst mitmachen."
„Au ja, Nick! Mach mit, das wird lustig!", schaltete sich Mitsuko begeistert ein.
„Das glaube ich auch", murmelte Nick weniger überzeugt. „Ähm … ich, ich habe gar nichts dabei."
Katsuro berührte kurz seine Schulter. „Du brauchst nur Schuhe und Socken ausziehen, das passt schon."
Nick hoffte inständig, dass er nicht so aussah, wie er sich fühlte.
„Einfach versuchen, Nick", ermutigte ihn auch Katsuros Vater nickend, bevor er sich abwandte und in einem der Umkleideräume verschwand.
Als er außer Sichtweite war, entspannte Nick sich etwas.
„Hör mal, Katsuro. Ich weiß nicht, ob ich wirklich …"
„Nur keine Scheu, Nick. Das hier ist ein Anfängerkurs, du kannst gar nichts falsch machen. Und danach könnten wir eine Kleinigkeit essen gehen, wenn du Lust hast."

„Das hört sich gut an.“
„Deine Schuhe stellst du bitte da vorne ab, ja?“
„Okay.“
Nick setzte sich auf eine der Bänke vor den Umkleideräumen, während die ersten Anfänger das Dojo betraten. Als die Stunde begann, stand er in einer Reihe mit einer Handvoll Kindern zwischen sieben und dreizehn Jahren und zwei Damen, die längst jenseits ihrer Menopause waren. Katsuro erklärte ihm, dass die Reihenfolge, in der die Schüler standen, sehr wichtig sei und nach der Farbe der Gurte aufgeteilt war. Einige der Kinder und Jugendlichen hatten den orangefarbenen Gurt, sie standen außen, rechts von Nick. Mitsuko stand mit ihrem braunen Gurt ganz rechts und reckte stolz das Kinn. Es folgten gelbe und weiße Gurte – und als letzter in der Reihe stand Nick in Jeans und T-Shirt. Toll. Der weiche Boden aus Gummimatten fühlte sich kalt an unter seinen nackten Füßen. Er zitterte ein wenig, aber eher vor Aufregung. Die beiden Seniorinnen – mit Weißgurt – hatten Katsuro zuvor überschwänglich begrüßt und kicherten nun hinter seinem Rücken wie Teenager. Katsuro war sehr charmant und zuvorkommend, lächelte unentwegt und fragte die beiden nach ihrem Befinden. Kein Wunder, dass sich jede sofort in ihn verliebte. Man konnte ihm kaum widerstehen … seine dunklen Augen, die einen einzigartigen Glanz besaßen, die glatte, reine Haut, seine breiten Schultern und sein dichtes schwarzes, Haar. Der Traum jeder Frau.
„Nick?“ Katsuro riss ihn aus seinen Gedanken, als er sich vor den Schülern aufstellte und ihn fixierte. „Versuche einfach mitzumachen, ja? Egal, wenn du nicht mitkommst.“
Er nickte wie paralysiert und blickte die Dame neben sich an.
Sie nickte ihm aufmunternd zu. „Ich bin Edeltraud. Katsuro ist ein Schatz, er macht das so toll. Wenn ich nur ein paar Jahrzehnte jünger wäre“, gluckste sie und entlockte Nick damit ein Grinsen. Langsam entspannte er sich etwas.
Nick verbrachte die meiste Zeit damit, Katsuros Bewegungen zu verfolgen, nachdem sie sich aufgewärmt hatten. Zusammen mit Mitsuko zeigte er den Schülern einige Bewegungsabläufe und Schlagtechniken. Bei ihm sah alles so anmutig und kraftvoll aus. Karate unterschied sich tatsächlich um Einiges vom Selbstver-

teidigungskurs an der Uni. Um es mit Mitsukos Worten zu sagen, war es Pippifax gegen das hier. Dieser Sport verband Stolz und Stärke mit Ästhetik und Eleganz. Nick erlebte das Training wie in Trance, blieb oft wie gebannt stehen und beobachtete Katsuro. Die Stunde verging wie im Flug und hätte seinetwegen noch ewig dauern können.

„Ich gehe schnell duschen, ich bin ja schon seit fast drei Stunden hier. Gleich gegenüber ist ein Mc Donalds, oder wolltest du etwas anderes essen?“ Katsuros Augen blitzten unternehmungslustig auf. Er war immer gut gelaunt und jetzt gerade besaß sein Gesicht ein Strahlen, das war der Hammer. Nick musste unwillkürlich lachen.
„Nein, Mc Donalds ist völlig in Ordnung.“
Katsuro löste seinen Schwarzgurt, die Jacke klaffte auseinander und gab seine gebräunte, muskulöse Brust darunter frei. Heiliger Strohsack! Warum war es hier plötzlich so heiß? Nick zwang sich, woanders hinzusehen und setzte sich, um Socken und Schuhe anzuziehen.
„Okay. Ich warte hier.“
Als Katsuro in der Umkleide verschwunden war, verfolgte Nick das Training der Fortgeschrittenen. Das Alter der Schüler war unterschiedlich, doch Mitsuko war eindeutig die Jüngste. Außer ihr trainierten noch zwei andere Braungurte. Herr Nakazato übte mit zwei Schwarzgurten, während der Rest der Gruppe im anderen Teil des Dojos wieder einen dieser Schattentänze vollführte. Mitsuko war unheimlich schnell und wendig und besaß eine Disziplin, wovon sich manch Erwachsener eine Scheibe abschneiden konnte. Unermüdlich probierte sie mehrere Schlagtechniken hintereinander, bis ihre Schultern vom schnellen Atmen bebten und ihr Gesicht ganz rot war.
„Ich bin soweit!“ Katsuro kam aus dem Umkleideraum. Sein Haar fiel ihm noch feucht in die Stirn und über seiner Schulter hing seine Sporttasche. „Gehen wir?“

Sie holten sich Cola light, Cheeseburger und Salat und setzten sich. Katsuro packte sein Essen aus und trank einen Schluck Cola. Sogar mit einem Burger in der Hand sah der Kerl noch

attraktiv aus.
„Noch vor einigen Tagen hätte ich nicht gedacht, dass wir beide mal hier sitzen und Burger mampfen, ohne uns dabei gegenseitig an den Kragen zu gehen“, stellte Katsuro fest, während er den Burger aufklappte und die Gurkenscheibe herauszog. „Ich hasse diese glitschigen Dinger.“
Nick spießte eine Tomate auf seine Plastikgabel und musterte Katsuro.
„Lass uns den ganzen Scheiß einfach vergessen, okay?“
Katsuro nickte. „Schon vergessen. Sag mal, hast du Lust, diese Woche ein bisschen mit zu trainieren?“
„Das wäre cool. Ganz ohne Sport halte ich es sowieso nicht aus. Außerdem kann ich es kaum erwarten, Edeltraud und ihre Freundin wieder zu sehen“, antwortete Nick grinsend. „Die beiden stehen auf dich. Glaub mir, die kommen nur wegen dir.“
„Na klar!“ Katsuro lachte auf. Ihre Blicke blieben einige Sekunden aneinander haften. Nick bemerkte, dass er rot wurde, und fragte sich zum wiederholten Mal, was mit ihm los war.
„Mitsuko hast du übrigens schwer beeindruckt“, stellte Katsuro mit einem Augenzwinkern fest. „Sie spricht nur noch von dir und malt rosa Herzchen.“
Nick nahm einen Schluck Cola und hoffte, das kühle Getränk würde seine innere Hitze löschen.
„Tja, die Kleine hat eben Geschmack“, antwortete Nick gespielt arrogant, worauf Katsuro wieder lachen musste. Sein Lachen war der Hammer. Es war rein, klar und ehrlich – und geradezu ansteckend. Nick wurde zusehends nervöser, spielte mit seinem Strohhalm.
„Wie haben sich deine Eltern eigentlich kennengelernt?“, fragte er.
„Meine Mutter war damals Karatelehrerin.“ Katsuro wischte mit der Serviette über seinen Mund. „Vater hat früher oft Lehrgänge in Europa abgehalten, die meisten davon in Deutschland. Dort haben sie sich das erste Mal getroffen.“ Er nahm einen Schluck Cola. „Es war Liebe auf den ersten Blick, und drei Jahre später ist sie mit ihm nach Japan gegangen. Dort haben sie auch geheiratet.“
„Und jetzt bleibt ihr für immer hier?“ Nicks Puls fing wieder an,

zu rasen. Bei dem Gedanken, dass Katsuro Deutschland wieder verlassen könnte, war ihm plötzlich ganz flau im Magen. Katsuro zuckte mit den Schultern.
„Ich denke schon. Die Karateschule läuft super, und Tobi würde es ohne Vaters Hilfe nicht schaffen. Fast jede Woche kommen neue Schüler dazu.“ Katsuro blickte auf seine Armbanduhr. „Wir müssen nach Hause. Mitsuko und ich haben eine Überraschung für dich.“

Katsuro und Mitsuko hatten sich etwas Besonderes für Nick einfallen lassen. Sie nannten es „Sushi Lessons“. Mitsuko trug eine weiße, viel zu große Kochmütze, die ihr ständig über die Augen rutschte, und grinste breit.
„Tadaaaaa! Heute lernen mit Sushi-Gott Katsuro wie machen leckerle Sushi!“, rief sie, als Nick die Küche betrat.
„Leckerle Sushi?“, wiederholte Nick und blickte fragend zwischen Katsuro und seiner Schwester hin und her. „Sind das nicht diese komischen Dinger aus rohem Fisch?“
Die Zwei tauschten amüsierte Blicke und schüttelten den Kopf.
„Das wird ein hartes Stück Arbeit“, bemerkte Katsuro seufzend und musterte Nick gespielt mitleidig. „Eigentlich machen wir Maki, eine besondere Sorte von Sushi, aber wir wollten dich nicht auch noch mit den verschiedenen Namen verwirren. Es unterscheidet sich auch lediglich in der Art der Zubereitung, denn es wird gerollt.“
Zwei Minuten später stand Nick in weißer Schürze (gottseidank musste er keine Kochmütze tragen!) an der Arbeitsplatte. Er wusch seine Hände und stellte sich neben Katsuro. Die Nähe zu ihm bescherte Nick jedes Mal mehr ein Gefühl der Nervosität und Unsicherheit. Das war so gar nicht er selbst und das beunruhigte ihn zunehmend. Nur wenige Zentimeter trennten ihre Schultern, und Nick glaubte, seine Wärme spüren zu können. Als Katsuro aufsah und ihn anlächelte, bildete sich ein dicker Knoten in Nicks Kehle und er schluckte.
„Bereit, Nick?“

„Ja, sicher." Er räusperte sich und rieb seine Hände. „Also, wie macht man diese kleinen, matschigen Röllchen?", fragte er und warf Mitsuko einen fragenden Blick zu, während er mit den Augenbrauen wackelte. Sie hielt sich die Hand vor den Mund und kicherte.
Katsuro öffnete den Kühlschrank und nahm ein paar Sachen heraus.
„Willkommen in Nakazatos Kochstudio", antwortete er geschäftig. „Heute lernen Sie, wie man original japanisches Sushi zubereitet."
„Ähm … aha", antwortete Nick geistreich, während er die verschiedenen Zutaten betrachtete, die Katsuro und Mitsuko bereits vorbereitet hatten. Er musste ziemlich planlos ausgesehen haben, denn Katsuro lachte auf.
„Es ist überhaupt nicht schwer, Nick. Den Reis haben wir schon vorgekocht und zum Füllen haben wir Thunfisch, Lachs, Gurken und Karotten schon fertig geschnitten." Er legte eine kleine Strohmatte zwischen sich und Nick auf die Arbeitsplatte, eine zweite reichte er Mitsuko. Die Matte besaß Ähnlichkeit mit einem Tischset, nur war sie viel kleiner. „Mit der Bambusmatte kannst du das Sushi gleich rollen", erklärte Katsuro, während er ein getrocknetes, grünes Blatt auf die kleine Matte legte. „Das hier ist ein Nori-Blatt, das sind Meeresalgen."
„Algen?", wiederholte Nick und verzog die Mundwinkel.
Mitsuko gluckste. „Das schmeckt supi, Nick!"
Katsuro nickte zustimmend. „Auf das Nori-Blatt kommt der gekochte Reis, den haben wir mit Reisessig, Zucker und Salz etwas gewürzt." Er befeuchtete kurz seine Hände unter dem Wasserhahn, nahm den Reis mit den Fingern aus der Schale und verteilte ihn etwa einen Zentimeter dick auf dem Nori-Blatt. Anschließend drückte er der Länge nach eine Mulde hinein. „Siehst du? Es ist ganz einfach."
Katsuro holte ein kleines Messer aus der Schublade und nahm damit etwas von der grünen Paste aus einer kleinen Schale.
„Vorsicht damit, Wasabi ist sehr scharf, deshalb gebe ich nur eine Messerspitze davon auf das Sushi", erklärte er, während er die Paste sehr sparsam in der Reismulde verteilte. Dann legte er ein Stück Gurke hinein und rollte das Nori-Blatt mit der Füllung

mithilfe der Bambusmatte zusammen.
Nick vergaß für einen Moment das Sushi, denn er konnte die Augen nicht von Katsuros Händen lassen. Sie waren sehr gepflegt, zugleich besaßen sie Kraft und Stärke. Wie es sich wohl anfühlte, wenn er jemanden zärtlich streichelte?
Bei diesem Gedanken schoss Nick das Blut in die Wangen und ihm wurde plötzlich unerträglich heiß. Wie um Himmels willen kam er auf solch schwule Gedanken? Er würde sich ekeln, wenn ihn ein Kerl auf diese Weise anfassen würde! Seit dem Überfall im Park auf jeden Fall. Und doch spürte Nick, dass er sich zu Katsuro hingezogen fühlte. Er war ihm mit einem Mal so vertraut. Gegen seinen Willen schoben sich wieder die Bilder der Träume in sein Bewusstsein, in denen Katsuro ihn berührte und küsste. Sein Herz begann wild zu flattern.
„Bist du noch bei uns? Nick?“
Beim Klang seines Namens schrak er auf und sah Katsuro direkt an. Er war so nah … viel zu nah. Nick senkte rasch den Blick und versuchte, ruhig zu bleiben. Er atmete tief durch.
„Ja … ja entschuldige.“
„Du sahst eben aus, als hättest du einen Geist gesehen“, gluckste Katsuro amüsiert.
„Wuaaahhh … einen Sushi-Geist!“ Mitsuko hob die Hände wie Klauen und rollte mit den Augen. An ihren Fingern klebte gekochter Reis. Sie lachten zusammen, doch in Nick herrschte große Verwirrung, und er war schockiert über sich selbst. Nur mit größter Mühe fing er sich wieder und ermahnte sich zu mehr Konzentration. Das dritte Sushi konnte Nick bereits ohne Hilfe zubereiten. Das war vermutlich auch besser so, denn jedes Mal, wenn Katsuros Hände die seinen berührten, überfielen ihn ungewollt sehr unanständige Gedanken. Noch nie hatte Nick in einer Küche so geschwitzt.

Dreizehn

Obwohl Nick nun schon ein bisschen geübter im Umgang mit den Essstäbchen war, wurde er immer noch nervös und hatte Angst, dass er sich blamieren würde. Herr Nakazato war heute früher nach Hause gekommen und wartete drüben im Wohnzimmer auf das Essen. Dass er da war, machte die Sache nicht gerade einfacher für Nick, noch immer fühlte er sich etwas unwohl in seiner Gegenwart.

Das Sushi kam sehr gut an. Sogar Katsuros Vater schmeckte es ganz offensichtlich, denn er tat sich gerade das zwölfte Stück auf seinen Teller.

Nick fand nicht, dass es wirklich einen Eigengeschmack besaß, nur mit der Sojasoße war es genießbar. Und dann entdeckte er die grüne Paste, die Katsuro in die Sushiröllchen gestrichen hatte. Wasabi.

„So scharf kann das doch gar nicht sein, oder?“ Er war mächtig stolz, diesen grünen Klumpen in einem Stück zwischen seine Stäbchen bekommen zu haben und stopfte ihn rasch in den Mund, bevor er ihm wieder entwischte. Als er jedoch in die Gesichter der Nakazatos blickte, wusste Nick, dass er irgendetwas falsch gemacht hatte. Ihm blieb keine Zeit darüber nachzudenken, denn in seiner Kehle und in seiner Nase breitete sich ein Feuer aus, das ihm glatt heftige Schweißausbrüche bescherte. Es fühlte sich an, als würde ihm gleich das Gehirn wegfliegen. Tränen traten ihm in die Augen, panisch griff er nach seinem Glas Wasser und leerte es in einem Zug. Das Brennen wurde nicht besser. War seine Nase noch da?

Plötzlich begann Mitsuko zu kichern, schließlich kippte sie fast nach hinten vor Lachen. Katsuro rempelte seine Schwester mit dem Ellbogen und warf ihr einen vorwurfsvollen Blick zu, doch auch er stand ganz offensichtlich kurz vor einem Lachanfall.

Anna reichte Nick ein Stück Brot und nickte ihm zu. „Hier iss, Nick, es wird gleich leichter.“

Nick verschlang ein ganzes Brötchen auf einmal und trank ein zweites Glas Wasser, erst dann wurde es etwas erträglicher. Seine Geschmacksnerven und Nasenschleimhäute waren vermutlich

für die nächsten zehn Jahre zerstört. Das war so peinlich.
„Oh Mann!“, japste Nick, als er wieder einigermaßen Luft bekam. Noch immer standen Tränen in seinen Augen. Katsuro grinste.
„Man merkt, dass du noch nie Sushi gegessen hast, Nick. Ich hab dir doch gesagt, dass es sehr scharf ist. Wasabi ist eine Art Meerrettich. Es gibt kaum etwas Schärferes. Man nimmt nur eine Messerspitze davon … ähm – eigentlich.“
„Du siehst aus wie ein Hummer, Nick!“, lachte Mitsuko, sie schien sich prächtig zu amüsieren. „Ganz rot!“
„Ich fühle mich auch wie einer“, antwortete Nick niedergeschlagen. „Ein armer Hummer, eingelegt in Peperoni und ausgestopft mit Pfeffer.“
Jetzt lachten alle. Nun gut, der Ausdruck „Lachen“ war bei Herrn Nakazato etwas übertrieben, aber seine Mundwinkel zuckten verdächtig.

„Was habt ihr beiden denn heute noch vor, Schatz?“, fragte Anna im Flur, als Nick und Katsuro nach oben gehen wollten. Nick beneidete ihn um die enge Beziehung zu seiner Mutter. Er konnte sich nicht entsinnen, dass ihn seine Mutter je *Schatz* genannt, oder ihm sonst irgendeinen Kosenamen gegeben hatte.
Nicks Herz krampfte sich zusammen, als er an seinen letzten Besuch bei ihr zurückdachte. Sie verschwendete mit Sicherheit keinen Gedanken an ihn.
Nick zuckte zusammen, als ihn Katsuro an der Schulter berührte.
„Sorry, ich wollte dich nicht erschrecken.“
„Ich war ganz in Gedanken. Was hast du gesagt?“
Katsuro zog die Hand fort und sah ihn an.
„Ich habe dich gefragt, ob du Lust hast, ins Kino zu gehen.“
„Ui ja, ich will auch mit!“, warf Mitsuko ein und hüpfte aufgeregt vor ihnen hin und her.“
„Oh nein, junge Dame. Für dich ist heute Feierabend. Lass die Jungs alleine gehen.“ Anna legte ihr den Arm über die Schultern

und lächelte sanft. Mitsuko protestierte, doch Anna blieb hart.
„Und, was meinst du, Nick?“ Katsuro legte er den Kopf schief und wartete auf seine Antwort.
Nicks Puls arbeitete plötzlich wieder auf Hochtouren, langsam glaubte er, verrückt zu werden.
„Ähm … also“, er klemmte sich mit der Rechten eine Strähne hinter das Ohr und nickte. Seine Stimme klang rau. „Ja, Kino hört sich toll an.“
Katsuro strahlte über das ganze Gesicht und nickte. Anna war inzwischen ins Wohnzimmer hinübergegangen, um Mitsuko zu trösten.
„Es läuft gerade so ein toller Weihnachtsfilm im Kino! Alle in meiner Klasse haben den schon gesehen, nur ich nicht“, hörte Nick sie mit weinerlicher Stimme jammern. Nick musterte Katsuro und grübelte.
„Also … meinetwegen, kann uns Mitsuko gerne begleiten“, sagte Nick schulterzuckend. „Dann gucken wir eben den tollen Weihnachtsfilm“, setzte er grinsend hinzu.
Katsuro hob die Augenbrauen. „Bist du sicher? Ich glaube, du weißt nicht, was du dir antust“, gab er skeptisch zurück.
„Na komm schon, es ist in Ordnung“, antwortete Nick. „Tu deiner kleinen Schwester den Gefallen.“
„Dann lass uns hochgehen und uns etwas Wärmeres anziehen. Es ist saukalt draußen.“
Als sie kurz darauf die Tür hinter sich schlossen und die Stufen zu Katsuros Apartment hinaufstiegen, hörten sie noch immer Mitsukos Freudenschreie.

Nick hatte sich bereits einen warmen Pullover angezogen und wartete auf Katsuro, der noch in seinem Schrank wühlte. Er stand vor Katsuros Bücherregal und sah sich die Titel an. Viele der Bücher waren japanische Ausgaben und ein gutes Dutzend handelte von Karate. Katsuros Sammlung beinhaltete aber auch deutschsprachige Fantasy- und Science Fiction-Literatur von R.A. Salvatore oder David Eddings. Nick zog ein Buch über

Karate heraus und betrachtete das Cover.
Karate-do – Mein Weg von Gichin Funakoshi
Unter dem Titel des Buches war ein schwarz-weißes Foto von einem älteren Japaner in traditioneller Kleidung abgebildet. Nick schlug das Buch auf und fand gleich auf der ersten Seite eine Widmung:

Für meinen Neffen Katsuro, zum 10. Geburtstag.
Für deinen Weg alles Liebe,
Dein Onkel Tobi

Nick lächelte und warf einen Blick über seine Schulter, zu Katsuro hinüber. Er hielt das Buch kurz hoch, um es ihm zu zeigen.
„Wow, das ist schon ein Weilchen her, als du das bekommen hast. Das ist der Typ, der auch in eurem Dojo abgebildet ist, oder?"
„Ja, genau", antwortete Katsuro, während er sich einen Pullover über sein T-Shirt streifte. „Großmeister Gishin Funakoshi. Das ist seine Biografie. Tobi hat sie mir damals geschickt, und ich hab es bestimmt schon hundertmal gelesen", sagte er stolz. „Es ist eine Ansammlung vieler Anekdoten aus seinem Lebensweg und eigentlich mehr eine Lektüre über mentale und ehrenwerte Anwendung des Karate als über alle möglichen Techniken."
„Klingt sehr interessant. Ich würde die nächsten Tage gern mal reinlesen, wenn ich darf."
„Natürlich, du kannst es auch mit nach München nehmen, wenn du willst."
„Ja, das wäre cool." Nick stellte das Buch zurück ins Regal, als sein Blick auf eine große Muschel fiel, die als Buchstütze diente. Sie war etwas größer als eine Faust und schimmerte in sämtlichen Facetten des Regenbogens. Nick streckte die Hand aus und ließ die Finger behutsam über die glatte Oberfläche gleiten. Sie fühlte sich kühl an.
„Diese Muschel hat mir mein Großvater einige Wochen vor seinem Tod geschenkt." Katsuro stand plötzlich neben ihm. Er trug einen cremefarbenen Rollkragenpullover und Jeans. Behutsam nahm er die Muschel aus dem Regal und lächelte ver-

träumt. „Opa war ein Schüler von Gishin Funakoshi und einer seiner größten Bewunderer."
Katsuro blickte auf und sah Nick an. „Ich habe dir ja erzählt, dass Shoto der Künstlername des Meisters war. Weißt du noch, was es bedeutet?" Ohne eine Antwort abzuwarten, hielt er Nick die Muschel an das Ohr.
„Schließe deine Augen."
Nick spürte, wie sein Herz schon wieder auf und ab zu hüpfen begann. Wahrscheinlich war es ohnehin besser, wenn er Katsuro nicht sah, also schloss er rasch die Lider.
„Die meisten Menschen behaupten ja, im Inneren einer Muschel das Rauschen des Meeres hören zu können", sagte Katsuro leise. „Aber Großvater sagte immer, es sei das Rauschen der Pinien. *Shoto.* Er besaß ein kleines Haus in einem Vorort von Tokio. In seinem Garten standen einige hohe Pinien. Wenn der Wind stark war, bogen sie sich in alle Himmelsrichtungen und ihr Rauschen erfüllte das gesamte Tal."
Nick wagte nicht, sich zu bewegen, während sich das gleichmäßige, beruhigende Geräusch in seinem Kopf ausbreitete. Er konnte sie vor sich sehen, die Gipfel dieser hohen, stolzen Bäume und wie der Wind mit ihnen spielte.
„Kannst du es hören?", wisperte Katsuro. Sein Atem strich sanft über Nicks Wange und kitzelte ihn am Ohr.
Nick schluckte hart. „Ja", krächzte er heiser und räusperte sich. Scheiße, seine Stimme war weg. Warum empfand er die Situation als so aufregend und betörend?
„Als ich noch klein war und nicht einschlafen konnte, habe ich immer dem Pinienrauschen in der Muschel gelauscht. Es hat mich irgendwie beruhigt. Ich stellte mir vor, eine davon zu sein. Der Wind hat mich in den Schlaf geschaukelt", erzählte Katsuro weiter. Dann herrschte Schweigen. Es war so ruhig, dass Nick befürchtete, Katsuro könne seinen hämmernden Herzschlag hören.
Als er die Augen öffnete, musterte ihn Katsuro intensiv. Ihre Blicke verschmolzen für einige Momente miteinander, bis Katsuro plötzlich einen Schritt zurücktrat und den Kopf schüttelte. „Entschuldige, ich langweile dich mit diesem albernen Zeug."

„Nein, gar nicht“, erwiderte Nick rasch. „Das sind doch schöne Erinnerungen.“
Katsuro lächelte und stellte die Muschel zurück ins Regal.
„Gehen wir.“

ꙮ

Eigentlich wollte Katsuro Nick dafür erwürgen, dass er zugestimmt hatte, seine kleine Schwester mitzuschleppen. Zugleich fand er es jedoch unheimlich süß von ihm. Vielleicht war es besser so, denn er war nicht sicher, ob seine Selbstbeherrschung standhalten würde, wenn er sich mit Nick alleine in einem dunklen Kinosaal befand. Er stellte sich vor, wie er ihn mit seinem Oberkörper in den Sitz drückte, seine Hand zwischen Nicks Beine glitt und er ihn heiß und feurig küsste.
Ja, es war definitiv besser, dass Mitsuko mitging.

Eine knappe Stunde später saßen sie mit Cola und einer XXL Tüte Popcorn im Kino und guckten „Nico das Rentier“. Mitsuko wollte unbedingt zwischen ihnen sitzen und war nun Popcorn mampfend in den Film vertieft. Katsuro hatte noch gar nichts von der Handlung mitbekommen, denn sein heftiger Herzschlag und die Millionen Schmetterlinge in seinem Bauch lenkten ihn ab. Er saß mit *seinem* Nick im Kino – etwas, das er noch vor einigen Tagen nicht einmal zu träumen gewagt hätte. Gut, man musste sich das Rentier und seine kleine Schwester wegdenken, aber das Gefühl war dennoch berauschend. Wieder wagte er einen verstohlenen Blick und begann fast zu sabbern. Nicks blondes Haar war offen und fiel ihm bis fast auf die Schulter. Er griff in die Tüte Popcorn und schob sich eine Handvoll in den Mund. Katsuro schluckte hart, den Blick auf Nicks halb geöffnete Lippen gerichtet. In diesem Moment sah Nick zu ihm hinüber. Einen winzigen Moment bildete sich Katsuro ein, in Nicks Augen das zu sehen, was er sich so sehr wünschte: Sehnsucht, Verlangen. Nick lächelte ihm zu, nahm noch einmal eine Handvoll Popcorn und richtete den Blick wieder auf die Leinwand. Katsuro schalt sich einen Idioten, ihm war plötzlich unerträglich heiß. Er war froh, als der Film zu

Ende war und sie hinaus in die frische Winterluft traten. Es schneite wieder, und Katsuro genoss die dicken Flocken, die seine geröteten Wangen ein wenig abkühlten.
„Oh, Nico ist sooooo süß“, schwärmte Mitsuko und plapperte ununterbrochen auf Nick ein. Dieser warf Katsuro amüsierte Blicke zu und wusste offensichtlich nicht, was er damit anrichtete. Seine Gefühle waren in Aufruhr, in seinem Innersten knisterte ein Feuer, das sich mit jeder Stunde mehr und mehr ausbreitete.

In den folgenden Tagen unternahmen sie einiges, auch Karate stand wieder auf dem Programm. Nick fand immer mehr Gefallen an dieser Kampfsportart. Er genoss die Zeit mit Katsuro und seiner Familie und hatte sie längst alle in sein Herz geschlossen. Mitsuko war eine kleine Diva, doch im positiven Sinne. Mit ihrer kindlichen, unbeschwerten Art hatte sie Nick manches Mal aus Situationen gerettet, die ihm sonst peinlich gewesen wären. Anna war eine jung gebliebene, coole Mama, die sich sehr um das Wohl ihrer Kinder sorgte. Herrn Nakazato bekamen sie kaum zu Gesicht, und Nick verstand immer besser, was Katsuro so bedrückte.

Und dann stand Sylvester bevor. Andy, Katsuros Cousin und der Sohn von Marion und Tobi, hatte die beiden zu einer Privatparty eingeladen.

Nick stand vor dem Spiegel, hatte bereits dreimal das Hemd gewechselt, mehrmals sein Haar zu einem Zopf gebunden und wieder gelöst. Schließlich entschied er sich für sein neues Hemd und ließ die Haare offen. Katsuro müsste jeden Augenblick aus dem Bad kommen. Bei dem Gedanken machte sein Herz einen Satz und pochte dann so schnell, dass er Angst hatte, es könnte sich überschlagen. Sein Spiegelbild blickte ihn ratlos an, ihm war heiß und schlecht. Warum schwirrten in seinem Bauch ganze Bienenschwärme umher und wieso ertappte er sich selbst oft bei völlig sinnlosem Gegrinse? Langsam wurde ihm das Ganze unheimlich, seine Gefühlswelt stand Kopf und machte ihm Angst.

Katsuro war mittlerweile ein sehr guter Freund für ihn geworden, aber das war Mike schließlich auch. Nick schüttelte heftig den Kopf. Nein, mit Mike konnte er die Freundschaft mit Katsuro nicht vergleichen. Es war ganz anders mit ihm. Doch welche Gefühle hegte er um Gottes willen für Katsuro? Nick zwang sich, ruhiger zu werden und dachte angestrengt nach. Vielleicht war er wie ein Bruder für ihn, denn er mochte ihn auf jeden Fall auf andere Weise als Mike.
Nick zog den Gürtel durch die Schlaufen seiner Jeans und schloss die Schnalle, als Katsuro aus dem Badezimmer kam.
„Hey."
„Hey", antwortete Nick heiser. Bei Katsuros Anblick blieb ihm glatt die Stimme weg. Er trug eine ausgewaschene Jeans und ein fliederfarbenes Hemd. Die obersten Knöpfe waren geöffnet und erlaubten einen Blick auf seine gebräunte Haut. Sein Haar fiel wie immer in lockeren Strähnen zum Teil in seine Augen, die unternehmungslustig aufblitzten. Nick hatte plötzlich das Gefühl, der Hemdkragen wäre ihm zu eng.
„Alles Gute für das neue Jahr, Nick." Katsuro reichte ihm ein kleines Päckchen. „Es ist nichts Besonderes, aber es ist bei uns Brauch an Sylvester. Ich dachte mir, vielleicht freust du dich darüber."
„Oh Mann, ich wusste nicht, dass … also ich hab gar nichts für dich", stotterte Nick peinlich berührt und spürte, wie seine Wangen zu glühen begannen. Er hätte Katsuro gerne etwas geschenkt. Nick nahm das Päckchen, und sie sahen sich einige Sekunden lang in die Augen, ohne ein Wort zu wechseln. Darauf folgte schüchternes Lachen. Bildete Nick sich das nur ein, oder benahmen sie sich gerade wie pubertäre Mädchen im Zahnspangenalter? Er blickte auf seine Armbanduhr, um irgendetwas Sinnvolles zu tun, als Katsuro das Schweigen brach.
„Das macht doch nichts. Ist ja auch wirklich nur eine Kleinigkeit. Hey, mach es einfach auf, wenn wir zurückkommen, okay? Wir sind spät dran und es läuft ja nicht weg."
„Okay." Nick steckte das Päckchen in seine Reisetasche und folgte Katsuro nach unten. Katsuro klopfte bei seinen Eltern, kurz darauf öffnete Mitsuko die Tür. Sie zog eine Schnute und verschränkte die Hände vor der Brust.

„Ich will auch mal auf eine richtige Sylvesterparty", schmollte sie und blickte Nick mit ihren großen, schwarzen Knopfaugen an.
„Mitsuko-chan." Anna erschien lächelnd hinter ihr und legte eine Hand auf ihre Schulter.
„Wenn du älter bist, nimmt dich Katsuro bestimmt einmal mit. Wir sehen uns um zwölf mit Papa das Feuerwerk an, okay?"

ꕤ

Als sie die Haustüre hinter sich schlossen, pfiff ihnen ein eiskalter Wind entgegen und sauste in die Krägen und Ärmel ihrer Anoraks.
„Brrrr … es muss mindestens fünf Grad unter Null haben", stellte Nick fest, während er seinen Schal bis zum Kinn hinauf zog.
Katsuro nickte. „Es ist nicht weit, etwa zehn Minuten zu Fuß." Er steckte die Hände in die Taschen seines Anoraks. „Danach können wir uns ja von innen aufwärmen."
„Auf jeden Fall!", stimmte ihm Nick zu.
„Weißt du, in Japan gibt es kein Sylvester in dem Sinne, so wie ihr es feiert."
„Nein?", entgegnete Nick erstaunt.
Katsuro schüttelte den Kopf. „Wir feiern nicht am 31. Dezember. An diesem Tag wird man bei uns eher sehr still und besinnlich – ähnlich wie bei euch an Heiligabend. Am 1. Januar und die darauffolgenden Tage wird das neue Jahr mit verschiedenen Festen begrüßt. Es gibt auch kein Feuerwerk – das hab ich das erste Mal hier in Deutschland gesehen."
„Wow … das wusste ich gar nicht."
„Deswegen freue ich mich darauf auch am Meisten!", grinste Katsuro.

Vierzehn

„Mein Cousin hat sie manchmal nicht alle“, warnte Katsuro Nick mit einem Augenzwinkern. „Aber er ist echt okay, du wirst ihn mögen.“ Er musste ein paar Mal klingeln, bevor jemand die Türglocke hörte. Die Party war offensichtlich bereits in vollem Gange, was die laute Musik und das Stimmengewirr im Inneren des Hauses verriet. Ein Typ mit einer Bierflasche in der Hand öffnete die Tür. Als er Katsuro sah, stieß er einen Freudenschrei aus.

„Heeeeyyyy Alter, krass, dass du da bist! Das wird so geil, ich schwör's dir!“ Er zog ihn mit der freien Hand an seine Brust und umarmte ihn kurz. „Jetzt siehst du endlich mal, wie dein Cousin das neue Jahr begrüßt – zieh dich warm an, das wird 'ne fette Party!“

Katsuro klopfte ihm auf die Schulter und lachte auf. Dann warf er einen Blick zurück und fixierte Nick.

„Sag ich doch“, flüsterte er und rollte belustigt mit den Augen.

„Das ist mein Cousin Andy. Andy, das ist Nick.“

„Hey Nick, was geht?“ Der Typ, der ihm die Hand reichte, sah seinem Vater Tobi sehr ähnlich, die gleichen grauen Augen musterten ihn gut gelaunt. Andy war etwas jünger als Nick und Katsuro – vielleicht siebzehn oder achtzehn.

„Hi!“ Nick fiel vor Nervosität nichts Besseres ein. Super. „Ähm … ich hab eine Kleinigkeit mitgebracht.“ Er reichte Andy die Tasche mit dem Bier und den Knabbereien, die Katsuro und er noch eingekauft hatten.

„Geil, danke.“ Andy zog die beiden ins Haus und schloss die Tür. „Schmeißt eure Jacken irgendwo hin, ist alles schon voll.“ Er deutete auf die Garderobe, die tatsächlich sehr überfüllt war. Viele Jacken lagen bereits auf dem Boden. Sie warfen ihre dazu und gingen hinüber ins Wohnzimmer. Der Raum war groß, ein paar Leute tanzten bereits, andere standen herum und unterhielten sich lautstark, während Robbie Williams „Let me entertain you“ aus den Lautsprechern schmetterte.

„Wow, tolle Stimmung hier!“, sagte Nick laut, damit Andy ihn trotz der Musik verstehen konnte. Gleich darauf verfluchte er sich innerlich. Wo war seine Coolness geblieben? Wann und wo

hatte er sein Selbstbewusstsein verloren?
Andy nickte jedoch zustimmend. Der Raum war etwas abgedunkelt, Lichtmaschinen und eine Diskokugel an der Decke zauberten tolle Reflexe an die Wände. Es waren jede Menge Leute da, sie mussten sich einen Weg durch die Menge bahnen, um vorwärtszukommen. Nick widerstand dem Drang, sich an Katsuros Hemdzipfel festkrallen zu wollen, um ihn nicht zu verlieren. Im nächsten Moment hörte er ein Mädchen kreischen, gleich darauf wurde Katsuro stürmisch von einer Blondine umarmt. Sie küsste ihn auf beide Wangen, ihre Augen verrieten, dass sie schon etwas zu viel getrunken hatte.
Katsuro erwiderte die Umarmung. „Katrin, toll siehst du aus."
Sie trat einen Schritt zurück und strich ihm das Haar aus der Stirn.
„Und du siehst einfach nur heiß aus, mein Lieber!", erwiderte sie. Ihr Blick wanderte an Katsuros Körper auf und ab, ihre Mimik und ihr Verhalten sprachen eine eindeutige Sprache. Sie war scharf auf ihn … megascharf. Nick spürte einen Stich in der Brust. Hätte er es nicht besser gewusst, hätte er gesagt, es war Eifersucht. Natürlich war dies Blödsinn, doch schon alleine, sich Katsuro mit dieser Blondine im Bett vorzustellen, löste in ihm heftige Emotionen aus, die er kaum kontrollieren konnte. Er musste sich wirklich zusammennehmen, Katsuro nicht zu packen und von diesem Miststück fortzuzerren. War er jetzt völlig übergeschnappt?
„Wen hast du denn da mitgebracht?" Sie blickte über Katsuros Schulter auf Nick und unterzog ihn einer solch eingehenden Musterung, dass er Angst hatte, sie würde ihm gleich die Kleider vom Leib reißen, um zu sehen, ob alles Nötige dran war. Er unterdrückte den Reflex, zu flüchten, als sie einen Schritt auf ihn zukam.
„Katrin, das ist Nick. Wir wohnen zusammen in einer WG in München."
„Oh!", antwortete sie sichtlich entzückt, denn ihre Augen wurden groß und ihr Mund verzog sich zu einem lasziven Lächeln. Sie war ohne Zweifel sehr attraktiv und besaß einen Wahnsinnskörper, dessen sie sich auch eindeutig bewusst zu sein schien.

„Gott, ist der süß“, sagte sie zu Katsuro und lachte auf. Ihr Lachen war ordinär. „Wenn dir langweilig ist, Schnucki, dann vertreibe ich dir gerne die Zeit.“ Nick konnte gar nicht so schnell schauen, da hatte sie sich bereits bei ihm untergehakt und lächelte ihn mit diesem eindeutigen „Lass-uns-vögeln-Blick“ an. Katsuro kam Nick zu Hilfe. Er löste ihre Hand sanft aber bestimmend von Nicks Arm und schüttelte den Kopf.
„Das ist sehr nett von dir, Katrin, aber wir sind grade erst gekommen, und ich habe Nick noch nicht allen vorgestellt.“
Nick ließ sich nur zu gerne von Katsuro fortziehen. Er genoss seine warme Hand auf seinem Arm, die jedoch viel zu schnell wieder fort war. Oh Gott, er war wirklich übergeschnappt.
„Nimm dich bloß in acht vor ihr“, warnte Katsuro, während sie zusammen die Flucht ergriffen. „Katrin sammelt Kerle wie eine Spinne in ihrem Netz und ist dabei unersättlich. Hat sie dich einmal eingefangen, kommst du den ganzen Abend nicht mehr frei.“
Nick wollte gerade etwas erwidern, als sie von ein paar Leuten begrüßt wurden. Katsuro stellte sie ihm vor, sie unterhielten sich ungezwungen. Langsam taute Nick auf und amüsierte sich. Sie tanzten, lachten, und Nick vergaß das erste Mal für ein paar Stunden seine Sorgen und Ängste.
„Ich hol uns was zu trinken!“ Katsuro deutete auf die Bar am anderen Ende des Raumes. „Was möchtest du haben?“
„Ähm … Whisky Cola?“
Katsuro nickte und tauchte gleich darauf in der Menge unter. Nick sah ihm nach, als ihm jemand auf die Schulter tippte.
„Na? Ist dir jetzt vielleicht langweilig?“ Die Blondine von eben, Katrin, hob die Hand und fuhr mit dem Zeigefinger lasziv von Nicks Hemdkragen bis hinunter zu seinem Hosenbund. „Ich könnte dafür sorgen, dass sich das ändert. Du bist wirklich süß.“
Nick stellte sich vor, wie sie ihn nackt in einen Kokon aus Spinnweben einrollte, und war sich nicht sicher, ob ihn das erregte oder eher abstieß. Er fühlte sich eigenartig und erkannte sich selbst nicht wieder.
„Ähm ...“, war seine wirklich geistreiche Antwort, während er so tat, als würde er sich interessiert umsehen. Ohne Vorwarnung schlang die Spinnenfrau ihre Arme um seinen Nacken und

drückte ihr ausladendes Dekolleté gegen seine Brust.
„Du hast keine Ahnung, was dir entgeht, Blondie." Bei der Aussicht drohte Nicks dünner Schutzwall für einen winzigen Moment einzustürzen. Die Kleine war echt heiß und sonst hatte er ja auch nichts gegen einen One-Night-Stand einzuwenden. Aber das hier war etwas anderes, er war hier bei Katsuros Cousin eingeladen. Katsuro … Kaum war der Name in seinem Kopf, verwarf er den Gedanken, Katrins Angebot anzunehmen wieder. Was sollte er denn von Nick denken?
„Hat sie dich also wieder eingefangen?" Katsuro stand plötzlich neben ihnen und musterte Nick und Katrin. Obwohl er lächelte, hatte Nick das Gefühl, dass er verärgert war – oder eifersüchtig. Vielleicht hätte er selbst lieber mit Katrin … Bevor er weiter darüber nachdenken konnte, wurde es unruhig um sie herum.
„Schnell, kommt raus! Es sind nur noch fünf Minuten!" Ein Typ mit Brille und dunklem Haar deutete auf seine Armbanduhr und eilte hinaus auf den Flur. Irgendwie hatte Nick das Gefühl, Katsuro wäre genauso erleichtert wie er selbst, als Katrin von ihm abließ und einen spitzen Schrei ausstieß.
„Kommt, Jungs! Es ist gleich soweit!" Sie eilte zur Garderobe, Nick und Katsuro folgten ihr.
Eine Traube von Leuten stand bereits draußen, während schon die ersten Böller abgeschossen wurden und Sektkorken flogen. Es wurde gejubelt, gelacht, Gläser verteilt und Sekt eingeschenkt. Nick und Katsuro standen nebeneinander, als der Countdown gezählt wurde.

Zehn! Neun! Acht!

Katsuro wurde in der Menge ein paar Mal gegen Nick gedrückt. Gegen seinen Willen musste er feststellen, dass er die Berührung jede Sekunde genoss. Er konnte einfach nicht widerstehen, so zu tun, als würde er ebenfalls gegen Katsuro gedrängt werden. Ihre Schultern berührten sich, dann ihre Hüften und Oberschenkel. Nick wurde plötzlich verdammt heiß und so schwitzte er bei Minustemperaturen, während sich das alte Jahr verabschiedete.

Sieben! Sechs! Fünf!

Ihre Blicke trafen sich, Katsuros Gesicht war dem von Nick so nah, dass sich ihre Nasen fast berührten. Nick schluckte hart, sein Mund fühlte sich trocken und rau an. Fast hätte Nick vergessen, warum er hier war und richtete den Blick rasch wieder nach oben.

Vier ! Drei ! Zwei ! Eins !

Das Feuerwerk war gigantisch. Zuckende Blitze, Sterne und Funkenregen in prächtigen Farben und Formen erhellten den Himmel und wurden von den Partygästen mit tosendem Beifall und Pfiffen gewürdigt. Nick riskierte einen Seitenblick. Katsuros Augen leuchteten wie die eines Kindes, das Farbenspiel spiegelte sich in seinen Pupillen wieder. Rundherum begannen alle, sich ein frohes neues Jahr zu wünschen, umarmten und küssten sich. Als sich Katsuro zu ihm wandte, rutschte Nick das Herz in die Hose, wo es unbarmherzig schnell und hart schlug. Einige verzauberte Augenblicke lang starrten sie sich an, dann neigte sich Katsuro vor und legte die Lippen an Nicks Ohr.
„Frohes neues Jahr, Nick. Mögen deine Träume in Erfüllung gehen“, wisperte er und umarmte ihn sachte. Als Katsuros Mund für einen winzigen Moment Nicks Haut streifte, spürte Nick ein eindeutiges Ziehen im Unterleib. Seine Träume … plötzlich schossen ihm wieder seine nächtlichen Visionen der letzten Wochen durch den Kopf und lösten eine Hitzewelle nach der anderem in ihm aus. Zaghaft erwiderte er die Umarmung. Es fühlte sich so gut an … viel zu gut.
„Komm, lass uns feiern!“ Katsuro deutete mit einem Kopfnicken zum Hauseingang. Nick folgte Katsuro mit pochendem Herzen und zweifelte zunehmend an seinem Verstand.

Nick stand verloren am Rande der Tanzfläche und konnte nicht aufhören, Katsuro zu beobachten. Obwohl einige Mädchen versuchten, mit ihm zu flirten und ihn auf die Tanzfläche locken

wollten, blieb Nick wie angewurzelt stehen.
Die letzten Tage waren Katsuro und er jeden Tag zusammen gewesen, und jetzt klebte alle zehn Minuten ein anderes Mädchen an seiner Brust. Ach verdammt, was wollte Nick eigentlich? Das hörte sich ja an, als wäre er eifersüchtig. Er sollte Spaß haben, sich amüsieren. Und doch fühlte er sich mit einem Mal unwohl, sein einziger Trost war das sechste Glas Whisky-Cola, das er krampfhaft umklammert hielt.
Katsuro tanzte mit Katrin, sie schmiegte ihren Körper an seinen und betatschte seinen Hintern. Warum tanzte er mit dieser Schlampe, wenn er ihn zuvor noch vor ihr gewarnt hatte? Wenn Katsuro nun mit ihr verschwand und Nick hier alleine zurückließ? Nick spürte, wie etwas in ihm in Aufruhr geriet. Er hatte das Gefühl, zu ersticken.
Katsuro legte seine Hände auf die Hüften des Mädchens und zog sie näher an sich heran. Sie flüsterte ihm etwas ins Ohr, worauf er den Kopf in den Nacken warf und auflachte. Nick trank sein Glas leer und plötzlich tauchte vor seinem inneren Auge ein ganz anderes Bild auf: Katsuro und er tanzten zusammen, eng aneinander geschmiegt wiegten sie ihre Körper im Takt der Musik. Katsuro warf ihm verliebte Blicke zu und dann … oh oh, scheiß Alkohol. Nick stellte sein Glas ab und schüttelte verwirrt den Kopf. Als hätte Katsuro seine Gedanken gelesen, sah er in diesem Augenblick zu ihm herüber. Seine schwarzen Augen hielten Nick einige Herzschläge lang gefangen. Nick schluckte hart, ein heißer Schauder lief ihm über den Rücken. Nur mit Mühe schaffte er es, seinen Blick loszureißen und stürzte fluchtartig Richtung Ausgang.
An der Tür rempelte er jemanden an.
„Heeeey. Wasssssn los, Nick? Geile Party, eh?“
Andy war voll wie ein Haus und stank nach Schnaps. Als er sich taumelnd an Nicks Arm festhielt, riss er ihn fast zu Boden. Nick packte ihn an den Schultern und schob ihn sachte von sich. „Ja cool, aber ich muss mal schnell an die frische Luft, okay?“
„Ja klar, mach das.“ Andy grölte und schwang die Hüften zum Takt, als Hip Hop Musik aus den Lautsprecherboxen dröhnte. Nick stürzte sich in das Gewühl an der Garderobe und zog seinen Anorak unter den Bergen von Mänteln und Jacken

heraus. Die Tür fiel hinter ihm ins Schloss und dämpfte die laute Musik im Haus etwas ab. Er sog die frische Nachtluft ein und atmete lang und schwer aus. Während Nick die Stufen hinab stieg, machte er seine Jacke zu und steckte die Hände in die Taschen. Seine Gedanken und Gefühle verwirrten ihn so sehr, dass er nicht wusste, wie ihm geschah. Er vermisste Vanessa. Sie hatte immer beruhigende Worte parat und hörte zu. Aber was hätte er ihr denn jetzt erzählt? Nick wusste doch selbst nicht, was in seinem kranken Gehirn vor sich ging.
Es hatte wieder zu schneien begonnen. Dicke Flocken fielen sachte zu Boden und hüllten die Nacht in eisiges Schweigen. Nick hob die Hände zum Mund, um sie mit seinem Atem zu wärmen, als ihn etwas Kaltes, Hartes am Nacken traf.
„Heeey!" Er schrie überrascht auf und wandte sich um.
Katsuro stellte die Flasche Sekt ab, die er sich unter den Arm geklemmt hatte, und bewaffnete sich mit einem zweiten Schneeball. Ein fieses Grinsen zuckte um seine Mundwinkel. Ein, zwei Sekunden lang war Nick unfähig, zu reagieren. Der Schnee schmolz in seinem Kragen und das Eiswasser lief ihm langsam den Rücken hinunter und zwischen seine Pobacken.
„Willst du schon gehen, Nick?", fragte Katsuro verwundert.
„Ich … wollte nur mal an die frische Luft", erklärte Nick heiser, als ihn im nächsten Moment ein weiterer Schneeball an der Brust traf. Er hatte nicht mal bemerkt, dass Katsuro ihn geworfen hatte, doch nun erwachte er aus seiner Starre. „Hey!"
Katsuro kam langsam auf ihn zu. „Geht's dir gut?"
„Na klar", antwortete Nick, hob eine Handvoll Schnee auf und formte ihn zu einer Kugel, während er Katsuro provozierend ins Visier nahm. „Bis mich dein Geschütz getroffen und mir das Eiswasser den Arsch hinunter gelaufen ist, ist es mir noch blendend gegangen."
Katsuro lachte auf. Ein lautes, klares Lachen, das Nick eine Gänsehaut bescherte. Dann versorgte er sich erneut mit der matschig-kalten Munition und fixierte Nick hoch konzentriert.
„Du sinnst also auf Rache?"
Nicks Antwort war ein Treffer, der Katsuro glatt die Kapuze vom Kopf fegte, während er ausrutschte und auf den Hintern knallte. Fluchend und lachend zugleich griff er wieder in den

Schnee, während er sich aufrappelte.
„Volltreffer!“, schrie Nick und streckte triumphierend einen Arm in die Luft. Der nächste Schneeball traf ihn jedoch so unglücklich vorne im Kragen, dass er aufjaulte, als das kalte Nass seine Brust hinunter rann.
„Na warte!“
Katsuro war so beschäftigt in seinem Siegesjubel, dass er Nicks Angriff erst spät bemerkte. Nick attackierte ihn mit mehreren aufeinanderfolgenden Würfen, denen Katsuro jedoch geschickt auswich.
„Ergibst du dich?“, keuchte Katsuro in die kalte Winterluft, während er leichtfüßig wie ein Panther auf Nick zu rannte.
„Das hättest du wohl gerne!“, erwiderte Nick und stürzte sich mit zwei Schneebällen auf Katsuro, die er in dessen Gesicht verteilte. Katsuro spuckte und prustete vor Kälte und Überraschung. Sie fielen zusammen zu Boden und wälzten sich Kräfte messend im Schnee, bis Katsuro schließlich die Oberhand erlangte und auf Nick liegen blieb.
„Gib auf, Nick. Du weißt, dass du keine Chance gegen mich hast!“ Katsuro drückte Nick mit seinem Körper in den Schnee und hielt ihm die Handgelenke neben dem Kopf fest. Was Nick in diesem Moment fühlte, konnte er sich selbst nicht erklären. Er wusste nur, dass er sich wünschte, Katsuro würde für immer auf ihm liegen bleiben. Zitronentee. Am liebsten hätte Nick tief eingeatmet, um den Geruch noch intensiver aufnehmen zu können. Dank des fahlen Scheins der Straßenlaterne konnte er jedes kleinste Detail in Kats Gesicht erkennen. Das schwarze Haar fiel ihm in feuchten Strähnen in die Augen, die unter dem dichten Wimpernkranz funkelten, und seine Lippen waren halb geöffnet. Sein Mund war so sinnlich, so verlockend … und so nah. Nick hätte nur den Kopf etwas heben müssen, um ihn … oh Gott, schon wieder diese schwulen Gedanken! Nick spürte Kats Oberschenkel in seinem Schritt und schluckte hart. In seinen Lenden begann ein Feuer zu knistern – das durfte doch nicht wahr sein – sein Schwanz zuckte und begann mehr Platz in seiner Jeans einzunehmen, als er eigentlich sollte. Wenn Katsuro das bemerkte, war er geliefert. Nick senkte den Blick und versuchte, sich und

seinen Schwanz zu beruhigen. Sein Herz raste, die Zeit stand still.
Das Rascheln von Katsuros Anorak durchbrach die Stille. Er ließ Nicks Handgelenke los und richtete sich auf.
„Na komm, es ist viel zu kalt, um auf dem Boden herumzuliegen.“ Katsuros Stimme klang heiser. Er räusperte sich und reichte Nick die Hand, um ihn hochzuziehen. Als sie sich zusammen erhoben, zitterten Nicks Beine wie verrückt. Katsuro sah sich um, als würde er etwas suchen, lief ein paar Meter in die Dunkelheit hinaus und kehrte mit der angebrochenen Sektflasche zurück.
„Sollten wir nicht noch mal auf das neue Jahr trinken?“ Er reichte Nick die Flasche. Nick nahm sie ihm aus der Hand und nahm ein paar kräftige Schlucke. Verdammt noch mal, die konnte er jetzt wirklich gebrauchen. Der Sekt breitete sich rasch in seinem Körper aus und tat seine beruhigende Wirkung. Er gab Katsuro die Flasche zurück und beobachtete, wie er sie an seine Lippen setzte. Sein Adamsapfel sprang bei jedem Schluck auf und ab, Nick konnte den Blick nicht davon abwenden.
„Katrin wird sich schon fragen, wo ihr Tanzpartner bleibt“, sagte er plötzlich, ohne vorher nachzudenken. Er biss sich auf die Zunge und verfluchte sich selbst.
Katsuro hob die Augenbrauen und sah ihn fragend an.
„Na ja, ich dachte ja eigentlich, du tanzt zwischendurch mal mit mir“, fügte Nick rasch hinzu und grinste verschmitzt, um zu unterstreichen, dass es ein Scherz war. Er hatte keinen blassen Schimmer, warum er das gesagt hatte. Katsuro musterte ihn forschend, dann hellte sich seine Miene auf.
„Die Gesichter der anderen wären es sicher wert gewesen. Aber wenn es nur das ist – kein Problem.“ Er warf die leere Flasche in den Schnee, griff nach Nicks Hand und zog ihn an seine Brust. Diese plötzliche Nähe, auch wenn ihre dicken Anoraks dazwischen waren, ließ Nick erschauern und ihm wurde schwindelig.
„Kat! Spinnst du? Wenn uns jemand sieht!“ Er sah sich panisch um.
„Was sollen sie denn schon großartig sehen? Wir tanzen doch nur. Außerdem sind die doch alle betrunken“, lachte Katsuro an

Nicks Ohr. „Übrigens mag ich es, wie du mich nennst. Du bist der Einzige, der Kat zu mir sagt“, wisperte er. Dann lachte er leise und fügte hinzu: „Auch wenn sich das ein bisschen wie *Katalysator* anhört.“ Sein heißer Atem kitzelte Nicks Haut und löste heftige Hitzewellen aus, die durch seinen Körper jagten. Er legte eine zitternde Hand auf Katsuros Hüfte und vergrub das Gesicht in seinem weichen Anorak. Schmetterlinge tanzten in Nicks Bauch. Irgendetwas war nicht in Ordnung mit ihm. Ganz und gar nicht in Ordnung.

„Du bist echt verrückt“, nuschelte Nick in die weichen Daunen und schüttelte den Kopf.

„Ich weiß“, gab Katsuro zur Antwort. „Und ein bisschen betrunken.“ Er zog Nick in eine festere Umarmung. Nicks Puls schlug hart gegen seine Kehle und nahm ihm die Luft zum atmen. Was zum Teufel machten sie hier eigentlich?

„Mann, wir müssen doch total schwul aussehen“, stellte er kichernd fest. „Außerdem hab ich auch ganz schön gebechert, wir sollten vielleicht doch nach Hause gehen.“ Nur widerwillig konnte sich Nick von Katsuro lösen und stieß ihn sanft fort. „Komm schon, bevor wir hier noch festfrieren!“

ജ്ഞ

Katsuro schloss die Haustüre auf, sie hängten ihre Anoraks an die Garderobe und stellten die Schuhe an der untersten Treppenstufe ab. Nick achtete penibel darauf, dass die Schuhspitzen zur Eingangstür zeigten und sie sauber und ordentlich nebeneinanderstanden. Katsuro lächelte ihn von der Seite her an und aktivierte damit schon wieder den Glüh-Modus auf Nicks Wangen. Oben in seiner Wohnung nahm Katsuro zwei Gläser aus dem Schrank über der Spüle.

„Was willst du trinken? Sollen wir mit Whisky-Cola weitermachen?“ In seinem Haar hingen noch glitzernde Schneeflocken, die langsam schmolzen. Er öffnete einen der Unterschränke, suchte kurz und kramte eine Flasche Whisky hervor. Dann hielt er sie hoch und blickte Nick fragend an.

„Klar machen wir damit weiter. Die Nacht ist noch jung.“ Oh

Gott, Nick lallte schon etwas, seine Zunge lag wie ein Bleiklumpen in seinem Mund.
„Du meinst wohl, der Tag", lachte Katsuro, während er den Kühlschrank öffnete. Nick ertappte sich dabei, dass er ihm schon wieder auf den Hintern starrte. Er versuchte sich abzulenken, indem er erneut Katsuros beachtliche Büchersammlung betrachtete. Willkürlich zog er ein Buch aus dem Regal.
„Karate-Do. Die Kunst, ohne Waffen zu siegen", murmelte er und musterte den Einband. Ein fauchender Tiger auf einem Felsvorsprung war darauf abgebildet, er strahlte Stärke und Überlegenheit aus. Nick blätterte darin herum, als Katsuro mit zwei Gläsern auf ihn zukam.
Er stellte das Buch zurück in das Regal und nahm Katsuro dankend das Glas ab. Ihre Finger berührten sich für eine Sekunde, ein heißer Schauder schoss Nicks Rücken hinauf. Er hob das Glas an seine Lippen und leerte es auf einmal. Katsuro starrte ihn amüsiert an.
„Na, du hast ja einen ordentlichen Zug drauf. Noch einen?"
Er nickte wie paralysiert, Katsuro nahm ihm das Glas aus der Hand. Nick hatte sich nicht getäuscht, die Berührung löste dieselben Empfindungen wie gerade eben aus. Vielleicht sollte er doch keinen Alkohol mehr trinken. Er war ja völlig neben der Spur.
Plötzlich traf ihn etwas Weiches am Kopf.
„Aufwachen! Wovon träumst du denn?" Katsuro stand mit einem zweiten Kissen in der Hand da, bereit, es Nick ebenfalls entgegen zu schleudern. Nick sah sich automatisch nach etwas um, womit er sich verteidigen konnte, doch er wollte Katsuro nicht mit seinen kostbaren Büchern bewerfen.
„Hey, das ist unfair", beschwerte er sich, während mit erhobenen Händen auf Katsuro zuging. Katsuro lachte auf, legte das Kissen beiseite und reichte Nick sein Glas.
Sie stießen an, und Nick musste sich zusammennehmen, nicht wieder alles in einem Zug zu leeren. Der Alkohol tat allmählich seine vollständige Wirkung. Warm und flau vernebelte er ihm die Sinne und löschte das restliche bisschen Verstand, das noch übrig geblieben war. Nick beobachtete, wie Katsuro trank und sich anschließend über die Lippen leckte. Oh Gott, warum

dachte er gerade darüber nach, wie schön Katsuro war? Diese Achterbahn der Gefühle war kaum noch auszuhalten, er spürte eindeutig Erregung, so sehr er sich auch dagegen wehrte.
Unruhig trat Nick von einem Bein auf das andere, seine Wangen glühten.
„Hattest du eigentlich eine Freundin in Japan?“, fragte er rasch, um sich abzulenken. Katsuro blickte ihn überrascht an, schien mit seiner Antwort zu zögern. Schließlich schüttelte er langsam den Kopf.
„Nein.“ Er machte einen Schritt vor, sodass sein Gesicht nur Zentimeter vor Nicks Gesicht schwebte. „Aber ich … war mit einem Jungen zusammen“, flüsterte er, während er den Blick nicht abwendete. Nick brauchte einen Moment, um zu realisieren, was Katsuro gesagt hatte. Er schluckte hart und wich zurück. Sie sahen sich einige endlose Sekunden an, dann stieß er Katsuro vor die Brust und grinste verspannt.
„Blödmann! Jetzt hättest du es fast geschafft“, lachte er verkrampft und suchte tastend Halt an der Wand hinter sich. Ihm war schwindelig und viel zu heiß. Katsuro erwiderte nichts, doch er verschlang Nick mit einem Blick, der ihm Schweißausbrüche bescherte und seine Zweifel gehörig ins Wanken brachten. Seine Augen funkelten noch dunkler als sonst, voller Leidenschaft und Begierde. Nick lachte hysterisch auf.
„Jetzt hör schon auf mit dem Scheiß, Kat. Ich habe zu viel getrunken, und du machst solche blöden Scherze. Hicks!“ Er schlug sich eine Hand vor den Mund, die andere lag noch immer flach auf Katsuros Brust. Katsuro griff blitzschnell nach seinem Handgelenk und hielt es fest.
„Das war kein Scherz, Nick. Ich bin schwul.“ Katsuro sagte es ruhig, doch in seiner Stimme lag ein Beben.

Fünfzehn

Nicks Kehle wurde eng, und sein Herz fing an, auf Hochtouren zu arbeiten. Er wollte seine Hand wegziehen, doch aus irgendeinem Grund krallten sich seine Finger stattdessen fest in

Katsuros Hemd.
„Du … du spinnst doch“, stieß er keuchend hervor, aber Katsuros stechender Blick verschwand nicht.
„Nein.“ Seufzend entließ er Nicks Handgelenk aus seinem Griff und fuhr sich mit einer hektischen Handbewegung über den Kopf. „Es ist die Wahrheit.“
Nick konnte nicht mehr klar denken. Er spürte, wie das Blut mit Höchstgeschwindigkeit durch seine Adern gepumpt wurde und hörte seinen Puls gleich Hammerschlägen in seinem Kopf. Die folgenden Worte sprach er wie in Trance aus.
„Dann beweise es mir doch“, befahl er knapp und hob provozierend das Kinn, während er grob an Katsuros Hemd zog. Katsuro schien überrascht. Seine Augen wurden groß und er begann schneller zu atmen. Schließlich senkte er den Blick und schüttelte den Kopf.
„Wusste ich es doch“, bemerke Nick triumphierend, doch es klang nicht gerade überzeugend. Warum fühlte er gerade so etwas wie Enttäuschung?
Im nächsten Augenblick stieß Katsuro einen Fluch aus, griff nach Nicks Hand und breitete seine Finger flach auf seiner Brust aus. Sein Herz pochte in überdimensionaler Geschwindigkeit gegen Nicks Handfläche. Katsuro führte Nicks zitternde Finger über seine breite Brust, seinen flachen Bauch hinunter und legte sie auf die lange, harte Wölbung in seinem Schritt. Nick keuchte überrascht und wollte die Hand fortziehen, doch Katsuro hielt ihn fest.
„Fühlt sich das an, als würde ich scherzen?“, fragte er rau, in seinen schwarzen Augen flackerte pures Verlangen.
Nick öffnete den Mund, brachte jedoch keinen Ton hervor. Der Ausdruck in Katsuros Gesicht und der „steinharte“ Beweis ließen keine Zweifel an der Wahrheit seiner Worte. Nick hätte nie gedacht, dass ihn so eine Situation je erregen könnte, aber seine Handfläche brannte förmlich auf Katsuros hartem Schwanz. Das Feuer der Leidenschaft schoss seine Wirbelsäule hinauf und breitete sich mit rasender Geschwindigkeit in seinem gesamten Körper aus. Das Verlangen nach mehr überfiel ihn so plötzlich wie ein heftiger Orkan. In diesem Moment wurde ihm bewusst, dass sich dieser Sturm langsam und stetig angekündigt

hatte. Unnachgiebig hatte er ihm diese ständigen Herzklopfen und Hitzewallungen beschert, die Erkenntnis traf Nick mit voller Wucht. Er wollte Katsuro fortstoßen, doch zugleich wollte er ihn noch enger an sich ziehen, seine Männlichkeit an seinem Körper spüren. Tief in ihm entflammte ein brutaler Kampf zwischen heftiger Begierde und nackter Angst. Katsuro hob die Hand, seine Finger gruben sich in Nicks Haar, während er ihn mit seinem stählernen Körper gegen die Wand drängte. Seine Dominanz erregte Nick noch mehr, sein Körper und seine Sinne waren in Aufruhr. Sein Schwanz schwoll an und zuckte in seiner Hose. Zum Teufel, er wollte wissen, wie es war … er wollte Katsuro. Sofort.

Katsuros Lippen pressten sich plötzlich so hart und fordernd auf Nicks Mund, dass er überrascht aufstöhnte. In diesem Moment geschah etwas mit ihm. *In* ihm. Dieser dominante, männliche Kuss war so anders als alles, was er zuvor erlebt hatte. Keine Frau hätte ihn je so küssen können. Sie stöhnten beide auf, als Katsuros Zunge den Weg in Nicks Mund fand und er ihn so wild und leidenschaftlich küsste, dass seine Beine fast nachgaben. Es war wie ein Rausch – viel stärker noch als der Alkohol. Nick wusste, dass er das hier morgen bereuen würde. Es würde das Ende ihrer Freundschaft bedeuten, aber er konnte verdammt noch mal nicht damit aufhören. Er verdrängte diese störenden Gedanken in den hintersten Winkel seines Gehirns und ließ sich fallen. Wild und voller Gier küsste er Katsuro zurück.

Katsuro zog Nick das Hemd aus der Hose und raffte es vor seiner Brust. Er unterbrach ihren Kuss, um ihm das Kleidungsstück mit einer hastigen Bewegung über den Kopf nach hinten bis zu den Ellenbogen zu streifen, wo er es festhielt. Nicks Arme und Hände waren nun unbeweglich hinter seinem Rücken gefangen. Sie fixierten einander, heftig atmend, voller Begierde. Der Moment war erfüllt von geballter Sinnlichkeit und Erotik.

Katsuro zögerte einen Moment, doch sie waren ohnehin schon viel zu weit gegangen.

Er begehrte Nick wie keinen anderen zuvor. Noch nie war er einem sinnlicheren Mann begegnet als ihm – seinem schönen, blonden Teufel. In Nicks Augen erkannte er Sehnsucht, Neugierde und Furcht zugleich. Seine Brust hob und senkte sich unter seinen schweren Atemzügen, und seine Lippen formten stumme Worte der Hingabe. Wäre dies der richtige Moment, um Nick zu gestehen, dass er sich in ihn verliebt hatte? Katsuro wollte ihn mit Haut und Haaren, obwohl er wusste, dass er damit alles, was sie hatten, zerstören konnte. Kaum noch Herr seiner Sinne fiel er regelrecht über Nick her und bedeckte seinen nackten Oberkörper mit leidenschaftlichen Küssen. Nick keuchte erregt, als Katsuro abwechselnd über seine Brustwarzen leckte. Er umschloss sie mit seinen Lippen, sog sie in seinen Mund und neckte sie mit den Zähnen, bis sie hart waren wie Perlen. Nicks Kopf fiel in den Nacken, ein lang gezogenes Stöhnen löste sich tief aus seiner Kehle. Katsuro wollte sein Verlangen laut hinausbrüllen, zu überwältigend waren seine Gefühle. Er küsste Nicks Hals, leckte über seine Lippen und drang mit der Zunge wieder und wieder in seinen heißen Mund ein. Nick atmete schwer und rieb seine Erektion an Katsuros Geschlecht, das groß und steif in seiner Hose pochte.

Nick zitterte vor Angst und Erregung zugleich, als Katsuro seinen Bauchnabel küsste und den Gürtel und die Knöpfe seiner Jeans öffnete. Seine Haut brannte unter der Berührung von Katsuros weichen Lippen. Er senkte den Blick, und was er sah, raubte ihm den Atem. Katsuro kniete vor ihm, sein Gesichtsausdruck signalisierte heftiges Verlangen. Sein tiefschwarzes Haar fiel ihm in die Stirn und über die Augenbraue. Gott, er war schön – so verdammt schön und sexy. Während er Nick nicht aus den Augen ließ, zog er ihm langsam die Hose und die Boxer ein Stück hinunter und befreite seinen harten Schwanz. Nick glaubte einen Moment lang umzukippen vor Scham, als er so entblößt vor Katsuro stand und dieser sehen konnte, wie scharf er auf ihn er war. Als sich Katsuros Faust um seinen Ständer schloss, setzte sein Denkvermögen aus. Nick schaffe es irgendwie, sich aus seinem Hemd zu befreien und grub seine Finger in Katsuros dichtes Haar.

Katsuro küsste Nicks Oberschenkel und Lenden, bevor seine Zunge zaghaft an seinem harten Schaft hinaufglitt. Dann nahm er die Spitze in den Mund und begann daran zu saugen. Nick stieß einen erregten Schrei aus, sein ganzer Körper verspannte sich. Er hörte das Blut in seinem Kopf rauschen, längst war er an einem Punkt angelangt, an dem sexuelle Begierde über Furcht und Vernunft gesiegt hatte. Katsuro liebkoste ihn mit Lippen und Zunge, nahm seinen Schwanz ganz in seinen Mund auf. Ein tiefes Stöhnen drang aus Nicks Kehle, während er sein Becken in sanftem Takt vor und zurück bewegte.
Katsuro ließ kurz von ihm ab und küsste seinen Bauchnabel.
„Du bist so heiß, Nick“, wisperte er atemlos. „Und ich will dich schon so lange.“
Als er weiter machte, begann sich alles um Nick zu drehen, heftige Schauer in den unterschiedlichsten Temperaturen peitschten durch seinen Körper. Pulsierende Wellen zuckten durch seine Innenschenkel, breiteten sich in seinem Unterleib aus und explodierten schließlich in seinem Schwanz. Nick war gar nicht mehr richtig bei Sinnen, als er mit einem zitternden Schrei zu einem gewaltigen Orgasmus kam.

ꙮ

Katsuro drückte seine Lippen auf Nicks weiche Haut und atmete tief durch. Nicks heftiger Höhepunkt und der sinnliche Anblick, den er dabei abgegeben hatte, hätten ihn auch beinahe kommen lassen. Sein hartes Geschlecht zuckte in der engen Hose und er brauchte einige Momente, um sich zu beruhigen. Dann blickte er auf.
„Wow … ist mir schwindelig“, keuchte Nick mit geschlossenen Augen, während er sich fester an Katsuros Schultern klammerte.
„Komm“, sagte Katsuro leise, während er ihm behutsam die Boxer und die Jeans hochschob. „Es ist in Ordnung, Nick. Leg

dich hin." Katsuro erhob sich und fing Nick auf, als dessen Beine einknickten. Selbst noch völlig überwältigt führte er ihn zum Bett und deckte ihn zu.
„Wahnsinn ...", murmelte Nick kopfschüttelnd, ein süßes kleines Lächeln huschte über sein Gesicht, während er die Augen geschlossen hielt. Katsuro legte sich dicht neben ihn und streichelte sein Haar. Die Zeit schien eine ganze Weile stillzustehen.
„Ich liebe dich, Nick", wisperte er, als er sicher war, dass Nick eingeschlafen war.

Als Nick am Morgen erwachte, konnte er sich nicht erinnern, wie er ins Bett gekommen war. Nach einigen Sekunden, die er brauchte, um wach zu werden, fiel ihm jedoch schlagartig alles wieder ein. Er zuckte zusammen und fuhr aufkeuchend herum. Katsuro war wach und blickte ihn unsicher an. Er war so makellos schön, dass Nick den Bruchteil einer Sekunde das Bedürfnis hatte, ihn zu küssen. Doch als ihm die Ausmaße des gestrigen Abends bewusst wurden, wich er so abrupt zurück, dass er rücklings aus dem Bett fiel und sich fluchend wieder aufrappelte. Ihm wurde übel, sein Puls raste.
„Was hast du mit mir gemacht?" Nicks Schultern bebten heftig, er war wütend, schockiert und schämte sich so sehr, dass das Blut unter seiner Schädeldecke kochte. Katsuros Augen wurden groß. Er setzte sich auf und hob beschwichtigend die Hände.
„Nick. Ich … wir hatten beide schon etwas getrunken und ich …"
„Nein … Nein! Sei still!" Nicks Stimme überschlug sich beinahe, er schüttelte heftig den Kopf. „Nur damit du es weißt – ich bin nicht schwul!"
„Aber ich bin es. Und ich …" Katsuro strich sich mit einer fahrigen Bewegung über den Kopf und seufzte schwer. „Ich mochte dich von Anfang mehr als gut für mich war, aber in den letzten Tagen sind meine Gefühle für dich noch stärker geworden." Katsuro blickte ihn eindringlich an. „Ich habe mich in

dich verliebt, Nick."
Nicks Brust zog sich zusammen, sein Hals war trocken und rau, und sein Herz raste so schnell, dass ihm noch übler wurde. Das war alles zu viel.
„Wie kannst du es wagen! Du hast das geplant, du Schwuchtel!"
In Katsuros Augen blitzte es auf. Mit einem Satz hechtete er quer über das Bett und packte Nick am Arm.
„Das ist nicht wahr! Du warst nicht mehr betrunken als ich und du wolltest es genauso, sonst wäre ich doch nie so weit gegangen!"
Nick befreite sich und holte aus. Seine Faust schnellte vor, Katsuro reagierte jedoch blitzschnell, fing sein Handgelenk im Flug auf und riss es mit solcher Wucht zur Seite, dass Nick taumelte und gegen die Wand krachte. Katsuro starrte ihn aus weit aufgerissenen Augen an, den Griff immer noch fest um Nicks Handgelenk. Seine Brust bebte heftig und in seinem Gesicht spiegelten sich Schmerz, Zorn und Traurigkeit wieder. Innerhalb dieses einzigen, schrecklichen Moments war ihre gerade erst erblühte Freundschaft wie eine Seifenblase zerplatzt.
Nick knirschte mit den Zähnen und warf Katsuro einen angewiderten Blick zu.
„Lass mich sofort los!"
Katsuro zögerte kurz, bevor er seine Hand fortnahm. Nick überlegte, ob er erneut zuschlagen sollte, doch er wusste, dass er keine Chance gegen Katsuro hatte.
„Fass … mich nie wieder an! Komm nicht mal in meine Nähe! Und hör auf mich so anzustarren!" Nick ertrug den Schmerz in Katsuros Blick nicht mehr. Derselbe, intensive Schmerz, der auch ihm in diesem Augenblick die Luft aus den Lungen presste. Wie ein Geisteskranker rannte er durch die Wohnung, sammelte seine Sachen im Bad ein und stopfte sie in seine Reisetasche. Dann hob er sein Hemd vom Boden auf und öffnete hastig die Tür. Im Treppenhaus zog er sich das zerknitterte Kleidungsstück über den Kopf. Er stürzte fluchtartig die Stufen hinunter, als im Erdgeschoss die Tür aufging und Mitsuko in den Flur trat.
„Hallo, Nick!", rief sie und winkte. „Wir sind heute bei Tobi und Marion eingeladen. Kommt ihr mit?"
„Lass mich in Ruhe! Bleibt mir alle vom Leib!", brüllte er sie an.

Mitsuko wich erschrocken zurück, ihre dunklen Augen weiteten sich. Nick riss seinen Anorak vom Haken der Garderobe, schoss an ihr vorbei und lief hinaus auf die Straße. Er rannte, als wäre der Teufel hinter ihm her, während ihn die Bilder der letzten Nacht verfolgten. Bestürzung und Verwirrung vermischte sich mit der Erkenntnis, dass er vor wenigen Stunden den intensivsten Orgasmus seines Lebens gehabt hatte.
Nick blieb so abrupt stehen, dass ihn die Passanten rundherum verwundert anblickten.
„Was glotzt ihr denn so?“, schrie er außer sich und blickte in ein Schaufenster, das sein Abbild spiegelte. Vielleicht konnte man es ihm ansehen. Nick, die Schwuchtel.
Er hatte plötzlich das Gefühl, jemand würde ihm einen unsichtbaren Strick um den Hals legen und zuziehen. Nach Atem ringend griff er an seine Kehle und lief weiter.

ꕥ

Vanessa öffnete ihm die Tür.
„Gott, wie siehst du denn aus, Nick? Ist etwas passiert? Ich dachte du bist noch bis morgen zuhause.“
Er stieß ein Schnauben aus. „Ich war nicht zuhause.“
Vanessa musterte ihn, eine tiefe Falte bildete sich auf ihrer Stirn.
„Was soll das heißen? Wo warst du dann?“
„Bei … Katsuro.“ Warum hatte er ihr das gesagt? War er jetzt völlig übergeschnappt? Seine Brust zog sich bei dem Gedanken an Katsuro schmerzlich zusammen.
Vanessa schüttelte verständnislos den Kopf. „Was?“
Nick hatte keinen Nerv für lange Erklärungen, er wollte nur alleine sein. Er warf die Hände über dem Kopf zusammen und stöhnte auf.
„Ach, lass mich in Ruhe!“
Er rannte in sein Zimmer und schlug die Tür zu. Mit wenigen Schritten war er am Bett und ließ sich darauf fallen. Nick fühlte sich so leer, alles schien so unwirklich. Seine Gefühle fuhren Achterbahn. Er spürte so unglaublichen Zorn, dass er den Wunsch verspürte, alles kurz und klein zu schlagen. Zugleich

wurden sein Geist und seine Seele erfasst von einer tiefen Sehnsucht nach Katsuro. Sein Körper erbebte in der Erinnerung an letzte Nacht. Noch niemals zuvor hatte er auch nur etwas annähernd Intensives erlebt. Als er sich nach einer Weile aufsetzte, fiel ihm Katsuros Geschenk ein, das noch immer unausgepackt in seiner Tasche steckte. Er erhob sich, nahm das Päckchen an sich und wickelte es mit zitternden Händen aus.
Es war ein Buch. *„Mein Weg"* von *Gichin Funakoshi.*
„Oh Gott, nein", murmelte Nick wie benommen, als er Katsuros Buch in den Händen hielt. Das Buch, das ihm am meisten bedeutete und er schenkte es ihm. Ein Knoten bildete sich in Nicks Kehle, als er die erste Seite aufschlug. Behutsam fuhr er mit den Fingern über Tobis Widmung für Katsuro, als sein Blick auf die andere Buchseite fiel.

Für Nick
Ich habe meinen Weg längst gefunden,
also brauche ich es nicht mehr.
Finde Du den Deinen.
In Freundschaft
Katsuro

Die Schrift verschwamm vor Nicks Augen. Erst als ein Tropfen auf die Seite fiel und das Papier tränkte, bemerkte er, dass er weinte. Nick schlug das Buch zu, warf es auf das Bett und sprang auf.
„Scheiße!" Er unterdrückte ein Schluchzen, stattdessen löste sich gleich darauf ein Wutgebrüll aus seiner Kehle, während er seinen Stuhl packte und gegen den Schreibtisch schleuderte. Die Lampe darauf fiel um, der Stuhl prallte an der Tischkante ab und krachte zu Boden. Nick fühlte sich leer und hatte das Gefühl, nicht genügend Luft zu bekommen.
„Nick?"
Er wirbelte herum, als Vanessa plötzlich im Türrahmen stand. Ihr entsetzter Blick schweifte von Nick zu dem am Boden liegenden Stuhl und wieder zurück.
„Um Gottes willen! Was ist denn nur los? Ist etwas mit Katsuro?" Vanessa war bei den letzten Worten ganz bleich ge-

worden, ihre Augen waren weit aufgerissen. Sie machte Anstalten, sich ihm zu nähern, doch Nick streckte abwehrend die Arme aus.
„War ja klar, dass du dir zuerst Sorgen um *ihn* machst!“, schrie er Vanessa an und ließ sich erschöpft auf das Bett sinken. In dem Moment tauchte Robert in der Tür auf und blickte Nick fassungslos an.
„Was ist denn passiert?“
„Ihr sollt mich in Ruhe lassen, hab ich gesagt!“ Nick erschrak, wie erbärmlich und weinerlich seine Stimme klang. Was hatte dieser Bastard nur mit ihm gemacht? Er wollte das nicht. Verdammt, er wollte das nicht. Es schien, als wäre in dieser einen Nacht sein gesamtes Leben endgültig aus den Fugen geraten.
„Nick, ich bitte dich! Natürlich mach ich mir genauso Sorgen um dich. Wir haben uns doch versprochen, immer alles zu sagen, egal was es ist.“ Ohne eine Antwort abzuwarten, kam Vanessa zu ihm hinüber und setzte sich neben ihn auf das Bett. Dann legte sie vorsichtig einen Arm um seine Schultern und schwieg. Nick schüttelte den Kopf, ließ ihre Umarmung jedoch zu.
„Kann nicht ...“, flüsterte er erstickt. Er wünschte sich plötzlich wieder, ein kleiner Junge zu sein, mit den Sorgen eines Kindes. Er wollte sich irgendwo verkriechen, wo ihn keiner fand, um sich in seinem Selbstmitleid zu ertränken. Nach einer Weile wischte er mit den Handflächen hektisch über seine Wangen.
„Geht schon wieder.“ Nick schämte sich und erkannte sich selbst nicht mehr wieder.
„Komm, ich mach dir erstmal einen Lindenblütentee, der beruhigt dich.“
Nick schüttelte den Kopf, doch ihr Blick duldete keine Widerrede.
„Okay … ich komme gleich.“
Vanessa nickte und ging hinaus in den Flur. Robert musterte Nick kurz, dann folgte er ihr.

Nach einer Weile hatte sich Nick einigermaßen gefasst und ging hinüber ins Wohnzimmer, wo es bereits nach Vanessas Tee duftete. Robert und Vanessa saßen auf dem Sofa und sahen ihn

mit einer Mischung aus Mitleid und Neugierde an. Vanessa klopfte mit der flachen Hand auf den freien Platz rechts von ihr und lächelte aufmunternd.
„Na komm schon, Nick. Setz dich und erzähl uns, was passiert ist." Sie schob Nick eine Tasse dampfenden Tee hin. Mit klopfendem Herzen setzte Nick sich neben Vanessa und nahm seine Tasse, um Zeit zu schinden. Er konnte den beiden doch unmöglich erzählen, dass … Seine Hand zitterte, als er einen Schluck nahm. Der Tee floss heiß seine Kehle hinab. Nachdem er die Tasse abgestellt hatte, herrschte absolutes Schweigen. Nick hatte diese ganze Maskerade satt. Ihm ging allmählich die Kraft aus, allen eine perfekte heile Welt vorzuspielen. Es war an der Zeit, alles auf eine Karte zu setzen. Er straffte die Schultern und fasste seinen ganzen Mut zusammen.
„Katsuro und ich haben ..." Oh verflucht, warum war das so schwer? Nick fuhr mit beiden Händen durch sein Haar, seine Finger krallten sich in die dicken Strähnen, während er den Fußboden fixierte. „Wir hatten Sex … oder so etwas in der Art."

Sechzehn

So jetzt war es raus, scheiß drauf. Als keiner etwas sagte, blickte er auf. Vanessas Augen waren so groß, dass Nick dachte, sie würden ihr gleich herausfallen. Robert stieß die Luft zwischen den Zähnen aus und sank zurück in die Sofalehne.
„Das sind ja Neuigkeiten, da hol mich doch … oh Mann ...", schüttelte er den Kopf und blickte Vanessa an, die ganz still geworden war. Er runzelte die Stirn. „Vanessa, Liebes? Alles in Ordnung mit dir?"
Vanessas Gesicht war kreidebleich. Eine Weile sagte sie überhaupt nichts, die Stille brachte Nick fast um den Verstand.
„Wie … was ...", krächzte sie schließlich heiser, ohne Nick anzusehen. Stattdessen starrte sie bewegungslos auf ihre im Schoß gefalteten Hände. „Was meinst du damit? Ich verstehe nicht ..."
Mit bebender Stimme erzählte Nick von dem Streit mit seiner Mutter und ihrem Freund und wie Katsuro ihn in seinem er-

bärmlichen Zustand gefunden und mit zu sich nach Hause genommen hatte. Mit klopfendem Herzen schilderte er die Entwicklung ihrer Freundschaft, wie sie sich langsam näher gekommen waren und schließlich, was gestern Nacht passiert war.
Wieder unerträgliches Schweigen. Der tropfende Wasserhahn in der Küche erschien Nick mit einem Mal so laut wie ein Vorschlaghammer. Plötzlich brach Vanessa in Tränen aus. Nick war völlig perplex und wusste nicht, wie er reagieren sollte und auch Robert war mit der Situation sichtlich überfordert. Er legte einen Arm um sie und strich über ihr dunkles Haar.
„Also, dass ein Großteil der Damenwelt entsetzt sein würde, dass unser Sonnenschein für den weiblichen Markt nicht mehr zu haben ist, verstehe ich ja, aber du, Vanessa?“, fragte er sichtlich verwundert. Endlich löste sich Nick aus seiner Starre und legte eine Hand auf ihren Arm. „Vanessa ...“
„Lass mich!“ Sie entriss ihm ihren Arm, ihre Stimme war erschreckend aggressiv. „Ich dachte, ihr beide hasst euch? Lass mich in Ruhe, Nick. Ich ...“ Sie unterbrach sich selbst mit einem Schluchzen und warf sich dem völlig perplexen Robert an den Hals. Nick befand sich in einer Art von Schockzustand, seine Emotionen schwankten von Wut und Traurigkeit bis hin zur völligen Hilflosigkeit. Und er schämte sich. Er schämte sich so sehr, dass er nicht wusste, ob er einfach abhauen oder sich in irgendeinem Loch verkriechen wollte. Robert bedeutete ihm mit einem Kopfschütteln, dass es im Moment keinen Sinn hatte, mit Vanessa zu sprechen. Sie war völlig aufgelöst.

Nick ging wie betäubt in sein Zimmer und bereute zutiefst, dass er sich den beiden anvertraut hatte. Es war für ihn nicht nachvollziehbar, warum sich Vanessa so aufregte. Sie war normalerweise sehr aufgeschlossen und tolerant, Nick hätte nie gedacht, dass sie ein Problem mit Homosexualität hätte. Sein Herz machte einen Satz, er stieß ein Schnauben aus und raufte sich die Haare.
„Ich bin nicht schwul, verdammt!“ Sein verzweifelter Ausruf klang gepresst. Er ließ sich mit dem Rücken voran auf sein Bett fallen und brach in Tränen aus. In diesem Moment vermisste er Mike noch mehr als zuvor. Nick war mit den Nerven völlig am

Ende und begann zu zittern. In seinen Ohren rauschte es, er hatte das Gefühl, an seinen Tränen zu ersticken.
Irgendwann musste er vor Erschöpfung eingeschlafen sein, denn ein Klopfen riss ihn aus einem leichten Schlaf. Das Geschehene holte ihn jäh ein, mit einem Ruck saß er aufrecht im Bett und atmete schwer. Seine Augen brannten. Die Tür öffnete sich langsam, und Vanessa guckte durch den Spalt.
„Kann … kann ich reinkommen?“, fragte sie unsicher, ihre Stimme bebte. Er brachte nur ein Nicken zustande und machte eine einladende Handbewegung. Vanessa kam herüber und setzte sich neben Nick auf die Bettkante. Schweigen erfüllte den Raum, keiner der beiden wusste, was er sagen sollte. Schließlich war es Vanessa, die als Erste das Wort ergriff. Sie zuckte mit den Schultern den Blick nach oben gerichtet, um ihren Tränenfluss aufzuhalten.
„Ich hab mich vorhin ganz scheußlich benommen, Nick. Das tut mir sehr leid.“ Nun brach sie doch wieder in Tränen aus. „Es … es ist nicht deine Schuld, du … du konntest es ja nicht wissen.“
„Was konnte ich nicht wissen?“, fragte Nick heiser, während er in ihr dunkles Haar griff und eine ihrer Locken um seinen Zeigefinger wickelte.
Vanessa blickte ihn an und kaute nervös auf ihrer Unterlippe.
„Katsuro ...“, wisperte sie. Sie holte tief Luft und stieß ein Seufzen aus. „Ich war so geschockt und traurig wegen dir und ihm. Ich dachte, er … mag mich.“
Nick runzelte die Stirn. Natürlich – er hatte doch bemerkt, dass Vanessa auf Katsuro abfuhr. Aber in seinem Egoismus hatte er nur an sich selbst gedacht und war sogar noch wütend deswegen gewesen. Er nahm sie in den Arm und küsste ihren Scheitel.
„Es tut mir leid. Ich hab mitbekommen, dass du auf ihn stehst, aber dass es dir so ernst ist, wusste ich nicht.“ Nicks Brust zog sich zusammen, er fühlte sich hundeelend und müde. „Ich weiß nicht, was ich tun soll, Vanessa. Ich weiß es einfach nicht. Noch nie in meinem Leben war ich so hilflos und allein.“
„Du bist nicht allein, Nick, und das weißt du.“
„Ich meine … schlimmer kann es doch nicht mehr kommen, oder?“, fragte er verzweifelt. „Ich bin nicht schwul!“

Vanessa blickte ihn forschend an, langsam versiegten ihre Tränen.
„Was empfindest du jetzt gerade in diesem Moment, wenn du an ihn denkst?", fragte sie leise.
„Ich …ich fühle alles und nichts", antwortete Nick, während er an der Bettdecke zupfte. „Ich fühle mich unendlich leer, seit ich weggelaufen bin wie ein verdammter Feigling. Ich habe ihn verletzt und beleidigt, und das tut mir so leid. Das hat er nicht verdient." Seine Stimme bebte. „Es tut weh, Vanessa ...", er hob die Faust an sein Herz. „Genau hier tut es verdammt weh. Ich habe das Gefühl, zu ersticken. In einem Moment weiß ich, dass ich mich verliebt habe, doch schon in der folgenden Sekunde zerfressen mich Panikattacken und Zweifel." Er blickte Vanessa fest in die Augen. „Ich kann das nicht, Vanessa. Ich bin für so etwas nicht bereit."
Sie seufzte und legte ihre Hand auf seine, die immer noch auf seiner Brust lag.
„In so einem Fall solltest du auf dein Herz hören, Nick. Von Anfang an war bei euch eine Spannung zu spüren, die für alle greifbar war. Wir dachten alle, es wäre Hass, wie hätten wir denn eure wahren Gefühle auch deuten können? Dass du verwirrt bist und Angst hast, ist völlig verständlich." Sie deutete auf die Packung Tempos, die auf dem Nachttisch lag. „Kann ich eins haben?"
Nick reichte ihr die Taschentücher, als er Robert bemerkte, der mit verschränkten Armen im Türrahmen stand.

„Ich habe seit fast einem Jahr eine Beziehung zu einem älteren Mann", sagte er mit fester Stimme. Seine Wangen hatten fast dieselbe Farbe wie sein Haar. „Meine Eltern haben mich hinausgeworfen, weil ich schwul bin. Ich habe keinen Kontakt mehr zu ihnen. Mein Bruder hat mich halb tot geprügelt, als er es herausgefunden hat. Gregor hat mir in dieser Nacht geholfen, und wir haben uns verliebt. An meinen freien Tagen bin ich bei ihm."
„Heiliges Kanonenrohr!", platzte Nick hervor. „Dies ist wohl die Nacht der großen Enthüllungen."
Vanessa starrte benommen von Robert zu Nick, dann putzte sie sich geräuschvoll die Nase.

„Oh Gott, Robert. Warum hast du denn nie etwas gesagt?“, näselte sie in das Taschentuch. Robert zuckte hilflos mit den Schultern und starrte betroffen auf den Boden. Das erste Mal seit Nick ihn kannte, hatte er das Gefühl, endlich zu wissen, wer er wirklich war.
„Wie … wie alt ist dein Gregor denn?“, fragt Vanessa heiser.
Ein Lächeln huschte über Roberts Gesicht. „Er ist sechsunddreißig und der attraktivste Anwalt auf der ganzen Welt.“
Nick vergaß für eine Sekunde seine Sorgen. „Meine Fresse, ein Anwalt?“ Seine Stimme überschlug sich beinahe. „Wahnsinn … Wahnsinn.“
Vanessa wischte sich mit dem Taschentuch über ihr tränennasses Gesicht.
„Vergesst den Tee, Jungs. Haben wir noch Schnaps da?“

ꙮ

Ein paar Minuten später saßen die Drei mit einer Flasche Wodka im Wohnzimmer auf dem Sofa.
„Wenn Mike jetzt auch noch eröffnet, dass er schwul ist, krieg ich echt Komplexe“, sagte Vanessa, nachdem sie ihr Glas auf Ex geleert hatte. Sie schüttelte sich. „Scheiße, ist das Zeug stark!“
„Du solltest langsamer machen, Süße. Das war schon dein drittes Glas“, warnte Nick sie. „Du trinkst sonst selten etwas, vergiss das nicht.“ Er selbst hatte an seinem Glas nur genippt, denn von Wodka hatte er vorerst mehr als genug.
Sie legte den Kopf auf seine Schulter, gähnte und streckte die Hand nach Robert aus. Robert tauschte einen verwunderten Blick mit Nick, rückte aber näher und nahm Vanessas Hand.
„Ich liebe euch, Jungs … ehrlich. Auch wenn ihr plötzlich alle schwul seid.“ Sie machte ein nachdenkliches Gesicht. „Vielleicht liebe ich euch jetzt sogar noch ein bisschen mehr.“
Nick öffnete den Mund, um zu protestieren, doch Vanessa schnitt ihm das Wort mit einem Kichern ab. Nick schüttelte verwirrt und amüsiert zugleich den Kopf. Die Drei saßen lange zusammen, bis Vanessa irgendwann schließlich die Augen zufielen. Sie kuschelte sich an Nicks Brust und begann leise zu schnarchen.

„Der Schnaps hat der Armen den Rest gegeben“, sagte Robert leise und löste behutsam seine Hand aus Vanessas. Nick stützte ihren Kopf, gemeinsam legten sie sie auf dem Sofa ab und deckten sie zu.

„Meinst du wirklich, sie kommt damit klar?“, fragte Nick nachdenklich.

„Es wird ihr nichts anderes übrig bleiben“, antwortete Robert. „Außerdem hat sie gesagt, sie hat uns alle lieb“, fügte er grinsend hinzu. Nick zwang sich zu einem Lächeln und ließ sich auf dem Sofa nieder, während Robert zu Vanessas Füßen Platz nahm. „Das Wichtigste ist erstmal, dass du klarkommst, Nick. Glaub mir, ich weiß, wie schwer es ist, es zu akzeptieren. Ich bin da, wenn du jemanden zum Reden brauchst, okay?“

„Ich weiß … danke Robert“, antwortete Nick.

Nach einigen Momenten des Schweigens holte Nick tief Luft und starrte auf seine gefalteten Hände.

„Er hat mir einen geblasen, dass ich dachte, ich wäre im Himmel“, platzte er plötzlich hervor, ohne darüber nachzudenken. „Ich hab die Engel singen hören, ich schwör’s dir. Das war kein normaler Orgasmus, das war … das war einfach nicht mehr normal, Robert!“ Nick stützte das Gesicht in seine Hände, holte tief Luft und stieß sie langsam wieder aus. Scheiße, hatte er das wirklich gerade erzählt? „Katsuro … er war so wunderschön gestern Abend … die Mädels waren verrückt nach ihm. Und ich auch. Hab’s bloß noch nicht wirklich kapiert.“ Nick hob den Kopf und fixierte Robert mit heißen Wangen. Ein Lächeln huschte über Roberts Gesicht, es war ein verträumtes, verständnisvolles Lächeln.

„Das kann ich gut nachvollziehen. Weißt du, Gregor hatte am Anfang ähnliche Ängste wie du. Nur war das wegen dem Altersunterschied, der uns trennt. Außerdem hatte er gerade eine schwierige Zeit hinter sich, nach seinem Coming Out und der Scheidung von seiner Frau. Unsere Liebe wäre wegen seiner Zweifel fast zerbrochen, noch bevor sie richtig begonnen hat. Aber ich konnte ihn davon überzeugen, dass unser Alter keine Rolle spielt, solange wir uns lieben.“ Er seufzte schwer. „Ich wünschte nur, ich hätte nun wie er den Mut, unsere Beziehung öffentlich zu machen … So, dass jeder weiß, wen ich liebe. Ich

habe dieses Versteckspiel so satt."
Nick sah Robert mitleidig an, einen kurzen Moment schwiegen sie wieder.
„Wenn ich die Augen schließe, sehe ich sein Gesicht", fuhr Nick schließlich fort. „Jetzt, wo er nicht da ist, vermisse ich ihn so sehr, dass es mich innerlich fast zerreißt. Und ich fühlte mich so elend, weil ich mich verdammt schäbig benommen habe."
Robert grinste ihn von der Seite her an. „Tja, ich schätze du bist verliebt. Dich hat es sogar richtig heftig erwischt." Er klatschte sich mit der Handfläche gegen die Stirn und lachte gequält auf. „Oh Mann … jetzt, wo ich länger drüber nachdenke … kein Wunder, dass ihr euch so angegangen seid! Ihr wart einfach scharf aufeinander und frustriert, weil keiner es zugeben konnte."
„Aber er ist ein Mann!" Nick fuhr auf und begann, im Zimmer auf und ab zu laufen. „Das … das geht doch nicht!"
„Wer sagt das?", antwortete Robert. „Steht das irgendwo?"
Nick blieb abrupt stehen und sah ihn perplex an. „Aber … ich bin doch nicht schwul, verdammt!"
Robert erhob sich und verdrehte die Augen. „Aber mindestens bisexuell, Nick!", entgegnete er. „Und es ist nichts Schlimmes dabei. Abgesehen davon glaube ich, dass bei Katsuro jeder zweite Typ schwul werden würde. Ich denke, es ist an der Zeit, dass wir auf die Weise leben und lieben, die uns glücklich macht, und auch dazu stehen. Wir haben nämlich nur dieses eine Leben, verstehst du?"
Nick erlebte Robert das erste Mal richtig aufgebracht, geradezu fanatisch. Er stand auf und kam mit erhobenem Zeigefinger auf ihn zu. „Katsuro ist ein ganz besonderer Mensch. Und würde ich meinen Freund nicht über alles lieben, hätte ich ihn angegraben, das darfst du mir glauben. Tu ihm nicht weh, sonst bekommst du es mit mir zu tun!" Er bohrte seinen Zeigefinger kurz in Nicks Brust und nickte knapp, um seine Rede damit zu untermalen. Einen Moment starrte Nick Robert an, überrascht über dessen Gefühlsausbruch.
„O… okay", antwortete er schließlich kleinlaut.

ꕥ

Katsuros Rückkehr wurde von allen gespannt und nervös erwartet, doch Nick war das reinste Nervenbündel. Er schlich in seinem Zimmer umher, ging hinüber ins Wohnzimmer, tigerte nervös im Flur auf und ab. Immer und immer wieder. Die Stunden vergingen, doch Katsuro kam nicht nach Hause. Sonntagabend, um zweiundzwanzig Uhr versuchte Vanessa ihn auf dem Handy zu erreichen, doch vergeblich. Nick machte die ganze Nacht kein Auge zu. Auch am Montagmorgen kehrte Katsuro nicht zurück, Telefonanrufe von Vanessa blieben unbeantwortet.

In der Uni saß Nick völlig abwesend im Hörsaal, seine Gedanken kreisten nur um Katsuro und wie es ihm ging. Er sah ihn vor sich, konnte seine warmen Hände und Lippen auf seiner Haut spüren und atmete seinen Duft ein. Seine Kommilitonen fragten bereits, was mit ihm los sei, doch Nick zog sich immer mehr zurück. Er wollte nach Hause in sein Bett, die Decke über den Kopf ziehen und leiden. Und er litt … er litt wie ein Hund. Es war ihm fast unmöglich, am normalen Alltag teilzunehmen, er fühlte sich wie gelähmt.

Es war Mittwochnachmittag, als sich Vanessa zu ihm setzte und ihn ernst musterte.
„Nick, ehrlich. Ich sehe mir das keinen Tag länger mit an. Du läufst herum wie ein Zombie … lernen wirst du in diesem Zustand ohnehin nichts. Fahr nach Rosenheim und hol Katsuro zurück, ich bitte dich.“ Sie sah ihn eindringlich an und schüttelte den Kopf. „Sonst mache ich es!“
Als Nick sie mit großen Augen ansah, fügte sie hinzu: „Wir machen wir uns doch auch große Sorgen um ihn.“

ꕥ

Zwei Stunden später saß Nick im Zug. Noch nie war ihm eine Stunde so lange vorgekommen, es schien, als würde die Bahn

absichtlich langsam über die Gleise kriechen, um ihn noch mehr zu quälen.
In Rosenheim angekommen nahm sich Nick ein Taxi, mit hämmerndem Herzschlag stand er wenige Minuten später vor dem Haus der Nakazatos und drückte die Klingel zu Katsuros Appartement. Ihm war schlecht und ständig überlegte er sich, wie er am Besten anfangen sollte. Sekunden verstrichen, doch niemand öffnete. Er klingelte ein zweites und ein drittes Mal. Nick versuchte es unten bei Katsuros Eltern, doch auch da öffnete niemand. Zerknirscht wandte er sich ab und überlegte, was er tun sollte. Ein kühler Wind pfiff ihm um die Ohren und nasskalter Eisregen prasselte in sein Gesicht, wie Tausende kleine Stecknadeln. Nach einer Viertelstunde beschloss er, zum Dojo zu fahren.

Tobi kam gerade aus dem Büro des Dojos. Er sah blass und müde aus, Nick hatte sofort das Gefühl, dass etwas geschehen sein musste, als er eilig auf ihn zukam.
„Nick! Seit wann bist du hier? Warst du schon im Krankenhaus?“ Tobi musterte Nick ängstlich. Nick zuckte zusammen, der Boden schwankte unter seinen Füßen. Sein erster Gedanke galt Katsuro. Wenn ihm etwas zugestoßen war …
„Krankenhaus? Ist etwas … mit Katsuro?“, stieß er zitternd hervor, während seine Kehle schmerzlich anschwoll.

Siebzehn

„Ich dachte, du weißt es bereits.“ Tobi schüttelte betroffen den Kopf. „Mitsuko … sie ist im Krankenhaus – und wird gerade operiert.“
Nick schlug sich eine Hand vor den Mund und hatte das Gefühl, jemand hätte ihm einen Hammer auf den Kopf geschlagen.
„Aber … wie? Warum?“, krächzte er.
„Sie hatte einen Blinddarmdurchbruch. Es ging alles so schnell. Die Ärzte mussten sie Notoperieren, aber dann verschlechterte sich ihr Zustand, und sie bekam noch höheres Fieber als zuvor.“

Tobis Stimme zitterte. „Und jetzt wird sie ein zweites Mal operiert, weil sich im Bauchraum anscheinend etwas entzündet hat.“ In einer verzweifelten Geste strich er sich durch sein kurzes Haar und stieß ein schweres Seufzen aus. „Hör zu, Nick, ich muss weiter machen, auch wenn ich am Liebsten sofort wieder ins Krankenhaus fahren würde. Aber ich bin im Moment natürlich alleine hier.“
Nick fühlte sich benommen. „Ja ... ja, natürlich. Ich danke dir, Tobi. Ich fahre zum Krankenhaus. Wenn etwas ist, melde ich mich sofort, ja?“
Tobi berührte Nicks Schulter.
„Katsuro wird froh sein, dich zu sehen, Nick. Es geht ihm gar nicht gut, er wird einen Freund brauchen.“
Nick schluckte und wusste nicht, was er antworten sollte, also nickte er nur zum Abschied. Seine Beine fühlten sich taub an, und er begann zu zittern. Bei seiner letzten Begegnung mit Mitsuko hatte er sie angeschrien. Was, wenn sie nun ...?
Er presste die Handflächen gegen seine Schläfen und schüttelte den Kopf. Dann stieß er die Tür der Karateschule auf und machte sich eilig auf den Weg ins Krankenhaus.

Die Wände in der Kinderstation waren in hellen Farben gehalten, an den Türen klebten bunte Zeichnungen und Bilder. Trotzdem war der typische Krankenhausgeruch nach Desinfektionsmitteln und abgestandener Luft genauso allgegenwärtig, wie im gesamten Gebäude. Nick schluckte hart. Seine Oma war im Krankenhaus gestorben. Dieser Geruch brachte die Erinnerung zurück, als wäre es erst gestern gewesen. Als er noch klein war, hatte sie ihm abends oft Geschichten vorgelesen. Davor hatten sie Kekse gebacken und diese dann zusammen genascht. Als sie vor vier Jahren an Krebs erkrankte und nicht einmal ein Jahr nach Ausbruch der Krankheit verstarb, war für Nick eine Welt zusammengebrochen.
Nicks Brust verengte sich, und sein Herz machte einen Satz, als er Katsuro vor der Tür zur Intensivstation auf einer Bank sitzen sah. In nur einem einzigen Moment, der solange andauerte wie

ein Blitzeinschlag, wurde ihm bewusst, was er für ihn empfand. Katsuro war ihm vertraut und seinem Herzen so nah … er verkörperte all das, wonach sich Nick so lange gesehnt hatte: Zuneigung, Vertrauen, Glück … Er war sein Gegenstück, sein Seelenverwandter … er liebte ihn. Spielte es da noch eine Rolle, was für ein Geschlecht er hatte? Katsuro gehörte zu ihm – zu ihm allein. Gerade jetzt, wo er ihn vielleicht am dringendsten brauchte, sollte er bei ihm sein. Nicks Schritte beschleunigten sich, er flog förmlich durch den Flur. Katsuro hatte die Ellbogen auf die Knie gestützt und verbarg das Gesicht in seinen Handflächen. Nick blieb vor ihm stehen, sein Puls raste.
„Katsuro." Oh Mann, er krächzte wie ein Hahn mit Vogelgrippe im Endstadium. Katsuro zuckte zusammen und hob ruckartig den Kopf. Seine geröteten Augen besaßen einen leeren Ausdruck, er musste seit vielen Stunden nicht mehr geschlafen haben. Am liebsten hätte Nick ihn sofort in seine Arme geschlossen, doch er war nicht sicher, wie Katsuro reagieren würde. Ein paar Sekunden starrten sie sich nur an, die Zeit schien stillzustehen. Schließlich nahm Nick neben ihm Platz.
„Wie ... geht es ihr? Weiß man schon etwas?"
Katsuro schüttelte müde den Kopf. „Ich hab solche Angst, dass sie nicht mehr aufwacht", flüsterte er schwach. Seine schwarzen Augen schienen geradewegs durch Nick hindurchzublicken. Trotz seiner kraftvollen Ausstrahlung wirkte Katsuro mit einem Mal sehr zerbrechlich.
„Kat ...", sagte Nick leise. „Ich bin da." Er streckte die Hand aus und legte sie vorsichtig auf Katsuros Unterarm. Da erwachte Kat endlich aus seiner Starre und blickte Nick beinahe überrascht an. Seine Lippen begannen zu beben.
„Ich hab solche Angst", wiederholte er flüsternd, ein panisches Aufblitzen flackerte in seinen Augen.
Nick drückte seinen Arm fester, ein dicker Knoten steckte in seiner Kehle fest.
„Ich weiß", antworte er. Katsuros Furcht war geradezu greifbar, Nick spürte das Zittern, das seinen Körper schüttelte.
„Wir hatten Streit. Ich hab Mitsuko gesagt, dass sie mich nervt", stieß Katsuro plötzlich erstickt hervor und zuckte hilflos mit den Schultern. In diesem Moment öffnete sich die automatische Tür

zur Intensivstation, und Katsuros Eltern kamen aus einem der Räume. Annas Augen waren geschwollen und rot, doch sie wirkte gefasst. Kats Vater sah Nick überrascht an, dann nickte er ihm kaum merklich zu. Nick und Katsuro erhoben sich hektisch.
„Was ist los? Was haben die Ärzte gesagt?", fragte Katsuro aufgebracht.
„Es ist so, wie sie vermutet haben. Der gesamte Bauchraum hat sich erneut entzündet, nun müssen wir abwarten, ob das Fieber sinkt." Sie blickte von Katsuro auf Nick und legte ihre Hand auf seine Schulter. „Hallo Nick. Ich bin sehr froh, dass du wieder da bist und Katsuro beistehst."
Nick wusste nicht, was er antworten sollte. Er war ohne ein Wort des Dankeschöns abgehauen und schämte sich dafür zu Tode. Schließlich nickte er stumm und wandte sich an Katsuros Vater. Seine Augen und das blasse, ausgezehrte Gesicht sprachen Bände.
„Herr Nakazato-san[4]", grüßte Nick ihn höflich und deutete eine leichte Verbeugung an. Katsuros Vater musterte ihn müde. In seinem Blick lag Dankbarkeit, auch wenn er sich wie immer etwas reserviert gab. Er reichte Nick die Hand und nickte knapp. „Katsuro wird guten Freund brauchen in dieser schweren Stunde."
„Ich bleibe, solange er mich braucht", antwortete Nick, während sein Blick hinüber zu Katsuro wanderte. Er sah aus, als würde er jeden Moment zusammenbrechen. Nick wollte alleine mit ihm sein und ihn fest in seinen Armen halten. Die Sehnsucht nach Kats Nähe war mittlerweile so stark, dass Nick unruhig wurde und innerlich zu zittern begann.
Nachdem ihnen der Arzt mitgeteilt hatte, dass sich Mitsukos Zustand die nächsten Stunden vermutlich nicht ändern würde, verließen Nick, Katsuro und sein Vater schweren Herzens die Klinik. Anna wollte wie die letzten Nächte auch hier im Krankenhaus schlafen. Sie war seit Sonntagabend keine Minute von Mitsukos Seite gewichen.

---

4 Der Nachname mit dem Zusatz „-san": jap. höfliche Anrede

ꝏ

Im Treppenhaus wollten Nick und Katsuro die Stufen zum Appartement hinaufsteigen, als Katsuros Vater nach Nicks Arm griff.
„Ich denke, wir drei Sake vertragen könnten, was meint ihr?“
Nick sah Katsuro fragend an, er nickte ausdruckslos. Sie gingen hinüber ins Wohnzimmer und nahmen auf dem Boden am Esstisch Platz, während Katsuros Vater drei Schnapsgläser und den Sake aus dem Wohnzimmerschrank holte. Er stellte alles auf dem Tisch ab und schenkte ihnen großzügig ein. Sein Blick war leer und aus seinen Augen war jeglicher Glanz gewichen, als er das Glas erhob.
„Weißt du, was Mitsuko bedeutet, Nick?“, fragte er und leerte das Glas in einem Zug. Katsuro und Nick tranken ebenfalls auf einmal aus. Dann räusperte sich Nick und rutschte unsicher auf seinem Bodenkissen hin und her.
„Ja, Katsuro hat es mir gesagt. Es bedeutet *Kind des Lichtes*, Herr Nakazato-san“, antworte er leise. Katsuros Vater nickte anerkennend und schenkte ihnen nach. Erneut trank er sein Glas auf einmal aus. Die Stimmung war beklemmend, Nick wusste nicht, wie er mit dem Schmerz und der Verzweiflung der Familie umgehen sollte. Katsuro schob sein Glas in einer stummen Aufforderung über die Tischplatte. Nick fühlte sich so hilflos. Wenn Mitsuko tatsächlich … Er zucke innerlich zusammen und verbannte diesen schrecklichen Gedanken in die hinterste Ecke seines Gehirns, als Katsuros Vater erneut das Wort ergriff.
„Als Mitsuko zur Welt kam, war sie schönstes Baby in Klinik … schönstes Baby auf der ganzen Welt.“ Auf seinem Gesicht zeichnete sich der Anflug eines Lächelns ab. „Als ich sie erstes Mal in meinen Armen hielt, schien Sonne durch das Fenster herein, genau auf ihr winziges Gesicht.“ Er schenkte ihre Gläser wieder voll. „Und so nannten wir sie Mitsuko.“

Die Flasche Sake war fast leer, als sich Katsuros Vater schwankend erhob.
„Ihr beide solltet jetzt schlafen gehen.“ Er legte die Hand kurz auf Katsuros Schulter. „Morgen wir fahren zu deiner Schwester.

Sie wird wieder gesund."
In Katsuros Augen schwammen Tränen, doch er hob stolz den Blick, um sie aufzuhalten. Es schien, als wollte er vor seinem Vater nicht weinen. Nick spürte die Barriere zwischen den beiden, die ihnen verwehrte, sich in die Arme zu nehmen und gegenseitigen Trost zu spenden. Katsuros Vater verließ die Küche, ohne sich noch einmal umzusehen, kurz darauf fiel die Tür zum Schlafzimmer zu.

Nick seufzte. „Komm Katsuro. Dein Vater hat recht, du solltest versuchen, etwas zu schlafen."
Als Katsuro den Kopf schüttelte, stand Nick auf und wollte ihn am Arm hochziehen. „Ich bring dich nach oben."
„Nein!" Katsuro riss sich los, seine Trauer verwandelte sich jäh in Wut. Er griff nach der Schnapsflasche und setzte sie an seine Lippen. Nick erkannte ihn nicht wieder.
„Hör auf damit!" Nick entriss ihm den Sake und stellte ihn unsanft auf den Tisch zurück. „Es reicht."
Katsuro sprang auf und stieß ihn mit beiden Händen so hart vor die Brust, dass Nick zurücktaumelte.
„Was willst du denn überhaupt, Nick?", zischte Katsuro, seine Wangenknochen mahlten, er ballte die Fäuste an den Seiten. „Hast du nicht gesagt, du willst mich nicht mehr sehen? Lass mich gefälligst in Ruhe und fahr nach Hause! Na los, verschwinde!"
Nick schluckte angesichts der harten Worte, doch ihm war bewusst, dass er sie verdient hatte. Katsuros Zorn tat auf eigenartige Weise gut. Nick wollte, dass er wütend war, dass er ihn anschrie oder sogar schlug, denn er war froh, dass er überhaupt noch mit ihm redete.
„Das werde ich nicht tun", antwortete er trotzig. „Ich bleibe hier bei dir, ob du willst, oder nicht. Und jetzt komm schon." Erneut griff Nick nach Katsuros Arm und diesmal ließ er die Berührung zu. Nick führte ihn die Stufen hinauf, nahm ihm den Schlüssel ab und schloss die Tür auf. Katsuro setzte sich auf sein Bett und starrte an die gegenüberliegende Wand. Erschöpft und müde nahm Nick neben ihm Platz und musterte sein Profil. Katsuro war wunderschön. Sein schwarzes Haar fiel ihm teilweise in die

Augen, im Nacken berührte es den Kragen seines Shirts. Seine Nase war gerade, nicht zu groß und nicht zu klein. Am liebsten mochte Nick seine Augen, in denen man sich verlieren konnte, wie in einem tiefen, schwarzen See. Sein Blick wanderte zu Katsuros Lippen und plötzlich verspürte er den unbändigen Wunsch, ihn zu küssen. Natürlich war sich Nick darüber bewusst, dass er einen denkbar schlechten Zeitpunkt dafür ausgewählt hatte, also legte er stattdessen den Arm um seine Schultern und zog ihn an sich. Katsuro schien wie gelähmt vor Sorge, sein Kopf fiel schwer auf Nicks Schulter. Nick wünschte, er könnte ihm helfen, ihn irgendwie beruhigen.

„Sie wird wieder gesund, du wirst sehen", flüsterte er. Nick hob die Hand und streichelte Katsuros Arm. Er wollte ihm so viel sagen, doch irgendwie schien plötzlich alles ohne Belang, solange Mitsuko nicht wieder gesund war.

„Könnte ich doch ...", setzte Katsuro mit zitternder Stimme an, doch dann brach er ab und schwieg.

„Was, Katsuro? Sag es mir."

„Könnte ich doch unseren Streit rückgängig machen und ihr sagen, dass ich sie liebe."

Durch Nicks Brust fuhr ein Stechen. *Und könnte ich dir doch nur sagen, dass ich dich liebe.*

„Das sagst du ihr morgen, okay? Jetzt schlaf ein paar Stunden, na komm." Nick legte eine Hand auf Katsuros Brust und brachte ihn mit sanftem Druck dazu, sich hinzulegen. Katsuro rollte sich auf die Seite und zog die Beine an. Als sich Nick erhob, blickte er auf.

„Nick?"

„Ja?"

„Lauf nicht wieder weg."

Nicks Herz machte einen Satz. Er hatte so gehofft, Katsuro würde etwas in dieser Art sagen.

„Nein, ich werde nirgends hingehen, Kat. Versprochen." Er ging um das Bett herum und legte sich zu ihm. Sie waren einander zugewandt und blickten sich an. Nick spürte Katsuros Nähe. Er wollte ihn berühren, ihn im Arm halten. Endlich fand er den Mut und streckte die Hand aus. Wie von selbst verschränkten sich ihre Finger miteinander. Die Berührung jagte kleine Stromstöße durch Nicks Körper, bis hinab in seine Zehenspitzen. Sein schlechtes Gewissen ließ ihn nicht los.

„Es tut mir so leid, Kat", flüsterte er. „Ich … hatte einfach Angst vor mir selbst."

Katsuro fixierte ihn mit seinen dunklen Augen und drückte seine Hand.

„Ich weiß, Nick."

„Schlaf jetzt … alles wird gut." Nick schloss für einen Moment die Augen und sog Katsuros vertrauten Duft in sich auf. Seine Gefühle überwältigten ihn völlig unvorbereitet und die Emotionen strömten warm durch seinen Körper. Er fühlte sich wie ein Blatt, das ein kleiner Bach in seinem sanft fließenden Gewässer mitnahm. Der Bach wurde rasch zu einem Fluss, der Nick fortriss, und schließlich zu einem Strom, dessen Kraft er nicht mehr Herr war. Doch Katsuro war bei ihm und er würde mit ihm den tosenden Wasserfall hinunter springen. Egal wie tief sie fielen und ganz gleich, was sie beide dort unten erwartete. Während er Katsuros Hand mit der Linken umklammert hielt, wanderte seine Rechte hinauf, um über sein Haar zu streichen. Es war so weich und seidig. Katsuro zog Nicks Hand an sich und presste sie fest gegen seine Brust. Mit einem Seufzen schloss er schließlich die Augen. Bald ging sein Atem ruhig und gleichmäßig. Nick ließ die Fingerspitzen zärtlich über Katsuros Gesicht und über seine Wange gleiten. Niemals hätte er es für möglich gehalten, dass er für einen Mann so empfinden könnte, doch plötzlich fühlte es sich an, als wäre es das einzig Richtige. Als hätte er seinen Weg gefunden …

Als Nick aufwachte, lag Katsuro in seinen Armen, das schwarze Haar kitzelte ihn am Kinn. Er zog ihn enger an sich und einen Augenaufschlag lang schoss ihm der Gedanke durch den Kopf, dass er noch nie so glücklich gewesen war, wie in diesem Moment. Nick genoss das Gefühl des starken, männlichen Körpers dicht an seinem und wollte nirgends anders sein als hier an Katsuros Seite.

Doch schon in der nächsten Sekunde brach die Erinnerung an Mitsuko wie ein Sturm über ihn herein, und er zuckte erschrocken zusammen. Katsuro wachte auf, hob den Kopf und blickte Nick mit einer Mischung aus Verwirrung und Angst an. Dann stützte er sich auf seine Ellbogen, der plötzlich fehlende Körperkontakt ließ Nick frösteln.
„Nick … wie … wie lange habe ich geschlafen? Wie spät ist es?"
Nick richtete sich auf und blickte auf seine Armbanduhr.
„Halb acht."
„Ich ..." Katsuro musterte Nick einen Moment lang und streckte seine Hand nach ihm aus. Dann zog er sie jedoch wieder zurück und erhob sich mit einem Satz aus dem Bett. Sein Shirt war zerknittert, sein Gesicht wirkte blass und krank. „Ich muss ins Krankenhaus."
„Natürlich", antwortete Nick. „Ich komme mit dir."
Sie putzten sich rasch die Zähne und wuschen ihre Gesichter. Für mehr war keine Zeit und vor allem besaß Katsuro nicht die Nerven für eine ausgiebige Dusche. Gerade als sie die Wohnung verlassen wollten, hörten sie jemanden hastig die Treppen hinauf poltern. Katsuro wartete nicht ab, bis es klopfte. Er riss die Tür auf und stand seinem Vater gegenüber.
„Mitsuko!", keuchte er aufgeregt und außer Atem, die Augen weit aufgerissen. Seine Haare standen in sämtliche Himmelsrichtungen ab. Er trug ebenfalls noch die Kleidung von gestern Abend und auf seinen Wangen lagen dunkle Schatten von Bartstoppeln. „Fieber ist gesunken! Sie ist wach!"

Achtzehn

Mitsuko wurde bereits auf die normale Kinderstation verlegt. Als Nick und Katsuro das Zimmer betraten, griff Nick instinktiv nach Katsuros Hand.
Katsuro blickte ihn überrascht an, dann jedoch lächelte er und hielt ihn mit stolzem Blick fest. Mitsuko saß aufrecht im Bett und wandte den Blick vom Fernseher ab, in dem gerade Spongebob lief. Als sie Nick und Katsuro erblickte, leuchteten

ihre schwarzen Augen auf.
„Habt ihr euch wieder vertragen?“, fragte sie begeistert, den Blick auf ihre ineinander verschränkten Finger gerichtet. Katsuro ließ Nicks Hand los und eilte mit raschen Schritten auf seine kleine Schwester zu. Ohne Worte neigte er sich über das Bett und schloss sie so behutsam in seine Arme, als wäre sie aus Glas. Der Moment war sehr bewegend. Nick stand da, ergriffen und erleichtert zugleich. Die Anspannung fiel von ihm ab wie eine schwere Last. Er atmete tief ein, füllte seine Lunge mit Luft und atmete langsam wieder aus. Nach einer Weile lösten die Geschwister ihre Umarmung. Katsuro sah sich nach Nick um, in seinen Augen glitzerten Tränen. Er streckte die Hand aus und winkte ihn zu sich.
„Ja, wir haben uns wieder vertragen“, antwortete er lächelnd. Nick ging um das Bett herum und setzte sich auf die andere Bettseite.
Katsuros Blick wurde ernst. „Du hast uns allen einen ganz schönen Schrecken eingejagt, Mitsuko-chan.“
„Tut mir leid“, entgegnete sie und senkte schuldbewusst den Blick. Dann sah sie auf und musterte Nick.
„Aber du hast auch ganz schön was angestellt“, sagte sie in vorwurfsvollem Ton zu ihm. „Katsuro war richtig traurig wegen dir.“
„Mitsuko!“ Katsuros Wangen färbten sich dunkel, was hinreißend aussah.
Nick hob die Hand. „Ist schon gut, Kat. Sie hat ja recht, und es tut mir sehr leid, das darfst du mir glauben.“ Er legte eine Hand auf Mitsukos Arm. „Ich war an diesem Morgen ganz schön fies zu dir und möchte mich dafür entschuldigen.“
„Entschuldigung angenommen“, erwiderte Mitsuko grinsend. „Aber noch mal lasse ich so was nicht durchgehen“, sagte sie mit erhobenem Zeigefinger. „Denk daran: Ich hab bald den Schwarzgurt!“
Nick wich gespielt ängstlich zurück. Er warf Katsuro einen Hilfe suchenden Blick zu und sie sahen sich an, bis Mitsuko zu kichern begann. Gleich darauf musste sie gähnen.
Katsuro neigte sich hinunter und küsste seine Schwester auf die Wange.

„Du musst dich jetzt ausruhen, Kleines. In einigen Tagen darfst du wahrscheinlich schon nach Hause.“
„Besucht ihr mich morgen wieder?“ Mitsuko blickte erwartungsvoll zwischen Nick und Katsuro hin und her.
„Uns wirst du so schnell nicht wieder los“, zwinkerte Nick und warf ihr eine Kusshand zu. Diesmal wurde Mitsuko rot und sah dabei fast so süß aus wie ihr Bruder.

ꝏ

Anna fuhr diesmal mit nach Hause, aber nur, um sich frisch zu machen und Wäsche für Mitsuko zu holen. Die Ärzte hatten der Familie Nakazato versichert, dass sie nun ganz schnell wieder gesund würde und in zwei bis drei Tagen nach Hause durfte.
„Du siehst sehr müde und erschöpft aus, Schatz.“ Sie musterte ihren Sohn im Hausflur, selbst noch ganz blass um die Nase.
„Mir geht's gut. Jetzt geht es mir wieder gut“, antwortete Katsuro, doch es klang nicht ganz überzeugend. Nick bemerkte ebenfalls, wie abgeschlagen Kat wirkte.
„Ich werde mich um ihn kümmern, Anna.“ Als Nick die Worte ausgesprochen hatte, fiel ihm auf, wie sich das angehört hatte. Seine Fantasie ging mit ihm durch, und er spürte regelrecht die Hitze, die in ihm aufstieg. „Ich … lass dir am besten ein Bad ein, was meinst du?“, sagte er rasch, aber als er sich Katsuro in der Wanne vorstellte, wurde ihm noch heißer.
„Das hört sich gut an“, antwortete Katsuro und lächelte ihm dankbar zu. Dann wandte er sich wieder an seine Mutter. „Du siehst auch fertig aus, Mama. Bist du sicher, dass du diese Nacht noch mal im Krankenhaus schlafen kannst? Ich meine, sonst könnte ich ...“
Sie unterbrach ihn mit einem Kuss auf die Wange und umarmte ihn.
„Ich bin mir ganz sicher.“ Sie wandte sich um und legte Nick eine Hand auf die Schulter. „Ruht euch etwas aus.“
„Ja, machen wir.“ Nick zögerte, bevor er Katsuros Mutter noch einmal ansprach. „Anna?“
„Ja?“ Sie musterte ihn fragend.

„Es … tut mir leid, dass ich einfach ohne ein Wort gegangen bin – das war sehr unhöflich von mir.“
Sie lächelte milde. „Schon gut. Jetzt bist du ja da, und das ist das Wichtigste.“

Nachdem Nick eine heiße Dusche genommen und Katsuro nebenbei ein Bad eingelassen hatte, ging er nervös im Wohnzimmer auf und ab. Immer wieder blieb sein Blick an der Badezimmertür hängen. Er stellte sich Katsuro nackt in der Wanne vor und bekam prompt eine Erektion, die seine Jerseyhose bis zum Äußersten strapazierte.
„Scheiße!“ Er atmete geräuschvoll aus und fuhr sich angespannt durch das Haar. „Scheiße ...“
Nick versuchte sich abzulenken, indem er ein paar Seiten aus einem Fantasyroman durchblätterte. Tatsächlich beruhigte sich sein Schwanz halbwegs, und Nick atmete tief durch. Mit einem erneuten Blick zur Badezimmertür legte er das Buch weg und ging entschlossen darauf zu.

Nicks Herz raste so hart und schnell, dass er reflexartig die Hand auf seinen Brustkorb legte. Dann klopfte er an der Tür. Als Katsuro antwortete, drückte Nick die Klinke hinunter und steckte den Kopf durch den Türspalt. Im Raum war es heiß und feucht, und es duftete nach reifen Kirschen. Katsuros dunkles Haar bildete einen harten Kontrast zu den Bergen von weißem Schaum, in denen er lag.
Der Himmel ist blau, das Gras ist grün … jetzt bloß keinen Ständer bekommen … Nick schickte ein Stoßgebet zum Himmel. Katsuro setzte sich auf und blickte Nick mit großen Augen an.
„Ähm … darf ich reinkommen?“
„Klar.“
Obwohl er wahnsinnig nervös war, musste Nick innerlich grinsen, als er bemerkte, wie Katsuro möglichst unauffällig versuchte, bestimmte Körperstellen mit Schaum zu bedecken. Nick schloss die Tür, zögerte einen Moment und ging dann zu ihm

hinüber. Er ließ sich vor der Badewanne nieder und stützte die Unterarme auf den Rand. Katsuros schwarze Augen fesselten ihn aufs Neue. Von einer nassen Haarsträhne tropfte Wasser über sein Gesicht, die Wangen waren von der Hitze rosig. Aus reiner Intuition heraus streckte Nick den Arm aus und strich ihm die Strähne aus der Stirn.
„Wie geht's dir jetzt?“, wisperte er, während seine Fingerspitzen behutsam Katsuros Wange hinunterglitten.
Katsuro blickte ihn forschend an. „Besser“, sagte er leise. „Viel besser.“ Er schien etwas verunsichert über Nicks zärtliche Geste und war offenbar nicht sicher, wie er reagieren sollte. Nick war sich bewusst, dass er nun an der Reihe war. Er neigte sich langsam vor und küsste Katsuro sanft auf die Wange. Sein Herz raste in wildem Stakkato. Seine Lippen suchten die von Katsuro und streiften sie sachte. Katsuros Atmung wurde schneller, seine Schultern spannten sich an. Nick wurde mutig und drückte seinen Mund bestimmter auf Katsuros weiche Lippen. Katsuro stieß ein Seufzen aus und legte die Hand in Nicks Nacken. Wie von selbst öffneten sich ihre Lippen und gaben ihren Zungen den Weg zu einem leidenschaftlichen Kuss frei. Nick hatte das Gefühl, der Boden würde unter ihm nachgeben. Heftiges Verlangen vernebelte seine Sinne, sein Körper und sein Verstand schmolzen wie Eis in der Sonne. Als Katsuro die Arme um ihn schlang und leise in seinen Mund stöhnte, zuckte Nicks Schwanz, der längst schon wieder hart war. Der Kuss löste all seine aufgestauten Gefühle und Emotionen auf. Sehnsucht, Erleichterung, grenzenloses Verlangen und Liebe … all dies verband sie in diesem einen intensiven Moment.
Nick verlor sich in seinen Empfindungen, er wollte Katsuro spüren, ganz nah. Erst als ihm noch heißer wurde und sich seine Kleidung voll mit Wasser sog, bemerkte er, dass er sich in der Wanne befand. Sie knieten sich gegenüber, Katsuros feuriger Blick hielt ihn einen Augenblick gefangen, bevor sich ihre Lippen erneut zu einem wilden, gierigen Kuss vereinten. Nick legte die Handflächen auf Katsuros Bizeps, berührte seine Taille, tauchte die Hände ins Wasser und strich über die Außenseiten seiner Oberschenkel. Kats Haut war glatt und zart, sein Körper hart und muskulös. Nick spürte Katsuros harten Schwanz an

seinem, als sich ihre Körper aneinanderdrängten, und stöhnte erregt auf. Katsuro raffte den Saum von Nicks Shirt und zog es ihm mit einem Ruck aus. Nick flüsterte zittrig seinen Namen und legte den Kopf in den Nacken, als Katsuro begann, heiße Küsse auf seinem Hals zu verteilen. Seine Finger schoben sich unter Nicks Hosenbund und zogen ihm den nassen Stoff über die Hüften. Sie küssten sich und rieben ihre nackten Körper aneinander, bis Nick fast die Kontrolle verlor. Er spreizte die Beine ein wenig und schob sein Becken vor. Katsuro verstand seine Aufforderung. Seine Hand umschloss Nicks Erektion und begann langsam auf und abzugleiten. Nick ließ den Kopf auf Katsuros Schulter fallen und presste seine Lippen gegen die duftende Haut. Die Empfindungen schossen gleich Lavaströmen durch sein Rückgrat, direkt in seine Lenden.

Katsuro streichelte behutsam Nicks Hoden, die sich zusammengezogen hatten, während er ihn mit der anderen Hand weiter massierte. Nick konnte nicht glauben, wie gut sich das anfühlte, die Empfindungen waren so intensiv, dass er schreien wollte.

„Kat … schlaf mit mir“, keuchte er rastlos. Sein Herz donnerte im Doppeltakt, während er die Worte aussprach. Durch Katsuros Körper ging ein Ruck, er fixierte Nick intensiv und schluckte hart.

„Ich wünsche mir nichts mehr als das, Nick. Aber … bist du ganz sicher?“

Nick drängte sich noch näher an ihn und nickte heftig. Er küsste Katsuros Hals und stöhnte leise in sein Ohr, um seinen Wunsch damit zu untermalen.

„Du bringst mich noch um den Verstand“, wisperte Katsuro zittrig. Nick spürte, wie nervös und aufgewühlt er war. „Aber … wir brauchen ein Kondom.“

Nick war so scharf auf Katsuro, dass er an so etwas gar nicht gedacht hatte.

„Oh … hast du eins da?“, fragte er ungeduldig.

Katsuro lachte leise. „Ich glaube, irgendwo im Badschrank … warte.“ Er erhob sich so rasch aus der Wanne, dass das Wasser über den Rand schwappte und in den Teppichvorleger sickerte. Nick starrte kurz auf Katsuros Schwanz, der stramm und makellos bis knapp unter seinen Bauchnabel reichte. Er sah ihm

hinterher, sogar sein blanker Hintern war perfekt. Seine Erektion zuckte. Konnte ein Schwanz noch härter als hart werden?
Katsuro wühlte in der Schublade seines Badschrankes und fand schließlich, was er gesucht hatte. Grinsend hielt er die Kondom packung hoch und streckte die Hand nach Nick aus, sein Blick wurde ernst und leidenschaftlich. „Komm ...“

„Halte dich gut fest“, raunte Katsuro verführerisch, als sie klatschnass auf das Bett fielen, und Katsuro sich über Nick legte. Er packte Nicks Handgelenke und führte sie nach oben zum Kopfende. „Jetzt gehörst du mir.“ In Katsuros schwarzen Mandelaugen loderte ein Feuer der Begierde, dessen Flammen sie beide zu verbrennen drohte. Nick gehorchte und klammerte seine Finger krampfhaft um die Querstreben des Futonbettes. Wassertropfen perlten seine Brust hinunter und hinterließen feuchte Spuren auf seiner Haut. Katsuro setzte sich rittlings auf Nicks Oberschenkel und betrachtete ihn. Nick starrte an sich hinunter und begann zu zittern. Seine Zähne klapperten aufeinander, er konnte nichts dagegen tun. Katsuro neigte sich hinab und küsste ihn sanft.
„Ich würde dir nie wehtun, Nick.“ Er begann, die Wasserperlen von Nicks Haut zu lecken – langsam und quälend. „Lass dich einfach fallen ...“ Als sich Katsuros Mund um eine von Nicks Brustwarzen schloss und er leicht daran zu saugen begann, biss sich Nick auf die Unterlippe, um seinen Aufschrei zu ersticken. Ein raues Stöhnen wich stattdessen aus seiner Kehle. Reflexartig griff er mit einer Hand in Katsuros schwarzen Schopf und beobachtete, was er mit ihm anstellte. Katsuro fing seinen Blick auf, als er Nicks harten Schwanz mit der Faust umschloss und etwas weiter nach unten rutschte. Er öffnete die Lippen und leckte genüsslich über Nicks Eichel. Nick bäumte sich auf, er besaß keine Kontrolle mehr über seine Stimme. Katsuro verwöhnte ihn mit solch ungestümer Leidenschaft, dass Nick bald nicht mehr wusste, wo oben und wo unten war. Immer wieder nahm er Nicks Schwanz auf und ließ seine Zunge geschickt daran spielen. Nick wand sich stöhnend und keuchend, bewegte sein Becken im Takt seiner keuchenden Atemzüge auf und ab.

Plötzlich setzte sich Katsuro auf und schob Nicks Beine sachte auseinander. Nick wollte sich ihm entziehen, es war ihm peinlich, das ihn ein anderer Mann dort ansah.
„Ist okay", raunte ihm Katsuro zu, seine Stimme bebte vor Verlangen. Nick spürte die begierigen Blicke auf seinem Körper, fühlte, wie sehr er begehrt wurde. Noch etwas zögerlich lockerte er seine Beinmuskeln. „Ist okay", wiederholte Katsuro sanft. „Du bist wunderschön, Nick … wunderschön."
Mit einem Griff in die Kniekehlen winkelte Katsuro Nicks Beine an. Er strahlte geballte Kraft und Erotik aus, wusste genau, was er tat. Als Nick Katsuros Zunge spürte, zerriss er beinahe das Laken, so sehr krallte er seine Fingernägel hinein. Auf seinem gesamten Körper tanzten Flammen, seine Wangen glühten wie im Fieberwahn. Er beobachtete, wie sich Katsuro einen Finger ableckte, eine Sekunde später verteilte er den Speichel damit in Nicks Pospalte und drang ein Stück in ihn ein. Die Empfindungen waren nicht vergleichbar mit dem, was Nick bisher erlebt hatte. Es passierte *in* seinem Körper – ein Kribbeln, das jede Sekunde stärker wurde. Trotz der Intensität verspannte er sich, worauf Katsuro innehielt.
„Vertrau mir und atme ganz ruhig", wisperte er kurzatmig. Seine Haare waren zerzaust und die Lippen feucht und rosig.
„Mach … weiter … bitte", stöhnte Nick bettelnd, was Katsuro ein Schmunzeln entlockte. Er bereitete Nick äußerst behutsam vor, während er seinen Schwanz weiter mit Lippen und Zunge bearbeitete. Nicks Unterleib drohte jeden Moment in einem heftigen Orgasmus zu explodieren. Er bäumte sich auf, ein zitternder Schrei folgte.

„Du bist so verdammt heiß, Nick. Ich … kann nicht mehr warten!" Katsuro richtete sich auf, die Feuchtigkeit vom Badewasser glänzte auf seiner Haut. Er lehnte sich zum Nachttisch hinüber und nahm ein Kondom aus der Verpackung. Ungeduldig riss er die Packung auf und streifte den Gummi über seinen harten Schwanz. Sein Blick war vor Lust verschleiert. Das schwarze, feuchte Haar verlieh ihm etwas Wildes, Verwegenes. Nick schluckte schwer und versuchte, sich seine Angst nicht anmerken zu lassen. Katsuro kniete zwischen seinen angewinkelten Schenkeln und neigte sich zu ihm hinunter. Nick sah ihm an, dass er mindestens genau so nervös war wie er selbst. Im nächsten Moment schlang Katsuro die Arme um Nick, presste ihn an seinen Körper und hielt ihn einige Sekunden lang fest. Diese eine Geste sagte so viel mehr aus, als man in Worte hätte fassen können. Nick erwiderte die Umarmung und schloss die Augen.

„Kat … ich will dich spüren."

„Und ich dich", wisperte Katsuro, während er mit der Rechten nach seinem Schwanz griff und ihn in die richtige Position brachte. Nick zitterte noch immer wie verrückt. „Ich passe auf – das verspreche ich", versicherte ihm Katsuro, während er langsam und sehr behutsam in ihn eindrang. Immer wieder hielt er inne, obwohl es ihn eine Menge Beherrschung kosten musste. „Sag mir … wenn ich aufhören soll."

Nick versuchte sich zu entspannen. Zuerst war es etwas eigenartig und schmerzte, doch dann änderte sich das Gefühl plötzlich. Die Empfindungen schossen pulsierend durch seinen Körper und endeten zuckend in seinem Unterleib. Katsuro tief in sich zu spüren, so mit ihm verbunden zu sein, übertraf alles, was er bisher erlebt hatte.

„Nicht … aufhören", brachte er keuchend hervor, während sich alles um ihn drehte.

„Nick!" Katsuro verbarg den Kopf in Nicks Halsbeuge und hielt einen Moment die Luft an. Als Nick seine Fingernägel in Katsuros Rücken bohrte und die Beine um seine Hüften schlang, stieß er sein Becken behutsam nach vorne. Katsuros tiefes, raues Stöhnen ging Nick durch Mark und Bein. Mit jedem sanften Stoß berührte er eine Stelle in Nick, die bis dahin noch nicht einmal existiert hatte, und brachte ihn damit dem Gipfel schneller näher, als ihm lieb war. Nicks Unterleib zuckte heftig, er spürte seinen Orgasmus nahen. Aufstöhnend nahm er Katsuros Gesicht zwischen seine Handflächen und küsste ihn wie besessen. Seine Ängste hatten sich binnen weniger Augenblicke in Luft aufgelöst. Als sie den Kuss kurz unterbrachen, war Nick so überwältigt von seinen Gefühlen, dass er es ihm einfach sagen musste.

„Ich … liebe dich, Kat", wisperte er ihm ins Ohr. „Ich liebe dich

wie verrückt."
Bevor Katsuro etwas erwidern konnte, verschloss Nick seine Lippen erneut mit einem gierigen Kuss. Katsuro stöhnte in seinen Mund und stieß härter und wilder zu. Gleichzeitig griff er zwischen ihre erhitzten Körper und massierte Nicks Schwanz. Das war zu viel. Mit einem zitternden Aufschrei kam Nick zu einem überirdischen Orgasmus, Sterne explodierten vor seinen Augen, ganze Meteoriten in seinem Unterleib. Katsuro folgte ihm augenblicklich. Er klammerte sich an Nick und stöhnte tief und befreit auf. Die Nachwirkungen ihrer Orgasmen pochten durch ihre ineinander verschlungenen Körper.
Als sich Katsuro aus ihm zurückgezogen hatte, lagen sie atemlos und eng aneinander gedrängt da und genossen die Nähe des anderen.
Plötzlich hob Katsuro den Kopf und musterte Nick. In der Mitte seiner Stirn erschien eine Falte. „Du … liebst mich?", fragte er leise, in seinen Augen lag ein ungläubiger Ausdruck. Nick hob die Hand und strich über seine Wange.
„Ja, ich liebe dich, Kat. Vielleicht sogar schon vom ersten Tag an. Es war einfach nur so, dass ich …"
Katsuro unterbrach Nick mit einem stürmischen Kuss.
„Ich habe dich von Anfang an geliebt und jeden Tag ein bisschen mehr. Und jetzt liegst du hier bei mir … ich kann mein Glück kaum fassen."
Nick schmiegte den Kopf in Katsuros Armbeuge und strich zärtlich über seine Brust.
„Ich bin ja wohl der Glückspilz hier."
Nach kurzem Schweigen musste Nick plötzlich lachen. Katsuro blickte ihn fragend an. „Was ist so lustig?"
„Na ja ...", antwortete Nick grinsend. „*Das hier* war auf alle Fälle viel, viel schärfer als Wasabi, oder?"
Katsuro grinste und drückte ihm einen Kuss auf die Lippen. „Auf jeden Fall!", entgegnete er, dann kniff er plötzlich die Augen zusammen und fixierte Nick skeptisch.
„Was ist jetzt?", fragte Nick unsicher.
„Du … wirst mich doch morgen früh nicht wieder vermöbeln wollen, oder?"
„Mal sehen", gluckste Nick. „Kommt darauf an, auf welche

Weise du mich aufweckst."
„Vielleicht sollte ich dich vorsichtshalber lieber ans Bett fesseln", bemerkte Katsuro anzüglich.

Eine Woche später ...

Nick öffnete die Tür und blickte in ein freundliches braunes Augenpaar. Der Kerl mit den dunklen Haaren lächelte und streckte ihm seine Hand entgegen.
„Hi, ich bin Gregor, Roberts Freund."
Nick brauchte ein paar Sekunden, um zu realisieren, dass das wirklich der Mann war, mit dem Robert seit einem Jahr eine heimliche Beziehung führte. Der Kerl war ja der Hammer! Er war groß und schlank und besaß breite Schultern. Nick fand ihn auf Anhieb sympathisch.
„Ähm, ja, hi! Ich bin Nick." Er reichte ihm die Hand. „Komm doch rein."
„Danke."
„Gregor!" Hinter Nick erschien Robert im Flur, gefolgt von Katsuro. Gregor und Robert blieben voreinander stehen und lächelten sich an. Offensichtlich wagten sie nicht, sich so zu begrüßen, wie sie es gerne täten. Im nächsten Moment trat Katsuro an Nicks Seite, reichte Gregor die Hand und stellte sich vor. Dann küsste er Nick einfach so auf die Wange. „Meinen Freund Nick hast du ja eben kennengelernt."
Kurzes Schweigen, in dem Nicks Gesicht brannte wie Feuer, aber er war stolz, dass der attraktivste Typ hier *ihm* gehörte.
Gregor musterte sie überrascht, dann lachte er erleichtert auf.
„Ja, das habe ich."
Und dann nahm er Robert endlich in seine Arme und gab ihm einen flüchtigen Kuss auf den Mund. Ja okay, es war eigenartig bis sehr, sehr eigenartig, Robert in den Armen dieses riesigen Mannes zu sehen, der fünfzehn Jahre älter war als er, aber die beiden waren ein hübsches Paar.

Nick griff nach Katsuros Hand und blickte in die lachenden, glücklichen Gesichter an dem reichlich gedeckten Tisch. Noch nie zuvor hatte er sich so zufrieden und glücklich gefühlt, wie in diesem Moment. Mike war wieder da, und es schien ihm besser zu gehen. An die Tatsache, dass Nick mit Katsuro zusammen war, musste sich sein bester Freund erst gewöhnen, was man ihm jedoch nicht verübeln konnte. Er sah jedes Mal peinlich berührt weg, wenn sich Nick und Katsuro näher kamen, doch er hatte es akzeptiert, was mehr war, als Nick jemals erwartet hatte. Und er war immer noch sein bester Freund.
Ja, das Leben konnte wirklich perfekt sein und meist musste man nicht einmal mehr dafür tun, als so zu sein, wie man wirklich war. Wer braucht eine „echte" Familie, die sich einen Scheißdreck kümmert, wenn man treue Freunde besitzt, die einen dafür umso mehr lieben?
Nick sah sich in ihrer geselligen Runde um und lächelte. Vanessa und Mike alberten herum, Robert himmelte seinen Gregor an, und er hatte Katsuro an seiner Seite … den heißesten Typen im gesamten Universum! Kat neigte sich zu ihm hinüber, als hätte er seine Gedanken gelesen und küsste ihn. Auch wenn es nur ein flüchtiger Kuss war, verursachten seine warmen, weichen Lippen wie immer dieses Kribbeln in Nicks Wirbelsäule, das sich in seinem Unterleib sammelte und dort glühende Funken sprühen ließ. Nick fühlte sich geliebt und gebraucht. Er war angekommen – und er hatte gelernt, dass man sich niemals verstellen sollte, um für andere vollkommen zu sein.

ENDE

Bonus-Story:

Robert und Gregor – wie alles begann.

Sie zerrten ihn zu zweit aus dem Club, schleiften ihn in die dunkle Gasse, die dahinter lag, und schleuderten ihn hart gegen die Mauer. Robert schnappte nach Luft und griff reflexartig nach den Handgelenken seines Bruders, der ihn am Kragen seiner Jacke festhielt.
„Max … lass mich los!"
„Du schwule Sau!" Max war außer sich, sein dickes Gesicht war dunkelrot, den Mund hatte er zu einer abfälligen Fratze verzogen. „Ich habe schon lange gewusst, dass mit dir etwas nicht stimmt, aber dass du es wirklich mit Kerlen treibst …!" Max spuckte ihm mitten ins Gesicht und nickte seinem Kumpel zu. „Dem Schwein zeigen wir es! Er wird es noch bitter bereuen, unsere Familie so in den Dreck zu ziehen!"
Im nächsten Moment droschen Fäuste und Stiefel auf Robert ein, Tritte in den Bauch pressten ihm die Luft aus den Lungen. „Niemand will eine Schwuchtel in der Familie! Stell dir mal Papa vor! Der wird dich umbringen, wenn ich es nicht schon vorher tu!"
Robert hatte keine Chance. Max war ein Bulle von einem Kerl, und sein Kumpel war auch nicht gerade zierlich. Er selbst war mit seinem Fliegengewicht das genaue Gegenteil von seinem älteren Halbbruder. Max war aggressiv und hatte immer einen dummen Spruch auf den Lippen. Robert hingegen war eher still und zurückhaltend. Mit seinem leuchtend roten Haar fiel er schon so genug auf, wie er fand.
Eine Faust traf ihn hart am Kinn und ließ Sterne und Funken vor Roberts Augen explodieren. Die physischen Schmerzen waren nichts gegen die seelischen Wunden, die ihm sein Halbbruder zufügte. Robert sackte zusammen, doch Max zog ihn grob auf die Beine zurück. „Sieh dich doch an, du siehst aus wie ein Mädchen!" Er griff nach Roberts langem Haar und riss grob daran. „Lässt du dich in den Arsch ficken? Sag schon!" Sein Kumpel grunzte im Hintergrund, offensichtlich amüsierte er sich

über Max' Spruch.
„Antworte, Schwuchtel!" Roberts Kopf wurde so hart gegen die Hauswand geschlagen, dass ihm einen Moment schwarz vor Augen wurde.

ᘓᘐ

Gregor zog den Kragen seines Mantels enger zusammen und atmete die kalte Winterluft durch die Nase ein. Er liebte es, in der Nacht spazieren zu gehen. Samstags war es zwar nicht so ruhig wie unter der Woche, dennoch wollte er nicht auf seine Gewohnheit verzichten. Davor war er noch auf ein Bier eingekehrt, hatte sich mit den wenigen Freunden getroffen, die ihm nach seiner Scheidung letztes Jahr geblieben waren. Plötzlich durchdrangen laute Stimmen die Dunkelheit, es hörte sich an wie ein übler Streit. Als Gregor um die Ecke bog, sah er zwei Typen, die einen jungen Mann gegen eine Hauswand drängten und brutal auf ihn einprügelten. Immer wieder schlug der dickere Kerl auf sein wehrloses Opfer ein und beschimpfte es. Gregor konnte nicht verstehen, was er brüllte, da der Lärm von der Straße viel verschluckte. Er zögerte nur einen winzigen Moment, dann eilte er mit großen Schritten auf das Szenario zu.
„Hey! Lasst ihn sofort los!"
Gregor wusste nicht, ob es sein wehender schwarzer Mantel war, der ihn aussehen ließ wie Van Helsing, seine große Statur oder seine dunkle Stimme. Jedenfalls ließen diese beiden Arschlöcher ihr Opfer fallen, als hätten sie sich an ihm verbrannt und ergriffen die Flucht. Der junge Mann sank schwer atmend an der kalten Mauer hinunter und krümmte sich zusammen. Mit ein paar Sätzen war Gregor bei ihm und neigte sich hinab.
„Alles in Ordnung?" Einen Moment glaubte er, der Junge habe das Bewusstsein verloren, weil er nicht gleich antwortete. Doch die bebenden Schultern verrieten ihn. „Es ist alles gut … sie sind weg." Gregor ging in die Hocke und legte ihm ganz sachte die Hand auf die Schulter, worauf er leicht zusammenzuckte und den Kopf hob. Es war ziemlich düster in der kleinen Seitenstraße, und doch verschlug es Gregor für einige Sekunden die

Sprache, als er in das Gesicht des jungen Mannes blickte. Er besaß ein außergewöhnlich ebenmäßiges, zartes Gesicht. Langes Haar umrahmte das bleiche Antlitz, aus dem ihn große Augen anstarrten. Er konnte nicht älter sein als achtzehn oder neunzehn Jahre.
Aus der Nase lief ihm Blut, und seine Lippe war aufgeplatzt.
Gregor räusperte sich. „Kannst du aufstehen?“
„Ja, ich glaube schon.“
Gregor stützte ihn, zusammen erhoben sie sich. Der junge Mann stöhnte schmerzerfüllt auf und legte die Hand an den Hinterkopf. Als er sie wieder wegnahm, erkannte Gregor, dass Blut daran haftete.
„Scheiße. Komm, ich bringe dich ins Krankenhaus. Mein Wagen steht nicht weit von hier. Denkst du, du schaffst das?“ Gregor deutete mit einem Kopfnicken die Gasse hinunter.
„Nein, nicht ins Krankenhaus!“
„Aber du bist verletzt, und es muss vielleicht genäht werden.“
„Nicht ins Krankenhaus“, wiederholte der Junge leise. „Ich … ich arbeite dort als Pfleger und möchte von meinen Kollegen nicht unbedingt in dieser Situation gesehen werden.“
„Verstehe.“ Gregor überlegte einen Moment. „Na schön. Ich bringe dich zu einem Freund. Er ist Arzt.“
„Mitten in der Nacht?“
„Das ist kein Problem, er ist ein sehr guter Freund. Kannst du laufen?“
„Ich denke schon. Vielen Dank übrigens.“
„Schon gut. Ich bin übrigens Gregor.“ Gregor streckte ihm die Hand entgegen.
„Robert.“

Gregor lenkte den Wagen aus der Einfahrt und warf Robert einen Blick von der Seite zu. „Es geht mich ja nichts an – aber wer waren diese Typen?“
Robert zögerte, hob den Kopf, als müsse er Tränen zurückhalten. „Einer davon war … mein Bruder.“
„Was?“ Gregor stieß ein Keuchen aus. „Aber wie … warum?“

Robert verschränkte die Arme vor der Brust und blickte durch das Fenster in die vorbeiziehende Dunkelheit. Unangenehmes Schweigen breitete sich zwischen ihnen aus, nur der Lärm des Motors war zu hören.
„Entschuldige, ich wollte nicht zu neugierig sein." Gregor biss sich auf die Lippen und schalt sich einen Idioten.
„Ist schon in Ordnung." Robert seufzte leise. Es schien ihm schwer zu fallen, weiter zu sprechen. „Max – mein Halbbruder hat … hat herausgefunden, dass ich ...", er fuhr sich nervös über den Kopf und atmete geräuschvoll aus. „Dass ich schwul bin. Ein Typ, den ich hab abblitzen lassen, hat es ihm gesagt."
Gregor zuckte innerlich zusammen. Er brauchte einige Sekunden, bis er antworten konnte.
„Deswegen schlägt er seinen eigenen Bruder zusammen?", stieß er hervor. Seine Stimme hörte sich lauter und zorniger an, als er beabsichtigt hatte.
Robert nickte. „Genau deswegen. Und mein Vater wird ähnlich reagieren, wenn er es erfährt. Ich bin eine Schande für unsere Familie … ein ekelhafter Freak."
Gregor trat so hart auf die Bremse, dass Robert nach vorne fiel und erschrocken aufkeuchte.
„Tut mir leid." Gregor berührte ihn kurz an der Schulter. „Alles klar?"
„Ja … ja ich glaub schon."
„Wir sind da."
Robert löste seinen Gurt und machte Anstalten, auszusteigen.
„Warte!" Gregors Schultern bebten, sein Herz klopfte hart und schnell.
„Das hört sich jetzt vielleicht komisch an, Robert, aber du kannst froh sein, dass dein Coming Out auf diese Weise passiert ist."
Robert ließ den Türgriff los und wandte sich zu ihm um.
Er zog die Brauen zusammen. „Wie meinst du das?"
Gregor zog den Schlüssel aus der Zündung und atmete tief ein.
„Ich war fast zehn Jahre lang verheiratet, bevor ich mir wirklich eingestehen konnte, dass ich nur auf Männer stehe. Ich habe die ganze Zeit über nicht nur mich selbst belogen, sondern auch meine Frau und meine Freunde."

Sie blickten einander an, Roberts engelsgleiches, blasses Gesicht musterte ihn mit unergründlicher Miene.
Gregor rang sich zu einem zögerlichen Lächeln durch. „Viel zu lange habe ich damit verbracht, ein Leben zu leben, das nicht meines war. Verstehst du? Seitdem meine Familie, meine Freunde und sogar meine Sekretärin wissen, dass ich schwul bin, lebe ich viel freier und beruhigter.“ Er biss sich auf die Lippe. „Und ich weiß, wer meine echten Freunde sind.“

Robert versuchte sich seine Fassungslosigkeit nicht anmerken zu lassen und nickte benommen. Dieser Gregor war ein Gott von einem Mann. Ein absoluter Frauentyp. Es überraschte ihn, dass er schwul war. Er besaß breite Schultern, der Mantel betonte dies noch. Darunter trug er einen schwarzen Rolli und ebenfalls schwarze Hosen. Seine Züge waren sehr männlich und kantig. Dunkelbraunes Haar fiel ihm locker in die Stirn, darunter funkelten wachsame Augen. Die Farbe konnte er im Dämmerlicht des Wagens nicht erkennen. Auf jeden Fall war er sehr attraktiv. Er schätzte ihn auf Anfang dreißig. Roberts Herz begann plötzlich schneller zu schlagen, Hitze schoss in seine Wangen. Rasch wandte er den Blick ab.
„Ja, ich glaube, ich verstehe, was du meinst“, antwortete er leise. „Trotzdem weiß ich jetzt nicht, wie es weitergeht und was ich tun soll. Nach Hause kann ich jedenfalls nicht mehr.“ Kaum hatte er den Satz ausgesprochen, bereute er ihn auch schon. Das hörte sich ja an, als würde er eine Einladung von Gregor erwarten.
„Wir lassen jetzt erst mal deine Wunden verarzten und dann sehen wir weiter“, beruhigte ihn Gregor. Sie stiegen aus dem Wagen, überquerten die Straße und gingen auf ein kleines Einfamilienhaus zu. Robert fühlte sich unwohl, einen wildfremden Menschen aus dem Bett zu holen, der ihn noch nicht einmal kannte.
„Hans ist ein sehr netter Mensch. Wir kennen uns schon seit der Schule, und er ist einer der wenigen Freunde, die mir nach

meinem Coming Out und meiner Scheidung noch geblieben sind“, informierte Gregor ihn, als hätte er seine Zweifel erraten. Nachdem er die Glocke betätigt hatte, dauerte es nicht lange, bis im Flur das Licht anging.
„Wer ist da?“, fragte jemand dumpf hinter der Tür.
„Ich bin es, Gregor. Mach auf, bitte.“
Der Schlüssel wurde im Schloss herumgedreht, dann öffnete ein Mann die Haustüre. Er trug einen dunkelblauen Morgenmantel und blinzelte die nächtlichen Besucher schlaftrunken an. Das Licht aus dem Flur fiel auf sein leicht ergrautes Haar.
„Gregor! Was ist passiert?“
„Das erkläre ich dir gleich“, antwortete Gregor, während er einen Arm um Roberts Schultern legte. „Der junge Mann hier braucht dringend Hilfe.“
Hans musterte Robert kurz, beim Anblick seiner Verletzungen im Gesicht nickte er rasch.
„Natürlich. Kommt rein.“

Eine halbe Stunde später traten sie zusammen auf die Straße hinaus, Hans hatte Roberts Kopfwunde getaped und seine aufgeplatzte Lippe versorgt.
„Ich stehe in deiner Schuld, Gregor. Es ist nicht selbstverständlich, einem Wildfremden auf diese Weise zu helfen.“ Robert reichte Gregor die Hand. Gregor besaß einen kräftigen Griff, seine Hände waren stark, die Haut weich und glatt.
„Für mich schon“, entgegnete Gregor und verstärkte den Druck. „Hast du noch Schmerzen?“
„Nur noch ganz leicht.“
„Kann ich dich irgendwo hinbringen?“
Robert überlegte. Er wusste niemanden, zu dem er mitten in der Nacht gehen konnte und schon gar nicht, was er demjenigen erzählen sollte. Verzweiflung machte sich in ihm breit, wie er überhaupt weitermachen sollte. Er schüttelte den Kopf und senkte den Blick. „Nein, ich … komme schon zurecht, danke. Du hast bereits mehr als genug für mich getan. Ich muss mal

sehen, ob ich bei Freunden unterkommen kann."
Gregor legte eine Hand auf Roberts Schulter und deutete mit dem Kinn zu seinem Wagen.
„Steig ein, Robert. Denkst du, ich lass dich erst zusammenflicken, um dich dann auf der Straße abzustellen?"
Robert sah auf und starrte Gregor an.
„Nein, das geht doch nicht. Ich meine … du … du kennst mich doch gar nicht", stammelte er verlegen.
„Ich bin Gregor Schuster, fünfunddreißig Jahre alt, geschieden, keine Kinder." Er strich sich fahrig durch das Haar. „Ich liebe Nachtspaziergänge, wie du vielleicht bemerkt hast, esse gerne Italienisch und mag Katzen. Mein Kater Gaylord ist momentan der einzige Mann in meinem Leben. Von Beruf bin ich Anwalt und habe meine Kanzlei in Pasing." Er blickte Robert erwartungsvoll an. „Das war jetzt mal das Wichtigste, denke ich."
Robert war froh, dass es dunkel war und Gregor seine roten Wangen nicht bemerkte. „Gaylord?!", fragte er ungläubig. „Dein Kater heißt Gaylord?" Beinahe hätte er laut aufgelacht.
Gregor nickte grinsend. „Ich hab ihn kurz nach meiner Scheidung aus dem Tierheim geholt. Der Name war wohl irgendwie eine Trotzreaktion." Er überlegte kurz. „Obwohl ich glaube, dass der Kater wirklich schwul ist, so wie der sich immer an mich kuschelt und dabei mit seinem Schwanz wedelt."
Nun musste Robert doch lachen, obwohl ihm im Moment gar nicht danach war. Sein Leben hatte sich von einem Augenblick auf den anderen verändert, und er stand vor einem Scherbenhaufen. Er zuckte unschlüssig mit den Schultern, Sekunden verstrichen.
„Okay. Aber nur, weil ich Gaylord kennenlernen möchte", antwortete er schließlich.
„Natürlich. Er freut sich immer über Besuch." Gregor deutete mit einer einladenden Geste auf seinen Wagen. „Fahren wir. Du musst dich ausruhen, hat Hans gesagt."

Robert lehnte sich in die Lederpolster des 6er BMWs und gähnte. Er fühlte sich geborgen, was eigentlich völlig verrückt war. Er war Gregor erst vor einer guten Stunde begegnet und hatte schon jetzt das Gefühl, ihn ewig zu kennen.
Gregor wohnte in einer schicken Dreizimmerwohnung in einem noblen Vorort von München.
„Komm rein und fühl dich wie zu Hause." Er warf seine Schlüssel auf eine Ablage in der Diele und deutete mit einem Kopfnicken an, dass Robert ihm folgen sollte. Im Flur kam ihnen ein dicker roter Kater entgegen, der Gregor sofort maunzend um die Beine strich. Gregor bückte sich, hob den Kater auf den Arm und wandte sich an Robert.
„Darf ich vorstellen? Gaylord, Robert – Robert, Gaylord." Er nahm die Pfote des Katers und streckte sie Robert hin. Gaylord war ein Mischling aus Perser und gemeinem Straßenkater. Sein Fell war mittellang und etwas zerzaust, seine Augen leuchteten in einem intensiven Blau und sein Kopf sah ein bisschen aus, als wäre er gegen einen Bus gelaufen. Robert lachte und nahm das Pfötchen des Tieres.
„Freut mich, dich kennenzulernen, Gaylord."
Der Kater gab ein „Brrrrt" von sich und starrte gelangweilt in eine andere Richtung.

Das Wohnzimmer war hell und freundlich eingerichtet, in der Mitte des Raumes stand ein großes Sofa mit weißem Lederbezug.
„Hier kannst du schlafen, ich hol dir gleich Bettzeug.
Robert setzte sich und stieß ein schweres Seufzen aus.
„Oh Mann … ich hab ja noch nicht mal meine Zahnbürste, geschweige denn etwas zum Anziehen."
Gregor ließ sich neben ihm nieder.
„Ich hab immer Zahnbürsten auf Vorrat da und etwas zum Anziehen hab ich auch." Er musterte Robert schmunzelnd. „Auch wenn du in meinen Sachen vermutlich verschwinden wirst. Also mach dir keine Sorgen, Robert."
Robert warf Gregor ein dankbares Lächeln zu. Dieser Mann war ein Engel … ein äußerst attraktiver noch dazu. Und je länger er

ihn betrachtete, umso schneller begann sein Herz zu schlagen. Er bekam nur ein heiseres: „Danke“, hervor und lehnte sich zurück in die Polster.
„Ich würde sagen, wir hauen uns noch ein paar Stunden aufs Ohr, und später holen wir deine Sachen. Du kannst bei mir wohnen, bis du etwas gefunden hast.“
Robert hob überrascht den Blick. „Aber …“, er schüttelte den Kopf. „Das kann ich doch nicht annehmen. Nein, das geht nicht.“
„Wo willst du denn hin?“
„Ich weiß nicht ...“
„Siehst du. Ich kann es dir nur anbieten, Robert. Entscheiden musst du selbst.“
Robert überlegte einen Moment. „Morgen habe ich frei. Am Samstag muss ich arbeiten, Nachtschicht. Ich hab eine sehr nette Kollegin, die hat mir vor ein paar Tagen erzählt, dass in ihrer WG ein Zimmer frei ist und ob ich jemanden kenne, der eins braucht. Wenn ich Glück habe, ist es noch zu haben.“
Gregor nickte. „Ja, mach das. Aber sollte es nicht klappen, mach dir bitte keinen Kopf, okay?“
„Okay.“

Gregor holte für Robert eine Decke und ein Kissen und gab ihm eine Jogginghose und ein Shirt zum Schlafen. Im Bad überreichte er ihm eine seiner Reservezahnbürsten und ein Handtuch. „Wir sehen uns später. Schlaf gut.“
Robert nickte und warf Gregor ein dankbares Lächeln zu.
„Gute Nacht.“
Gregor schloss die Tür und atmete seufzend aus. Dass diese Nacht noch so aufregend werden würde, hätte er nicht gedacht.

Am darauffolgenden Tag fuhren sie zu Robert nach Hause. Eine kleine Frau mit rötlichem Haar und schwarzen Schatten unter den Augen öffnete die Tür. Als sie Robert sah, keuchte sie auf und streckte eine Hand nach ihm aus, ließ sie aber gleich wieder sinken und blickte ängstlich über ihre Schulter zurück.

„Oh Gott, Junge! Was ist passiert?“ Ihr Blick fiel auf Gregor, der Ausdruck in ihrem Gesicht wurde feindselig. „Es stimmt doch nicht, was uns dein Bruder erzählt hat, oder?“
Robert räusperte sich und trat einen Schritt vor. „Doch, es stimmt, Mama. Und Max hat mich deswegen halb totgeschlagen …“
„Sag, dass das nicht wahr ist!“ Ein großer, untersetzter Mann erschien hinter Roberts Mutter im Flur. Er packte sie an der Schulter und schob sie fort. Gregor stellte sich neben Robert, als der Kerl mit wütendem Gesicht näher kam. „Du bist wirklich eine Schwuchtel?“ Roberts Stiefvater bebte vor Zorn und verzog angewidert den Mund. Einen kurzen Moment fiel sein Blick auf Gregor, er musterte ihn kalt und voller Hass. Robert schüttelte den Kopf.
„Hört ihr denn nicht, was ich gesagt habe? Max ist über mich hergefallen – mein eigener Bruder!“
„Ich will wissen, ob du ’ne Schwuchtel bist!“, schnauzte ihn sein Stiefvater an. „Denn wenn es so ist, hast du hier nichts mehr verloren.“
Gregor spürte, wie Robert neben ihm zusammenzuckte. Seine Verzweiflung und Trauer war so greifbar, dass es ihm die Kehle zuschnürte. Unbändiger Zorn fraß sich durch seine Eingeweide, er ballte die Fäuste an den Seiten.
„Das meinst du nicht ernst, Bernd.“ Roberts Stimme zitterte, seine Augen suchten die seiner Mutter, doch diese stand im Hintergrund und weinte leise.
„Und ob ich es ernst meine!“ Roberts Stiefvater blickte von ihm zu Gregor und schüttelte den Kopf. „Ihr seid doch kranker Abschaum!“
In diesem Moment sah Gregor rot. Er schnellte vor und packte den Kerl so rasch am Kragen, dass der überrascht aufkeuchte.
„Sie sind kranker Abschaum, wenn Sie Menschen nicht so akzeptieren können, wie sie sind. Wir werden jetzt Roberts persönliche Sachen holen und von hier verschwinden. Sie sollten sich schämen, Sie Dreckskerl!“
Offensichtlich beeindruckt von Gregors Stärke schwieg Roberts Stiefvater einen Moment, dann schnaubte er und deutete er in den Flur.

„Ich gebe euch fünf Minuten, dann seid ihr verschwunden, verstanden?“ Er wandte sich um und brüllte seine Frau an. „Hab ich dir nicht gesagt, der taugt nichts? So wie der aussieht, hab ich es schon immer geahnt. Sieh ihn dir doch an!“ Mit einem abfälligen Blick verschwand er in einem anderen Raum und schlug die Tür hinter sich zu.

Gregor beobachtete, wie Robert Kleidung und einige persönliche Dinge einsteckte. Er war kreidebleich, sein Blick war starr, die Lippen ein schmaler Strich. Als sie in den Flur traten, war nur Roberts Mutter da, noch immer in Tränen aufgelöst schnäuzte sie in ein Papiertaschentuch und steckte es dann in ihre Hosentasche.

„Mama ...“ Robert stellte die Tasche ab und umarmte sie. Sie stieß ein Schluchzen hervor, dann löste sie sich von ihm und schüttelte den Kopf.

„Ich werde für dich beten, Junge. Vielleicht erhört der liebe Gott meine Gebete und heilt dich. Du bist krank.“

Gregor glaubte, sich verhört zu haben. Es lag ihm schon ein passender Spruch auf den Lippen, doch Robert zuliebe schwieg er. Stattdessen nahm er seinen Arm.

„Komm, Robert, hier ist Hopfen und Malz verloren.“

„Verschwindet endlich von hier, ihr Schwuchteln!“ Roberts Stiefvater erschien erneut im Flur und hob drohend die Hände. „Lass dich nie wieder hier blicken, du missratener Bastard!“

Gregor wollte erneut auf dieses Schwein losgehen, doch Robert hielt ihn zurück.

„Nicht, Gregor … er ist es nicht wert. Ich … will weg hier.“

Gregor nickte knapp und atmete tief durch. „Dann lass uns hier verschwinden, bevor ich noch kotze!“

Robert glaubte, keine Luft mehr zu bekommen, so sehr schnürte es ihm den Brustkorb zusammen. Aufkommende Tränen versuchte er noch wegzublinzeln, seine Schultern bebten. Stumm und wie gelähmt lief er neben Gregor her, unfähig, ein Wort zu sagen. Gregor schien seinen Zustand zu erahnen, denn er sagte nichts. Nachdem sie Roberts Taschen in Gregors Wagen verstaut hatten, hielt Robert inne und starrte zu Boden. Der Asphalt begann zu beben, ein immer lauter werdendes Summen drang an seine Ohren.

„Robert?" Gregor legte eine Hand auf seine Schulter, seine Stimme klang besorgt. In diesem Moment brannten bei Robert sämtliche Sicherungen durch. Er sah sich am Rande eines Abgrunds, alleine und verlassen und das Beste war, zu springen. Er rannte los, kopflos, leer und unendlich traurig.

Gregor rief ihm etwas nach, doch Robert hörte nicht hin. Er wollte fort ... nur fort von hier. Er rannte, als wäre der Teufel hinter ihm her, achtete nicht auf den Verkehr, rempelte mehrere Passanten, die ihm fluchend hinterher schimpften. Doch es war ihm egal ... alles war egal. Er war schon völlig außer Atem, als er einen Park erreichte und bemerkte, dass ihm Gregor die ganze Zeit gefolgt war. Sein Herz pochte so hart, dass er glaubte, es müsse jede Sekunde zerspringen, und seine Atmung war ein sich überschlagendes Röcheln. Robert krümmte sich zusammen, sein Magen rebellierte. Stolpernd taumelte er unter den Betonpfeiler einer Brücke, als ihn Gregor endlich einholte.

„Mensch, Robert!" Ohne ein weiteres Wort zog er ihn hart an sich und hielt ihn fest. Robert wollte sich zuerst losreißen, doch zu schön war das Gefühl in den Armen dieses starken Mannes. Er krallte seine Finger in den Stoff von Gregors Mantel und vergrub das Gesicht an seiner breiten Brust. Gregor duftete nach After Shave. Endlich löste der erste Schluchzer den schmerzhaften Knoten in seiner Kehle auf, und er konnte weinen. Gregor drückte ihn an sich und strich ihm über das Haar.

„Lass die ganze verdammte Scheiße raus, Robert. Ich weiß, dass es wehtut, aber es wird weiter gehen, du wirst sehen." Gregor war einfach nur da, gab ihm Halt und Trost. Obwohl er ihn erst seit gestern kannte, war er ihm näher, als seine Familie es je gewesen war. „Es wird alles gut, lass es raus", wiederholte Gregor flüsternd. Sein heißer Atem streifte Roberts Ohr und bescherte ihm eine Gänsehaut, zugleich wurde er langsam ruhiger. Nach einer Weile blickte er auf in Gregors dunkle, warme Augen.

Peinlich berührt löste sich Robert aus der Umarmung und wischte mit der Handfläche über Gregors Brust.
„Jetzt … jetzt hab ich deinen Mantel ganz nass gemacht“, schniefte er. Um Gregors Mundwinkel zuckte ein Lächeln. „Er wird's überleben. Und nun lass uns nach Hause gehen, ich bin total fertig. Ich glaube, ich bin seit meinem Studium keinen Marathon mehr gelaufen.“

Die darauf folgenden Tage kamen Robert vor wie ein wunderschöner Traum. Er und Gregor unternahmen nach der Arbeit Nachtspaziergänge, gingen zusammen aus und verbrachten gemütliche DVD-Abende zu zweit. Besser gesagt, zu dritt, denn meistens lag Gaylord schnurrend auf Roberts oder Gregors Schoß und ließ sich den Nacken kraulen. Der Kater war tatsächlich schwul, wie Robert feststellte, denn ständig hob er sein Hinterteil und wollte dort gestreichelt werden. Robert hatte seine Arbeitskollegin Vanessa nach dem Zimmer gefragt und es bekommen. Seine Gefühle, Gregor verlassen zu müssen, waren zwiegespalten, doch ihm war klar, dass dieser Traum nicht ewig hätte weitergehen können. Die Luft zwischen ihnen knisterte gewaltig, Roberts Herz war zu einem ständig ratternden Maschinengewehr mutiert. Er fühlte sich so geborgen und glücklich bei Gregor wie noch nie zuvor in seinem Leben. Und er spürte, dass es Gregor genauso ging. Es waren kurze Blicke oder Gesten, vermeintlich unbeabsichtigte Berührungen, die Robert oft den Atem raubten.

Es war der letzte Abend, bevor Robert in die Wohngemeinschaft ziehen würde. Die Stimmung war irgendwie gedrückt. Robert und Gregor sahen fern, doch es schien, als könne sich keiner der beiden wirklich auf den Film konzentrieren. Robert spürte Gregors Blick auf sich ruhen und auch er ertappte sich mehrmals dabei, wie er Gregors Profil betrachtete.
Und dann plötzlich hefteten sich ihre Blicke aneinander und ließen sich nicht mehr los. Robert wurde geradezu hineingezogen in die dunklen Seen, die unter Gregors Augenbrauen aufblitzten,

und er konnte nicht mehr wegsehen. Ihre Gesichter waren einander so nah, dass Robert Gregors gleichmäßige Atemstöße an seiner Wange spüren konnte. Sein Herz begann zu rasen. Langsam, ohne den Blickkontakt zu unterbrechen, hob Gregor die Hand, nahm eine Strähne von Roberts langem Haar und ließ sie zwischen seinen Fingern hindurchgleiten.

„Du bist wunderschön“, wisperte er, während sein Gesicht immer näher kam. Robert wusste nicht, was er erwidern sollte, aus seiner trockenen Kehle wäre vermutlich ohnehin kein Wort hervorgekommen. Gregors Lippen strichen zärtlich über seine Wange und seinen Mund, die Berührung verursachte Tausende von winzigen Stromstößen, die wie Stecknadeln auf Roberts Haut tanzten. Er sehnte sich nach einem Kuss – so sehr, dass sein ratterndes Herz zu zerspringen drohte. Gregor atmete schwerer, seine Schultern bebten.

„Wir … sollten das nicht tun“, keuchte er an Roberts Lippen. Doch Robert dachte gar nicht daran, dieses sinnliche Spiel zu unterbrechen. Als er leise stöhnend nach Gregors Kragen griff, war es mit dessen Selbstbeherrschung vorbei. Er küsste ihn und entfachte in Robert ein wahres Feuerwerk der Emotionen und Gefühle. Noch nie hatte sich ein Kuss so perfekt angefühlt wie dieser, bei keinem anderen Mann hatte er gespürt, was er jetzt spürte. Sämtliche Nervenbahnen spielten verrückt, als hätte er einen Kurzschluss. Ein starkes Vibrieren schoss durch seinen Unterleib, sein Schwanz wurde hart. Er öffnete den Mund, um Gregors Zunge einzulassen und schlang die Arme um seinen Nacken. Ihr Kuss wurde wild und leidenschaftlich, als wären sie beide völlig ausgehungert. Gregor presste Robert mit seinem Körper in die Kissen zurück und legte sich auf ihn. Mit ein paar Handgriffen öffnete er die obersten Knöpfe von Roberts Hemd, küsste seine Brust und leckte über die harten Brustwarzen.

Robert griff keuchend in Gregors dichtes Haar und zog daran. Einen Moment schien es, als würden sich beide in ihrer aufkommenden Leidenschaft verlieren, doch plötzlich riss sich Gregor los und wich zurück.

„Ich ... kann das nicht, Robert.“ Gregor setzte sich und stieß ein schweres Seufzen aus, während er sein Hemd hektisch zurück in den Hosenbund stopfte. Robert wollte sich erheben, doch

Gregor griff nach seinem Handgelenk. „Warte! Bitte … bleib sitzen, Robert.“

ᘓᘐ

Ihre Blicke trafen sich, und Gregor stockte der Atem. Roberts Augen leuchteten in einem intensiven Grün, darunter tanzten winzige Sommersprossen auf seiner Nase. Seine Lippen waren vom heißen Kuss leicht geschwollen und feucht. Als er kurz darüber leckte, zuckte Gregors Schwanz. „Ich ...“ Er ließ Roberts Handgelenk los und atmete geräuschvoll aus. „Dieser Kuss war der Schönste und Atemberaubendste, den ich je erlebt habe … und wenn die Dinge anders lägen, würde ich dir hier und jetzt die Klamotten vom Leib reißen und dich ...“ Ein Schauer lief über seinen Rücken, als er sich ausmalte, wie er auf Robert lag und in ihn stieß – hart und tief … bis er unter ihm stöhnte.

Robert schüttelte verständnislos den Kopf. „Und wie liegen die Dinge?“, fragte er heiser. „Was ist das Problem?“

Gregor zögerte. „Weißt du, sich outen ist eine Sache, aber ich kann doch nicht mit einem halben Kind ...“, Er unterbrach sich selbst mit einem Seufzen.

Robert stieß ein entrüstetes Schnauben aus und erhob sich so schnell, dass Gregor überrascht zurückwich.

„Erstens bin ich kein Kind und zweitens habe ich nicht gesagt, dass ich dich gleich heiraten will!“ In Roberts Augen blitzte es wutentbrannt auf. „Vermutlich habe ich sogar mehr Erfahrung als du!“, fügte er trotzig hinzu.

Gregor hob beschwichtigend die Hand und stand auf.

„Lass uns nicht streiten, Robert. Ich ...“ Er senkte den Blick. „Ich habe mich in dich verliebt.“

Als Robert nichts sagte, hob Gregor den Kopf. Robert stand da wie angewurzelt und starrte ihn an.

„Und deswegen möchtest du nicht mit mir schlafen?“, fragte er sichtlich verwirrt.

Gregor nickte. „Du bist für mich mehr als nur ein einmaliger Fick, verstehst du? Aber es kann und darf keine Beziehung zwischen uns geben. Ich bin fünfzehn Jahre älter als du! Ich bin

froh, dass die Menschen in meinem Umfeld akzeptiert haben, dass ich schwul bin – eine Beziehung mit einem … einem ..." Er rang nach Worten, brach ab und zuckte mit den Schultern.
„Einem was?", stieß Robert zornig hervor. „Ich bin zwanzig, Gregor!"
„Und ich bin fünfunddreißig!", schrie Gregor zurück, etwas heftiger als er gewollt hatte. Nach einigen Sekunden des Schweigens nickte Robert schließlich, sah sich um und hob seine Tasche vom Boden auf.
„Es ist besser, wenn ich jetzt gehe. Ich werde in die WG fahren und heute Nacht auf dem Sofa schlafen", sagte er entschlossen, während er begann, seine Sachen zu packen. „Morgen ist mein Zimmer ohnehin fertig."
„Robert ..." Durch Gregors Brust fuhr ein heftiger Stich, seine Kehle wurde eng. „Ich will nicht, dass du einfach so gehst. Ich wollte das nicht."
„Schon gut." Robert blickte ihn nicht einmal an und packte unbeirrt weiter seine Sachen. Als er fertig war, ging er hinaus auf den Flur, zog seine Schuhe und seine Jacke an und öffnete die Tür. Die ganze Zeit über hatte Gregor wie paralysiert im Wohnzimmer gestanden, unfähig sich zu bewegen. Als er nun die Tür hörte, erwachte er aus seiner Starre und eilte in den Flur.
„Robert, warte!"
Robert wandte sich zu ihm um, seine Miene war regungslos. „Ich … möchte dir für alles danken, was du für mich getan hast, Gregor. Das werde ich dir nicht vergessen."
Gregors Brust zog sich zusammen. Er hob die Hand und wollte dieses wunderschöne, blasse Gesicht streicheln, doch dann ließ er sie wieder fallen.
„Soll … soll ich dich fahren?", fragte er und bemerkte, wie seine Stimme zitterte.
Robert schüttelte den Kopf. „Nein, du hast schon genug für mich getan. Ich nehme die U-Bahn." Mit diesen Worten wandte er sich endgültig um und verließ ihn. Gregors Herz begann so schnell zu rasen, dass er glaubte, keine Luft mehr zu bekommen. Ihm wurde schwindelig, und Tränen stiegen in seinen brennenden Augen auf. Doch bevor er dies alles richtig realisierte, war Robert bereits fort.

Und er hatte ihn gehen lassen. Wie in Trance schloss er die Tür und lehnte sich dagegen. Die Zweifel, ob er das Richtige getan hatte, wuchsen mit jeder endlosen Minute, und er vermisste Robert jetzt schon. Mit einem hilflosen Seufzen verbarg er das Gesicht in seinen Handflächen.

Gregor hatte die letzte Woche kaum geschlafen und so gut wie nichts gegessen. Er hatte sich heftig verliebt und wo er auch hinsah, blickte er in Roberts hübsches Gesicht. Er konnte an nichts anderes denken und sehnte sich Tag und Nacht nach ihm. Aber was hätte er denn tun sollen, verdammt?
Zweimal war er in seiner Verzweiflung zum Krankenhaus gefahren, nur um Robert zu sehen, einen kurzen Blick auf ihn werfen zu können. Er wollte sich vergewissern, dass es ihm gut ging. Wie ein liebeskranker Trottel hatte er sich in einer Nische versteckt und ihn beobachtet. In seinen weißen Hosen, dem weißen Hemd und dem feuerroten Zopf sah er zum Anbeißen aus. Als er zwei Tage später endlich den Mut gefasst und eine Krankenschwester nach ihm gefragt hatte, war Robert nicht da gewesen.
Wenn er daran dachte, wie er ihn in die Sofakissen gedrückt, ihn geküsst und seinen harten Schwanz an Roberts Erektion gerieben hatte, wurde ihm ganz schwindelig. Gregor war längst klar geworden, dass er einen Fehler gemacht hatte. Robert wegzuschicken war das Idiotischste, das er je getan hatte. Was konnte ihm denn nach seinem Coming Out eigentlich noch Schlimmeres passieren?

Robert war die ganze Woche wie ein Zombie durch die Gegend gelaufen. Seine Gedanken kreisten nur um Gregor und ließen ihn auch in der Nacht nicht los. Wie oft war er im Geiste schon zu ihm gelaufen, hatte ihm gesagt, wie unsinnig seine Bedenken waren und ihn dann hart und leidenschaftlich geküsst. Ein paar Mal war er kurz davor gewesen, seine Visionen in die Tat umzusetzen, doch dann hatte er sprichwörtlich den Schwanz eingezogen. Seit dem Augenblick jedoch, da ihm Vanessa und eine andere Kollegin von dem äußerst attraktiven, dunkelhaarigen Mann erzählt hatten, der im Krankenhaus nach ihm gefragt hatte, war ihm klar, was er zu tun hatte. Seinen Kolleginnen hatte er gesagt, Gregor wäre sein Onkel, niemand in seinem Umfeld wusste, dass er schwul war.

Wild entschlossen hastete Robert die Treppen zur Kanzlei hinauf und eilte an der Sekretärin vorbei, ohne auf ihre Worte zu achten.

„Sie können doch nicht einfach …!"

Robert riss die Tür auf und stürzte atemlos in Gregors Büro, die Sekretärin stiefelte geschäftig hinter ihm her.

„Entschuldigen Sie, Herr Schuster. Ich habe dem jungen Mann gesagt, er kann nicht ..."

Gregor sprang hinter seinem Schreibtisch auf und starrte Robert mit offenem Mund an. Er unterbrach seine Sekretärin, indem er die Hand hob und nickte ihr zu.

„Ist schon in Ordnung, Frau Berger."

Sie warf Robert einen entrüsteten Blick zu, dann zuckte sie mit den Schultern, trat zurück und schloss die Tür. Nun waren sie alleine, und Roberts Herz klopfte so laut, dass Gregor es bestimmt hören konnte. Dieser vergrub die Hände in den Hosentaschen. In seinem grauen Anzug sah er verdammt heiß aus, das schwarze Hemd mit der weißen Krawatte machte das Bild perfekt. Er öffnete den Mund, um etwas zu sagen, doch Robert schnitt ihm das Wort ab.

„Du warst im Krankenhaus, nicht wahr?" Robert blickte Gregor forschend an. Gregor riss die Augen auf und machte einen Schritt vor.

„Woher weißt du …?"

„Das spielt jetzt keine Rolle. Ich bin hergekommen, weil ich etwas loswerden möchte, Gregor", sagte Robert mit erhobenem Kinn. „Wenn du danach willst, dass ich gehe, werde ich das tun

und du siehst mich nie wieder."
Gregor kaute nervös auf seiner Unterlippe. Wie sollte Robert ein vernünftiges Wort hervorbringen, wenn er so sexy aussah? Sein Herz raste mittlerweile so hart und schnell, dass es wehtat. „Du hast mir erzählt, dass du dich jahrelang selbst belogen hast und dein Leben nicht so gelebt hast, wie du es dir in deinem Innersten gewünscht hast. Du bist vor dir selbst davongelaufen und nun tust du es wieder!“ Mit den letzten Worten war Roberts Stimme lauter geworden, seine Schultern bebten. „Du hast gesagt, dass du etwas für mich empfindest. Die Zeit mit dir war die schönste meines Lebens, und ich hatte das erste Mal das Gefühl, mich nicht ständig verstellen zu müssen. Bei dir kann ich endlich so sein, wie ich wirklich bin.“ Robert spürte, dass er bei diesen Worten rot wurde, seine Wangen glühten. „Ich bin fünfzehn Jahre jünger als du – ich kann das nicht ändern. Aber müssen wir das überhaupt? So wie es ist, habe ich es gemocht, es spielt überhaupt keine Rolle für mich! Wir müssten es ja nicht an die große Glocke hängen. Ich … will doch nur bei dir sein.“ Robert strich mit der flachen Hand fahrig über sein Haar. „Außerdem bist du der attraktivste Fünfunddreißigjährige, dem ich je begegnet bin.“ Er senkte den Kopf. Schweigen. Unerträgliches Schweigen. Er wollte sich gerade abwenden, da erwachte Gregor endlich aus seiner Starre. Mit großen Schritten eilte er auf Robert zu und riss ihn so hart in seine Arme, dass ihm die Luft wegblieb.
„Oh Robert … sag mir, dass ich ein verdammter Idiot bin“, nuschelte Gregor an seinen Hals. Die Berührung seiner Lippen an dieser empfindlichen Stelle schickte Stromstöße geradewegs in Roberts Lenden.
„Du bist ein Idiot“, antwortete Robert keuchend. Als Gregor den Kopf hob und ihn reumütig ansah, fügte Robert grinsend hinzu: „Aber verdammt sexy.“
Ein hinreißendes Lächeln zuckte um Gregors Mundwinkel, dann wurde seine Miene ernst.
„Ich war die ganze Woche nur ein halber Mensch, Robert. Was gefehlt hat, warst du, das habe ich längst erkannt. Ja, ich war im Krankenhaus, und als ich dich gesehen habe, dachte ich, mein Herz zerspringt. Du hast recht … es spielt keine Rolle, solange wir wissen, dass wir zusammengehören.“ Er hob die Hand und

berührte Roberts Wange, dann zog er ihn am Nacken an sich und küsste ihn. Der Kuss war intensiv, voller Gefühle und Leidenschaft.
„Ich habe mich in dich verliebt, Robert und ich danke Gott, dass wir uns an jenem Abend begegnet sind. Jetzt weiß ich, dass alles seinen Sinn hatte. Bitte verzeih mir meine Unsicherheit."
Noch ganz hingerissen von seinem Kuss nickte Robert und zog Gregor an seiner Krawatte wieder an sich, um ihn erneut zu küssen. Als sie sich voneinander lösten, hielt Gregor ihn sanft an den Schultern fest. In seinen Augen glühte ein Feuer der Begierde, als er seine Schlüssel aus der Hosentasche zog und sie Robert in die Hand drückte.
„Ich kann erst in etwa zwei Stunden Feierabend machen. Es wäre schön, wenn du zu Hause auf mich wartest."
Robert hob eine Braue. „Soll ich dir was kochen, Schatz?", fragte er scherzend, worauf Gregor auflachte und ihn auf die Nasenspitze küsste. Dann flüsterte er ihm ins Ohr: „Mein Abendessen steht bereits vor mir, und ich mache es mir dann selbst heiß, danke." Das war so sexy, dass Robert das Blut in die Lenden schoss.
„O… Okay ...", stammelte er mit heißen Ohren. „Ich … deck dann schon mal den Tisch."

Als er Gregors Büro verließ, konnte er sich gerade noch zusammennehmen, keinen Luftsprung zu machen und laut zu schreien. Die Sekretärin sah ihm nach, Robert spürte ihren allwissenden Blick im Nacken, doch es war ihm egal. Er hatte seinen Gregor zurück und wollte ihn nie wieder loslassen.

Die Fahrt von der Arbeit nach Hause kam Gregor vor wie eine Ewigkeit. Er hastete die Stufen zu seinem Apartment hinauf und drückte außer Atem die Klingel. Robert öffnete die Tür und lächelte.
„Hi." Er sah heiß aus. Das blasse Gesicht hob sich von seinem feuerroten Haar ab, das ihm noch feucht über die Schultern fiel. Es duftete nach Shampoo. Grüne Augen fixierten Gregor so

intensiv, dass ihm schwindelig wurde.
Mit einer einzigen ruckartigen Bewegung schlang er einen Arm um Robert, drängte ihn in die Wohnung und schloss die Tür. Ihre Blicke verschmolzen miteinander, Roberts keuchender Atem an seiner Wange und seine Lenden so nah an seinen bescherten Gregor augenblicklich einen Ständer. Verdammt noch mal, er wollte Robert so sehr … die letzten zwei Stunden waren die Hölle gewesen. Er hatte schon alleine aus Vorfreude eine Dauererektion gehabt und war heilfroh gewesen, als seine Sekretärin vor ihm die Kanzlei verlassen hatte. Sein Schwanz schmerzte ob der unerträglichen Qualen. Er drückte Robert mit seinem Körper gegen die Tür und griff in seine wunderschönen, weichen Strähnen.

„Ich gehe nur rasch duschen. Bleib genau hier und rühre dich nicht von der Stelle“, sagte Gregor mit rauer Stimme. „Sein Blick wanderte zwischen Roberts Lippen und Augen auf und ab. Nach einem flüchtigen Kuss wandte er sich um und verschwand im Badezimmer. Robert sank gegen die Tür und starrte ihm nach. Sie würden miteinander schlafen. Jetzt gleich. Unfähig, sich zu bewegen, stand er wie festgetackert an der Tür, sein Puls war kurz davor, zu explodieren. Nach gefühlten vier Stunden öffnete sich endlich die Badezimmertür. Bei dem Anblick, den Gregor bot, verschlug es Robert glatt die Sprache, Spucke sammelte sich in seinem Mund. Gregor war nur mit einem Handtuch um die Hüften bekleidet, sein Haar und seine Haut waren nass. Wasserperlen liefen über seine muskulöse, leicht behaarte Brust hinunter und sickerten ins Handtuch. Mit verlangendem Blick kam er langsam auf Robert zu, der sich vor Aufregung im Türrahmen festkrallte. Als sie nur noch ein Schritt voneinander trennte, löste Gregor das Handtuch und ließ es zu Boden fallen. Seine mächtige Erektion sprang Robert entgegen, er schluckte hart. Gregor griff nach dem Saum seines T-Shirts und zog es ihm über den Kopf. Seine Berührungen ließen Roberts Brustwarzen hart werden und seinen Schwanz sowieso.
„Du bist wunderschön, Robert“, wisperte Gregor. „So weiche,

glatte Haut." Seine Handflächen wanderten über Roberts Brust, langsam und unheimlich zärtlich. Als er mit den Daumen seine Brustwarzen streifte, schloss Robert stöhnend die Augen. Sein gesamter Körper brannte lichterloh, er wollte schreien vor Lust. Seine Beine drohten nachzugeben, so sehr zitterten sie. Gregors Zunge leckte über Roberts Kehle, sein Kinn hinauf und glitt zwischen seine Lippen. Der Kuss wurde rasch hart und wild. Robert schlang die Arme um Gregors Hals, ihre nackten Oberkörper berührten sich. Ihm war, als züngelten Flammen zwischen ihnen empor, so heiß war es plötzlich. Mit ein paar Handgriffen hatte Gregor Roberts Hose geöffnet und befreite seinen harten Schwanz aus dem engen Gefängnis. Robert streifte Jeans und Boxer ab, sie rieben ihre Körper aneinander, bis es ihm beinahe kam. Gregor drängte Robert gegen die Tür und küsste ihn heiß und innig. Robert klammerte sich an seinen breiten Schultern fest und ließ sich fallen.

Im Bett fiel Gregor hungrig über ihn her, leckte seine Brust hinunter, küsste seine Leisten und Oberschenkel. Als sich seine Lippen über Roberts Eichel schlossen, stöhnte er laut und hemmungslos auf. Er konnte nicht anders, zu groß war seine Anspannung gewesen, zu übermächtig seine Lust.
Gregor war nicht mehr zu bremsen. Seine Hände, sein Mund und sein heißer Atem waren überall auf Roberts Haut.
„Du schmeckst so gut ... so gut", murmelte er gegen seine Oberschenkel und biss sanft hinein. Mit einer einzigen fließenden Bewegung umfasste er seine Beine, winkelte sie an und vergrub das Gesicht zwischen Roberts Schenkeln. Robert riss die Augen auf. Bevor er protestieren konnte, glitt Gregors Zunge in seine Pospalte. Ein lang gezogenes Stöhnen drang tief aus Roberts Kehle, vor seinen Augen explodierten mehrere Feuerwerke zugleich. Gregor küsste und liebkoste Robert mit einer Hingabe, wie es zuvor kein anderer getan hatte. Sehr behutsam bereitete er ihn mit seinen Fingern vor, küsste dabei immer wieder seine Innenschenkel und leckte über die brennende Haut, als ob er das Feuer damit löschen wollte. Als er sich wieder aufrichtete, war sein Haar zerzaust, seine Lippen glänzten feucht und rosig. Er legte sich erneut über Robert, verschlang ihn mit einem leiden-

schaftlichen Kuss und öffnete dann die Schublade seines Nachtschrankes. Robert grinste nervös, als Gregor ein Kondom hervor holte, die Packung aufriss und sich den Gummi über den harten Schwanz streifte.
„Dreh … dich um ...“, keuchte er atemlos. Robert gehorchte stöhnend. Kaum lag er auf dem Bauch, packten ihn kräftige Hände an den Hüften und zogen ihn hoch. Als er Gregors Zunge erneut in seiner Pospalte spürte, drang ein Lustschrei aus Roberts Kehle, seine Fingernägel bohrten sich in die Matratze. Gregor griff von hinten durch Roberts Schenkel hindurch und verwöhnte ihn wieder mit der Hand, während er versessen weiter leckte. Unter Robert drehte sich alles, sein Körper und sein Gesicht waren eine einzige große Feuersbrunst. Er spürte schon wie sich sein Höhepunkt näherte, da zog sich Gregor zurück, küsste sich Roberts Wirbelsäule hinauf und biss ihm zärtlich in den Nacken.
„Ich … liebe dich“, flüsterte er an Roberts Ohr, bevor er behutsam in ihn eindrang. Beide stöhnten zugleich auf, der Moment war unglaublich intensiv. Gregor gab ihm die Zeit, sich an ihn zu gewöhnen, obwohl es ihm spürbar schwer fiel. Als Robert sich ihm entgegen drängte, begann Gregor seine Hüften rhythmisch vor und zurück zu bewegen.
Mit kräftigen Stößen brachte er Robert bald zu einem Höhepunkt, wie er ihn noch nie erlebt hatte. Gregor folgte ihm, ihre Körper wurden durchgeschüttelt, aus ihren Kehlen drang befreites Stöhnen. Nach einer Weile zog sich Gregor zurück, drehte Robert in seinen Armen um und hielt ihn fest.
„Ich lass dich nicht mehr gehen, Robert … nie wieder.“
„Das hoffe ich doch“, entgegnete Robert grinsend und küsste Gregor zärtlich auf den Mund.

Danksagung

Mein Dank gilt an erster Stelle Simon Rhys Beck, der hiermit auch meinen zweiten Roman verlegt. Außerdem danke ich meiner Lektorin Alex, die das Beste aus dieser Geschichte herausgeholt hat und Moni für das tolle Cover.

Irina Meerling
ToyBoy
– Gefährlich heißes Spiel

ISBN 978-3-934442-72-6

Den Start am elitären Broomstick-Internat hatte Alex, der Elementen-Magier, sich anders vorgestellt. Er gerät ausgerechnet in die Fänge des berechnenden Kayen …

Hanna Julian
Wie im Film

ISBN 978-3-934442-59-7

Bei einem Gay-Porno-Casting trifft Daniel auf den schüchternen Eric, der mehr als ein Geheimnis verbirgt …

Sandra Gernt
Eisiges Feuer

ISBN 978-3-934442-57-3

Als der junge Fürst Lyskir in die Hände des berüchtigten Räubers Kirian fällt, rechnet er mit dem Tod. Stattdessen findet er ein hitziges Liebesabenteuer.

Florine Roth
Tokio Vampire

ISBN 978-3-934442-58-0

Ausgerechnet der Bandleader der Newcomer *Devil in Blood* lässt Liams Herz höher schlagen. Doch Are ist viel mehr als er vorgibt zu sein …